나비와 불꽃놀이

나비와 불꽃놀이

장정옥 장편소설

學而思 | 학이사

'놀이'의 이데아

겨울이 시작되었다. 집을 나서면 아파트 벽을 따라서 은행나무 가로수 길이 길게 이어진다. 길에 샛노란 은행잎이 처연히 뒹굴던 날이 먼 얘기인 듯싶다. 짓뭉개진 은행의 흔적을 따라 1km에 이르는 가로수 길을 뒤로 걸어보았다. 뒤로 걸으면 내가 지나온 길이 훤히 보인다. 뒤로 걷는다는 건 지나온 길이 내 등 뒤에 감추어지는 신비로움을 잃음과 동시에, 마주 오는 사람을 보며 걸어야 하는 불편도 감수해야 한다.

이 소설을 쓰며 줄곧 뒤로 걷는 느낌에서 자유롭지 못했다. 뒤로 걸으며 내 앞에서 한 걸음씩 멀어지는 길을 쳐다보려니 불안한 상념으로 가득 찼던 내 지난 시간이 훤히 보였다. 꽤 오래 잡고 있었던 소설이다. 불거진 문장 모서리를 자르고 또 자르며 이

글을 버려야 하는 것이 아닐까, 하는 갈등으로 마음을 많이 볶았다. 무엇이 그리도 힘들었을까.

호모루덴스의 사전적 의미대로 놀이의 유희적인 개념을 살려 삶의 긍정과 해학적인 의미를 담으려 했는데, 농담에 익숙하지 않은데다 도박이라는 마약 같은 특이성에서 자유롭지 못했다. 니체는 놀이의 정신이야 말로 인류를 위대하게 만드는 그 무엇이고, 위대한 과제를 대하는 방법으로 놀이보다 좋은 것을 알지 못한다고 했다. 인류를 위대하게 만드는 그 '놀이'의 이데아를 도박이라는 부조리한 상관물에 접목시켜 객관화하기가 내게 얼마나 어려운 과제였는지.

소설을 쓸 때마다 내가 그들이 되어 함께 괴로움을 당하는 건 그리 좋은 현상이 아니다. 인물을 지나치게 애지중지한 자기애가 없지 않다. 귀한 자식일수록 엄하게 키워야 한다는 옛말도 있는데 자식을 응석받이로 키운 것 같아서 불편하다.

그토록 염원하던 네 번째 장편소설이 드디어 세상에 나간다.

책을 낼 때마다 느끼는 것이지만 언제나 뜨거운 솥뚜껑에 앉는 기분에서 자유로울지. 따가운 매도 좋고 뜨거운 솥뚜껑도 좋다. 내 책이 세상에 나간다는 사실은 기쁘고도 기념할 만한 일임에 틀림없다.

2017년 12월
이천동에서

나비와 불꽃놀이

1

골목을 맴돌다 차를 세웠다. 고양이가 잽싸게 달아났다. 쓰레기 더미에서 그림이 담긴 액자를 주웠다. 그 액자로 창을 가리면 좋겠다고 생각했다. 맨홀의 유일한 비상구지만 탈출하기에는 너무 높은 창이어서 없는 게 나았다. 눈에 보이지 않으면 거기 창이 있다는 사실도 잊을 것이다. 액자틀이 깨져 있었다. 창만 가리면 되니까 액자틀이 깨져도 상관없다. 액자에 담긴 그림은 세계에서 두 번째로 비싸게 팔렸다는 폴 세잔의 '카드놀이 하는 사람들'이었다. 두 사람이 마주 앉아서 카드놀이를 하는 그림이 마음에 들었다. 카드놀이를 하는 두 사람 사이에 술병이 놓여 있었다. 예전에 아내가 그 술병을 가리키며 우리도 술 마실래요?

하고 물었다. 그날 우리는 그림 속의 인물처럼 카드놀이를 하며 부르고뉴 와인을 마셨다.

은행나무 아래서 쥐색비니가 발을 동동 구르고 있었다. 그를 따라 흰 꼬마 말과 할머니도 나무 주위를 맴돌았다. 그들이 올려 보는 나뭇가지에 모형비행기가 걸려 있었다. 할머니가 장대로 나뭇가지를 휘저었다. 장대가 모형비행기에 닿지 않았다. 그들을 지나쳐 셔터 앞에 멈추었다.

"비상구!"

무전기에 암호를 대자 셔터가 소리 없이 올라갔다. 짐승의 아가리처럼 시커먼 어둠이 열리기를 기다렸다. 밴을 몰고 들어갔다. 등 뒤로 셔터가 닫혔다. 넓은 주차장과 샌드위치 패널로 지은 건물 벽이 헤드라이트 불빛에 떠오르다 사라졌다. 노란 횃불 등이 어둠을 희석시키고 있었다. 계단을 헛딛지 않을 정도의 밝기여서 녹지원 안뜰에 어둠이 안개처럼 깔려 있었다. 손님들이 알을 깨고 나오듯 차문을 열고 내렸다. 영수에게 잠깐 바깥에 나갔다 올 일이 있다고 했다. 어디 가는데? 5분이면 돼. 셔터를 열고 나갔다. 쥐색비니와 꼬마 말과 할머니가 연극 무대의 오브제처럼 은행나무 아래 모여 있었다. 조종기를 아무리 눌러도 모형비행기가 뜨지 않으니 쥐색비니가 징징대며 울었다. 그들에게 다가가 비행기를 내려주겠다고 했다. '아이구, 고마워서 우짜꼬.' 할머니의 반색에 쥐색비니가 울음을 그쳤다. 나무의 굵기가 두 팔로 껴안기에 알맞았다. 나는 어릴 때부터 나무를 잘 탔다. 가을이면 나무에 올라가서 높은 곳에 달린 감과 사과, 무화과 열매를 깨뜨리지 않고 곱게 땄다. 나무를 잘 탄다고 동네 사람들이 내게 손오공이라는 별명을 붙여주었다. 어머니는 겁 없이 나무 위에 올라간다고 호통을 쳤지만 나무를 타는 건 내게 어려운 일도 두려운 일도 아녔다. 아버지의 술주정을 견디는 일에 비하면 새발의 피였다.

모형비행기의 날개가 나뭇가지 사이에 걸려 있었다. 모터의 힘에 떠밀려 나뭇가지 깊숙이 처박혀 조종기를 눌러도 날 수 없었다. 나는 모형비행기를 꺼내어 손바닥에 얹어놓고 쥐색비니에게 날려보라고 했다. 조종기를 누르자 모형비행기가 윙하며 날개를 펼치고 날았다. 쥐색비니가 비행기를 따라가며 굉음을 질러댔다. 그를 따라 흰둥이도 신나게 뛰어갔다. 나는 서른 살 청년과 꼬마 말이 대여섯 살짜리 아기들처럼 천진난만한 웃음을 짓고 뛰어가는 걸 물끄러미 쳐다보았다. 할머니가 내게 몇 번이나 고맙다고 인사를 했다. 할머니가 어디 사는 사람이냐고 묻는 걸 시공사 직원이라고 둘러댔다. 그러자 할머니는 집 비워달라고 독촉하려는 줄 알고 방을 구하는 대로 이사 갈 거라며 자리를 피했다. 갈 곳도 없는 사람을 너무 야박하게 내쫓지 말라며.

"어 오빠 어디 갔었어? 안 보이더니."

셔터를 열고 들어가자 춘희가 그 사이 어디 사라졌다가 나타났느냐고 놀렸다. 일이 있어서 나무타기를 좀 했다니까 홀이 너무 어둡다고 투정을 부렸다. 호르몬제로도 바꾸지 못한 목소리가 넓은 녹지원 안뜰을 울렸다. 벽의 스위치를 올리자 한지로 만든 노란 풍등이 떠올랐다.

"어머, 노란 달이네."

춘희가 웬 풍등이냐고 물었다.

"집에 있는 거 가져왔지. 여기도."

스위치를 한 번 더 누르자 어둠 속에서 붉은 달이 떠올랐다. 개기월식 같다는 춘희의 말에 영달이 할로윈축제 하느냐고 놀려댔다. 손님들은 분위기 한번 살벌하다느니 음산하다느니 구시렁댔다. 어둠만큼 인간을 약하게 만드는 것이 없지만 어둠은 때로 인간을 결속되게 해 주기도 한다. 태초의 인간들은 비바람과 동물들의 침입을 피해 동굴에서 살았다. 맨홀을 어둡게 해둔 것은 빛이 새나가지 않게 하려는 보안 때문이기도 하지만 숨을 곳이 필요한 노름꾼들에게 동굴 같은 평화를 만들어주기 위한 속내도 있다.

"이왕이면 좀비 풍선도 띄우지 그랬어."

생뚱맞게 걸려 있는 풍등이 어수선한 봉제 공장의 어둠을 밝혔다. 넓은 마당에 자동차가 서 있고 뒤로 인형이 든 박스와 봉제 공장에서 쓰던 재봉틀과 재고 난 인형 박스가 수북하게 쌓여 있었다. 재개발 확정이 나기 전까지 활발하게 돌아가던 공장이었다. 소장수가 자리나 좀 옮기지 돈 벌어서 어디 쓰느냐고 꿍얼대자 덤프트럭 기사는 어두워서 잠은 잘 오더라고 했다. 그러자 석달이 비웃듯이 물었다.

"자러 와?"

"잠에 포원 진 사람이다. 차에서도 자고 고속도로를 달리면서도 자고."

"잠만 자고 언제 놀아?"

"기계가 놀지 사람이 놀아?"

"인간 참 여러 질이다."

게임방으로 가는 계단에 눈물한방울이 앉아 있다. 계단에 오도카니 앉아 있는 그의 모습이 허공에 떠 있는 풍등 같았다. 실내로 들어가는 문을 열자 파란 달이 상큼하게 다가왔다. 아내의 아틀리에 천장에 달려 있던 세 개의 달을 가져온 것은 맨홀에 조금이라도 포근한 온기를 주기 위해서다. 아내는 정신적인 안정감을 준다며 한지로 등을 만들었다. 한지공예 수업을 위해 안동으로 전주로 한지 공장을 찾아다녔다. 한지 등은 아름답기도 하거니와 눈이 부시지 않아서 좋았다.

춘희는 분위기 연출 그만하고 시원하게 LED 등을 켜라고 재촉이지만 속 모르는 소리다. 강한 빛은 물 같아서 아무리 잘 가두어도 새나가기 마련이다. 바깥에서는 누가 봐도 이사 간 봉제 공장으로 보여야 한다. 적잖은 상납금이 커버해주고 있지만 단속반의 눈길까지 막아주지는 못한다. 이렇게나마 영업을 할 수 있는 것만도 감지덕지다.

차에서 화분을 내렸다. 심심해서 화분을 샀다. 화원 앞에서 손님을 기다리다 파리지옥이 날벌레 잡는 걸 보았다. 잎사귀를 닫는 파리지옥의 생동감 있는 모습이 마음에 들었다. 마음 같아선 앵무새를 사고 싶었다. 내 말이라도 따라하면 덜 심심할 것 같은데 새는 제때 먹이를 챙겨줘야 했다. 춘희의 팔에 화분을 안기며 들고 가서 식탁에 두라고 했다. 생각보다 무거웠던지 두 손으로 화분을 받는 춘희의 허리가 사십 도로 구부러졌다.

"짜식, 약한 척은. 조심해."

파리지옥이 손가락을 물어뜯을지 모른다니까 춘희가 화분을 얼른 바닥에 내려놓았다. 화분을 들고 가려니 앞서 걷던 춘희가 '쥐다!' 하며 계단을 뛰어올랐다. 쥐뿐일까. 맨홀의 어둠 속에는 고양이도 살고 유령도 산다. 실제로 손님 중에 유령이 뺨을 쓱 만지더라는 사람도 있다. 민의 고양이가 도망쳤는데 그 사이 짝을 만들었는지 주차장을 돌아다니는 눈동자가 네 개였다. 발등으로 지나간 게 민의 고양이일지 모른다니까 춘희는 네 발 달린 짐승은 질색이라고 했다.

계단의 발소리가 어둠 속에 쿵쿵 울렸다. 홀로 들어가는 문이 열릴 때마다 실내에서 새나온 크롬 불빛이 눈물한방울의 등을 비추었다. 그는 벌써 반쯤 취해 있다. 나는 계단을 오르다 말고 눈물한방울의 술병을 빼앗아서 한 모금 마셨다. 입만 열면 60도나 되는 술이라고 떠들더니 달짝지근한 복분자 술이었다.

"차라리 막걸리를 마시든지, 웬 복분자술예요?"

"여자의 눈물처럼 자극적이지 말입니다."

"이런 술은 침실에서 마셔야죠."

"미국에서 살겠다는 여자를 무슨 재주로 불러들여요."

눈물한방울은 술이 자신을 지켜준다고 믿었다. 노름에 빠지지 않게, 자살하지 않게, 시를 버리지 않게, 아내와 아이들을 향한 기다림을 포기하지 않게. 그에게 기다림의 끈을 놓지 않게 해주는 장치가 술이라고 했다. 술만 먹으면 잠이 쏟아지기 때문에 다른 생각을 할 틈이 없다던가. 영달을 따라 맨홀에 오긴 했지만 그는 노름에도 게임에도 관심이 없다. 바다이야기 앞에 앉아 있다 지치면 복권을 긁거나 구석방에서 시를 쓰고 책을 읽었다. 저런 사람을 여기 왜 데려왔느냐는 민의 타박에 영달은, 눈물한방울이 기러기아빠인데 혼자 두려니 걱정이 되어서 데려온다고 했다. 가끔 술에 취해서 우는 걸 빼고는 조용한 사람이었다.

눈물한방울은 심부름꾼들이 자는 구석방에 처박혀 책을 읽다 영달이 가자고 하면 망설이지 않고 따라나섰다. 틈만 나면 수첩에 뭔가를 기록하는 그에게 뭘 쓰느냐고 물었더니 시도 쓰고 수필도 쓴다고 했다. 시인이냐는 내 물음에 고개를 끄덕였다. 재미교포의 딸이었던 그의 아내가 두 아이 공부를 핑계 삼아 미국으로 건너간 것이 삼 년 전이었다. 그는 혼자인 시간을 견디려 한두 잔 마시다 술꾼이 되고 말았다. 겁도 많고 절제력도 없는 사내가 제어장치로 선택한 것이 술인데 그마저도 약해 빠져서 곧 잘 쓰러지곤 하니, 차라리 노름을 하는 게 낫지 않을까 싶을 때가 있다. 맨홀 사람들은 그가 마시는 운우의 이름을 따서 '눈물한방울'이라고 부를 뿐 진짜 그의 이름은 모른다. 민이 그를 눈엣가시처럼 여기고 있으나 어차피 놀자고 모인 곳이니 눈물한방울처럼 자리를 메워주는 풍류가객도 필요하다. 너무 어두워서 술맛도 모르겠다며 눈물한방울이 계단 아래로 빈 병을 던졌다. 영달이 만년필 전등을 비추며 말했다.

"저놈 밟고 넘어져서 머리 깨면 누가 책임져?"

"넘어져서 깨지나 돈 잃고 깨지나."

입으로 얄기죽대면서도 그는 내려가서 빈 병을 주웠다. 술병 뚜껑을 열고 피리를 불듯이 빈병을 불었다. 빈 병에서 바람소리가 났다. 눈물한방울이 영달을 따라 홀로 들어갔다. 두 사람은 대학 선후배 사이다. 얼굴만 맞대면 입씨름을 벌이지만 영달은 눈물한방울이 유일하게 믿고 의지하는 사람이다. 동창회에 들랑거리던 춘희가 그들을 한 꾸러미에 꿰어서 데리고 왔다. 영달이 소파에 다리를 뻗고 누웠다. 자러 간다더니 잠의 여신이 끝내 그를 모른 체했나 보다. 지난밤에 크게 당했으니 한동안 편한 잠을 자기는 글렀다. 눈물한방울이 동전으로 복권을 긁다 휙 집어던지자 영달이 혀를 찼다.

"또 꽝이야?"

"내 복에……."

"기대도 않으면서 왜 그렇게 열심히 긁어?"

"희망이 필요하잖아요."

"당첨되면 그 돈으로 뭐할 거야?"

"아들딸 찾으러 가야죠."

"아들딸이 아빠와 살겠대?"

"돈 있으면 애들 엄마도 올 거예요. 돈을 좋아하니까."

"무의미한 희망을 위해 사는구먼."

"그럼 당장 숟가락 놔요? 아무 짓도 않고."

"긁어, 맘껏 긁으라고. 지금부터 전략을 짜야 하니까 입 다물어."

"선배도 적당히 해요. 노름의 본질은 논제로섬게임이라니까."

눈물한방울은 눈 감고 입 다문 영달에게 논제로섬게임의 이론을 주워섬겼다. 그의 말에 의하면 다섯 사람이 게임을 할 때 네 사람이 잃으면 다른 한 사람은 넷의 몫을 얻게 되는데, 잃은 것과 딴 것을 합치면 당연히 제로가 되어야 하는데 노름의 본질은 그 합이 0이 되지 않는데 있다고 설명했다. 그것은 자릿세를 받는 제 3자가 개입하기 때문에 딴 것과 잃은 것의 합은 절대로 0이 되지 않는 논제로게임이 된다고 했다. 만약 카지노에서 하루 수입을 100억 올렸다고 가정하면 투자한 손님들에게 이익을 골고루 나누어줘야 제로섬게임이 되는데, 카지노 측에서 50억을 떼어놓고 나머지 50억만 나누어준다면 그것은 논제로섬게임이 될 수밖에 없다며, 눈물한방울이 시사용어를 동원해가며 노름의 본질을 설명했다. 영달은 듣기 싫다는 듯 이어폰까지 끼고 소파 등받이 쪽으로 돌아누웠다. 눈물한방울은 영달이 듣건 말건 로또복권과 토토를 곁들여가며 도박의 부조리한 상황을 보충 설명했다. 한 주의 복권 판매액이 568억4577만9000원이고 일등 당첨자가 8명이라면 판매액의 절반을 기금으로 떼어놓고 나머지 절반으로 당첨금을 나눈다. 1등에게 각각 35억씩 나누어주고 2등 3등에게 악어 눈물만큼 떼어주는데 당첨금에서 세금까지 떼기 때문에 복권 판매액과 당첨금은 절대로 같지 않다고 했다. 그와 같이 세상의 모든 일확천금은 이긴 사람과 진 사람의 합이 제로가 아니라 마이너스가 되는 게 진실이라고 했다.

"시끄러워서 생각을 못 하겠네."

영달이 귀를 후비며 돌아누웠다.

"이봐, 삶은 이론이 아니고 실제라구."

영달은 자본주의의 생리를 공허한 이론으로 백 번 떠드는 것보다 진하게 노름에 한 번 빠져보는 게 훨씬 유익하다며 '시적 리얼리티'를 위해서도 실전에 가담해서 직접 경험해보는 게 이론을 정립하는데 도움이 될 것 같다고 했다. 도박의 리얼리즘을 밑천으로 논문을 쓸 수도 있지 않겠느냐고.

"유익하긴 쥐뿔."

눈물한방울은 영달을 보며 실컷 잃고 나니까 현실감이 오더냐고 꼬집었다. 영달은 후련하지도 답답하지도 않다며, 머릿속에 안개가 낀 듯 흐릿할 뿐이라고 대답했다. 어딘가에 미치지 않고는 견디기 힘든 순간이 있는 거라며 영달이 눈물한방울에게 물었다.

"사람들이 잃을 걸 알면서도 도박에 빠지는 이유가 뭐라고 생각해?"

"글쎄, 돈을 지르는 순간의 짜릿한 긴장감과 기대감 때문에?"

"그것도 틀린 말은 아닌데, 사람들이 도박에 중독되는 건 게임에서 지기 때문이야. 자꾸 지니까 이번만은, 하는 기대 심리가 그를 도박판에 잡아두는 거라고."

"젠장, 첨부터 안 하면 되지."

"사람들이 왜 힘들게 산을 오르겠어. 힘들기 때문에 기어이 산을 정복해보겠다는 욕구로 산을 오르는 거야. 그 위험한 윈드서핑을 왜 하겠어. 죽느냐 사느냐 하는 위험이 따르기 때문에 하는 거야. 사랑도 노름도 너무 쉬우면 중독이 안되고 욕구도 안 생겨."

"인간의 욕망이 그렇게 부조리한 거라는 말씀이 하고 싶은가

보군요."

　그들의 잡담을 뒤로 하고, 나는 방금 들어온 열맷 명의 손님들에게 멤버십 카드를 발급해주었다. 맨홀에 들어왔으니 고래를 잡든지 세븐카드를 하든지 알아서 놀면 된다. 세 개의 방 어느 곳이든 그들을 반갑게 맞아주는 친구들이 모여 있어서 외로울 틈이 없다. 노름판만큼 만남과 인연을 공허하게 하는 곳이 또 있을까. 생전 처음 보는 이들과 친구가 되는 조건으로 52장의 세븐 카드만 맞출 줄 알면 된다. 노름판에서는 금방 만난 사람도 십년 지기가 되고, 십년지기도 원수가 되어 헤어지기 일쑤다. 뭐하는 사람이냐, 몇 살이냐, 돈은 좀 벌었느냐, 하는 배경 따위를 들먹일 것 없이 빈자리에 끼어 앉으면 된다. 그러다 싫증나면 조용히 일어서서 나가면 그만이다. 산속의 비밀스러운 노름판에서는 도리짓고땡이나 섯다, 바둑이, 아도사끼로 노름꾼들의 등골을 빼먹고, 금요일 토요일 일요일마다 열리는 경마장과 카지노는 365일 쉬는 날 없이 노름꾼들을 벗겨먹는다. 피땀 흘려 모은 재산을 잃고 노름꾼들이 화장실에서 목을 매고 옥상에서 뛰어내려도 그들의 죽음은 방송에도 나오지도 않는다. 경찰은 카지노와 경마장은 손도 못 대면서 조용히 숨만 달싹이는 맨홀을 악착스레 찾아내서 엎어놓고 벌금 매기고 바지사장을 구속시킨다.

노름은 삼국시대부터 사랑받아 온 사행성놀이 중의 하나다. 주막 봉놋방은 사내 둘만 모여도 투전판이 벌어지는 전형적인 도박장이었다. 그 투전판에도 사기도박꾼이 있었고, 사채업자가 있었고, 노름빚 때문에 야반도주하는 자가 있었다. 연암 박지원이나 다산 정약용 같은 학자들도 글을 쓰다 문장이 막히면 혼자서 '저포노름'으로 알려진 쌍륙놀이를 즐겼다는 기록이 남아 있다. 성종 때에는 술내기로 쌍륙을 치다 화로를 걷어차 태조와 태종, 왕비의 위패를 모신 사당 문소전을 태웠다 하니, 거기 비하면 주막 봉놋방에서 벌어지는 투전판이야 장날 삼거리 엿판 수준이다. 따지고 보면 인간의 역사 이래로 도박만큼 오래도록 사랑 받는 놀이도 없다.

눈물한방울이 식탁에 놓여 있는 파리지옥의 잎사귀 사이에 손가락을 넣었다. 단백질을 의식한 잎사귀가 두 개의 잎을 닫으며 맞물리자 눈물한방울이 '악, 내 손가락!' 하며 엄살을 떨었다. 그의 손가락에 끈적한 수액이 묻어 있었다.

"사악한 녀석이로군."

홀의 스위치를 올리자 가짜 횃불이 노란 불빛을 뿌리며 타올랐다. 책을 읽을 정도의 밝기는 아니지만 돈을 헤아리고, 라면을 먹고, 사람 얼굴을 보고 얘기하기에 지장이 없을 정도의 밝기였다. 맨홀에 가짜 횃불만큼이나 신경을 쓴 장치가 또 있다. 그것은 맨홀에서 창문과 시계와 거울을 없애는 것이었다. 일단 맨홀에 들어온 사람은 자신이 누구인지 잊어야 하고, 시간을 잊어야 하고, 세상을 잊어야 했다.

"이거 셉 오빠 글씨지?"

"내 일터잖아."

춘희가 기다란 손톱으로 유리문에 씌어 있는 글씨를 만지며 물었다. '오늘을 즐겨라.' 로마의 시인 호라티우스가 아우구스티누스에게 보낸 시에서 고른 글귀였다. 내일을 믿지 말고, 짧기만한 인생에서 먼 희망을 접으라는 말이 마음에 들었다. 붓끝에 페인트가 많이 묻어서 글씨가 울고 있는 것처럼 흘러내렸다.

"맨홀에 어울리는 명언이네."

제아무리 존재감 없는 이들이 머무는 제로지역이라 해도 음미해둘만한 글귀 하나쯤 기록해두고 싶었다. 맨홀에 입주하던 날, 흰 페인트를 한 통 사서 방마다 이름을 써두었다. 큰 노름이 벌어지는 방은 상춘재와 영빈관, 중급 정도의 노름방은 춘추관, 그외에 손님들이 차도 마시고 휴식을 취하는 곳은 매화실이다. 화장실은 '수궁터' 주차장을 '녹지원' 이라고 쓰고 나니 통이 비었다. 깡통을 계단 아래로 집어던졌다. 오픈 준비로 바쁘게 오르내리다 깡통을 밟고 넘어졌다. 머리까지 박아가며 제대로 넘어졌기 때문에 가래 같은 욕지기가 치밀어 소리를 질렀다.

'누구야, 이런 걸 던져놓은 놈이.'

생각해보니 자신에게 던진 욕설이었다. 방마다 청와대에서 따온 이름을 붙여두었지만 나는 내 일터를 통틀어 맨홀이라고 부른다. 허공에 위태롭게 걸려 있는 철제계단과 셔터 안에 고여 있는 어둠이 맨홀을 연상시켰다. 세상에서 추방당했거나 밀려나기 일보직전에서 간당거리는 사람. 돈은 많은데 사는 게 권태로운 사람. 이혼한 사람. 구조조정으로 밀려난 사람. 그 밖에 '한탕'에 희망을 건 이들이 날마다 맨홀로 모여들었다. 사회에서 무엇을 하고 살았건 맨홀은 그들에게 'Who Are You?'라고 묻지 않는다. 맨홀은 이름도 주소도 직업도 물을 필요 없는 익명의 세계에 잘 어울리는 이름이다.

맨홀을 오픈하던 날, 지하수 맨홀에서 작업하던 인부가 응급실에 실려 갔다. 맨홀 뚜껑이 열려 있고, 경찰이 시커먼 구멍을 들여다보고 있었다. 원동기를 탄 노인에게 무슨 일이냐고 물었더니 케이블 공사를 하던 인부들이 가스에 질식했다는 대답이 돌아왔다. 119 구급대가 지하수에 흠뻑 젖은 인부 두 명을 끌어냈다. '안전'이라는 글씨가 씌어 있던 모자는 간 곳 없었다. 구급대원은 인부에게 산소 호흡기를 씌우고 구급차에 태웠다. 앰뷸런스가 요란하게 사이렌을 울리며 달려갔다. 경찰이 손전등을 켜서 뚜껑 열린 맨홀을 비추었다. 동그란 오렌지색 불빛에 하수도의 검은 폐수가 비쳤다. 맨홀에 철제 사다리가 걸려 있지만 인부들은 그 사다리를 밟고 올라오지 못했다. 맨홀 뚜껑이 쿵, 소리를 내며 닫히자 검은 폐수와 악취, 유독가스가 어둠 속으로 자취를 감추었다. 사람들은 발밑에 폐수가 흐르는 걸 모른 척하며 지나다녔다. 발을 굴려 맨홀 뚜껑이 제대로 닫혔는지 확인한 경찰이 순찰차를 몰고 사라졌다.

"옛날 남자 친구도 저렇게 글씨를 흘려 썼어."

춘희가 눈물처럼 흘러내리는 글씨를 읽으며 말했다.

"뒷바라지가 지긋지긋해서 헤어졌는데 검찰청으로 출근하더라."

"그래봤자 밥 먹고 똥 싸고 하다 죽을 때 되면 죽어."

"그렇지?"

"그럼."

"오빠 나중에 카페 오픈하면 놀러와. 커피 공짜로 줄게."

"카페 이름 지어줄까?"

"내 등에 써줘."

춘희가 재킷을 벗고 흰 셔츠의 등을 내밀었다. 나는 검은 매직으로 그녀의 등에 '라 트라비아타'라고 긴 흘림체의 글귀를 써주었다. 춘희가 목을 젖혀 거울에 등을 비춰 보는데 코끝으로 향수 냄새가 스며들었다. 그 향수의 이름이 뭐냐고 물었다. 그녀는 내 귀에다 '속임수'라고 속삭였다. 귓불에 닿는 체액 같은 입김. 장 바티스트 그르누이가 수많은 여자에게서 추출한 체액으로 세상에 단 하나뿐인 천상의 향기를 만들어내듯 '속임수'는 오리지널 향수의 여러 가지 이미지를 모아서 만든 향수라고 했다. 나는 속임수의 향기를 맡으며 침대에 누워 지내는 아내에게도 향수가 필요하겠다는 생각을 했다. 그러고 보니 7년 동안 아내에게 선물이라곤 해주지 않았다.

89번부터 93번까지 다섯 대의 기계를 지키던 검정셔츠가 벌떡 일어나더니 의자를 발로 걷어찼다. 의자가 나뒹그러지며 우당탕 소란을 떨었다. 의자에서 머리가 쑥쑥 올라오며 무슨 일이냐고 웅성거렸다. 빈집처럼 적막하더니 의자 넘어지는 소리에 금방 사람 사는 곳으로 돌변했다. 언제 저렇게 많은 사람들이 모였지? 검정셔츠에게 왜 그러느냐고 묻자 그가 다시 한 번 의자를 걷어찼다.

"염병할, 한 번은 맞아줘야 투자할 맛이 나지."

기계조작을 어떻게 해놓았기에 돈을 빼가기만 하느냐고 따졌다. 날로 먹겠다는 심보 아니냐며 소란을 피우는 검정서츠를 영수가 와서 말렸다. 그게 영수가 하는 일이었다. 운동선수도 조폭도 아니면서 그는 잘 가꾼 근육질의 몸매와 쌍절곤을 잘 돌리는 잔재주로 밥값 하는 친구다. 맨홀의 보안요원 노릇을 하고 있지만 그는 슈퍼스타 K의 오디션을 앞둔 아마추어 뮤지션이다. 맨홀이 조용할 때는 음악 듣고 청소하며 시간을 보내다 누가 잃었네 땄네 난장을 피우면 그가 나선다. 본격적으로 주먹이 오가면 형편없이 얻어맞을 테지만 대개의 손님들은 그가 나서면 알아서 목소리를 낮춘다.

"다른 손님들에게 방해가 되니까 좀 따라오지."

"사장 좀 나와 보소. 기계가 다섯 대나 돌아가는데도 상어지느러미 비슷한 것도 안 보이는 게 정상인지 어디 한 번 따져봅시다."

"충전을 잘 해두지 실컷 자다 뒤늦게 왜 이러세요."

영수는 검정서츠의 카드가 깡통이 되어 있어서 찬스를 놓친 거라고 일러주었다. 카드에 머니가 들어 있으면 손님이 잠을 자든 춤을 추든 자동으로 베팅이 되지만 머니가 바닥나면 기계는 원칙대로 동작을 멈춘다니까 검정서츠가 뻔한 개소리 그만하란다.

"적당히 노는 재미를 느끼게 해주며 홀쳐 먹어야지."

"듣자 하니 말투가 가관이네."

영수가 검정셔츠를 휴게실로 끌고 갔다. 아이들이 겁에 질릴수록 더 크게 울듯이 검정셔츠는 영수에게 이끌려가면서도 소리를 버럭버럭 질러댔다. 뒤따라간 나는 검정셔츠와 영수를 떼어놓았다. 검정셔츠가 목소리를 낮추며 내게 하소연했다.

"그만큼 넣었으면 좀 맞아줘야죠."

검정셔츠는 자기 역시 오락실로 돈 꽤나 털어먹은 사람인데 그 내막을 모르겠느냐며 충전을 요구했다. 돈이 아까우면 돌아다니지 말고 집구석에 처박혀 있어야지 이런 델 왜 오느냐는 영수의 말에, 검정셔츠는 억울해서 이대로 못 간다고 버텼다. 노름에도 개평이 있는데 게임기라고 보너스가 없어서 말이 되느냐고 우겼다.

"네놈들이 누구 덕에 사는데. 고객이 없으면 사장도 개좆도 없단 말이야."

밤새도록 총알을 옴팡 집어넣고도 상어지느러미는 고사하고 고래 그림자도 못 봤으니 분노를 터뜨릴 만했다. 웬만하면 놀이를 즐기는 손님 기분을 생각해서 수시로 고래를 띄워주는데 조작하지 않아도 된통 잃게 만드는 기계가 있다. 그럴 때는 수동으로 충전해주기도 한다. 게임방은 놀자고 모이는 곳이니 우려먹는 만큼 손님을 즐겁게 해줄 의무가 있다. 나는 검정셔츠의 카드에 막노동자의 하루 일당에 해당하는 금액을 충전해주었다. 고객 중에도 '호구'가 있고 '요주의 인물'이 있듯이 노름방에도 지켜야 할 룰이 있고 도덕관념이 있다. 실컷 놀고 본전을 잃으면 고발하겠다고 으름장을 놓는 사람이 있는가 하면 뿔테안경 따위의 아리까리한 가면을 쓰고 나타나는 사람이 있고, 본전의 반만 돌려달라고 사정하는 사람도 있다. 원리원칙을 따져가며 고발 운운하는 재수 없는 것들까지 합치면 도박장만큼 다양한 인간 박물지도 드물다. 충전한 멤버십 카드를 검정셔츠의 손에 쥐어주었다. 검정셔츠 같은 경험자나 겁 없이 목소리가 큰 사람은 몇 푼 쥐어주고 달래는 게 낫다는 걸 경험으로 익혔다.

"얼마예요?"

"십만 원."

"장난해요? 밤새 집어넣은 게 얼만데."

검정셔츠의 고집에 밀려 오만 원을 더 얹어주었다. 그러자 검정셔츠가 풀이 죽은 얼굴로 카드에 든 것까지 현금으로 바꿔달라고 했다. 제1주차장까지 태워달라던 검정셔츠가 자신이 앉아 있었던 89번부터 나란히 놓여 있는 다섯 대의 게임기를 돌아보

았다. 무슨 영문인지 밤새도록 꿈쩍도 않던 89번 게임기의 화면
이 바뀌며 고래가 몸통을 흔들고 나타났다. 89번에는 이미 다른
사람이 앉아 있었다. 검정셔츠가 89번에 앉아 있는 삼십 대를 밀
어냈다.

"이보슈, 여긴 내 자리요."

"자리가 비어 있었는데 무슨 억지를 부립니까."

"카드 충전하려고 자리를 비운 거란 말요. 의심나면 카운터에
가서 물어보든지."

"한창 입질이 되는데."

"이게 괜히 나타나겠소. 내가 이틀 전부터 공을 들여놓은 결과
지."

"어쨌든 고래는 내 운이라고요."

"딴 데 가서 하소. 불난 집에 부채질 그만하고."

검정셔츠가 자리에 앉자마자 음악이 울리며 물속에 떠다니던
코인이 스핀을 쳤다. 천연색의 숫자와 그림이 힘차게 돌아갔다.
코인이 충전되는 경쾌한 소리와 함께 크레디트 창의 숫자가 빠
르게 올라갔다. 두 남자가 서로 89번 자리에 앉으려고 몸싸움을
벌였다. 느닷없이 자리를 빼앗긴 삼십 대가 검정셔츠의 멱살을
잡았다. 영수가 삼십 대를 잡고 내가 검정셔츠를 잡아서 겨우

떼어놓았다. 검정셔츠가 삼십 대에게 멤버십 카드를 던져주며 말했다.

"카드에 총알 들어 있을 끼다."

두 사람이 실랑이를 벌이는 동안 다시 고래가 헤엄을 치며 나타났다. 두 남자가 동시에 외쳤다.

"내 고래!"

모니터에 화려한 조명이 번쩍거리고 음악이 울려 퍼지자 두 사람은 넋을 잃고 고래를 바라보았다. 고래는 경이로움에 젖은 두 사내의 시선을 받으며 밤바다 속으로 유유히 사라졌다. 숫자가 바뀌며 코인이 충전되는 소리가 들렸다. 엎치락뒤치락 몸싸움을 벌이던 그들은 넋을 잃고 화면을 물끄러미 바라보았다.

"저놈 한 번 보자고 이틀 동안 공들인 게 얼만데."

"그래도 저건 제 운이라고요. 이익을 반씩 나누는 게 옳다고 봐요."

"알았어, 알았다구!"

이익의 일부를 떼어주고 고래가 또 나타나면 넘겨준다는 약속으로 두 사람이 화해를 했다. 검정셔츠는 불법도박장을 운영하다 잡혀 들어가서 며칠 전에 나왔다고 털어놓았다. 돈이 생기면 기계를 사서 또 자리를 펼 거라고 하자 삼십 대가 돈 좀 벌었느

냐고 물었고, 검정셔츠는 기계 날리고 벌금 물고 손해만 봤다고
했다. 두 사내는 언제 싸웠냐는 듯 담배를 나누어 피웠다. 맨홀
은 우물 속 같은 정적을 되찾았다.

누구는 졸고,

누구는 돈을 잃고,

누구는 고래를 잡으며.

2

　나를 깨운 건 피아노 선율이었다. 누드 크로키를 하는 날인가?
고개를 갸웃거리다 잠의 여진에 빠졌다. 찰랑이는 물소리가 들
릴 듯 달의 바다를 비추는 맑은 달빛 선율. 반수면 상태로 월광
소나타에 귀를 기울였다. 달빛 속으로 한없이 침잠하고 말 것 같
은 상태에 마음이 푹 젖고 말았다.

　베토벤이 귀가 어두워지는 절망을 안고 만든 곡인데도 '월광
소나타' 는 세상의 광기를 모두 잠재울 듯 아름답기만 하다. 아내
가 미술실에서 크로키에 열중해 있다는 착각이 들며 모든 것이
제자리로 돌아온 행복감을 느꼈다. 머릿속으로 아내의 아트홀이
떠올랐다. 매주 수요일 오전에 누드 크로키반 강좌가 있었다. 두

명의 모델은 한국인 기혼여성과 동남아시아 청년이었다. 까무잡잡한 피부가 청동으로 만든 에로스 같은 동남아시아 청년과 한국인 여자가 한자리에서 월광 소나타의 선율에 맞추어 포즈를 취한다. 둥글게 둘러앉은 크로키반 수강생들이 두 사람의 동작을 스케치한다. 월광 소나타는 사각거리는 연필 소리와 아트홀의 정적이 좋아서 귀를 기울였던 음악이었다. 아내는 꼬불꼬불한 머리칼과 검고 선명한 눈을 가진 동남아시아 청년의 긴 속눈썹을 아름답게 그렸다. 수강생들보다 아내가 그 시간을 더 기다렸다. 아내가 그린 크로키집이 미술실 캐비닛 속에 가득 재워져 있다.

월광 소나타가 여러 번 끊기다 다시 들리는 게 이상해서 눈을 떴더니 동남아시아 청년도 누드 크로키반도 아내도 간 곳 없고, 이층에서 들리는 어설픈 연습곡이 창을 새어들었다. 이층 여학생이 집에 있나 보다. 한 곡을 제대로 치기까지 끊겼다 이어지기를 몇 번 거듭했을까. 새벽에 옷을 갈아입으려고 집으로 왔다. 들어온 김에 잠깐 눈만 붙일 생각이었는데 정신을 놓은 듯 세 시간을 푹 자버렸다. 가게에서 새우잠을 자며 미루어두었던 잠이었다. 여진처럼 남은 잠이 정신을 몽롱하게 휘감았다. 항우울증 처방약이 온통 수면제로 조합되어 있는지 약만 먹으면 잠 귀신에 끌려다니기 바빴다. 그렇다고 약을 먹지 않으면 영문도 모를 불안이 따라다녀 다른 생각을 못한다. 약의 힘으로 가슴을 죄는 불안은 가라앉았지만 정신이 흐릿하고 몸은 젖은 소금자루처럼 무거웠다. 오후 2시에 심리상담소에 예약이 되어 있었다.

아틀리에 유리문에 '휴업'이란 푯말이 걸려 있다. 7년 전에 걸어둔 푯말이었다. 아내가 병실에 누워 있는 동안 크로키반과 회화반이 뿔뿔이 흩어졌는데도 나는 아내의 간판을 내리지 못했다. 이름뿐인 간판이지만 그것은 버릴 수 없는 아내의 꿈이었다. 가끔 아내에게서 드로잉을 배운 학생이 전화를 했다. 그녀가 잘 지내고 있다는 거짓말을 하는 게 마음에 걸려서 전화국에 집 전화를 반납했다.

열린 문으로 바람이 들이쳤다. 게시판에 붙여놓은 그림과 B5 스케치 용지가 바람에 날려 펄럭거렸다. 용지를 주우려다 탁자에 놓여 있는 유리병을 쓰러뜨렸다. 바닥에 떨어진 유리병에서 물이 콸콸 쏟아졌다. 썩어서 냄새나는 물을 닦다가 유리조각에 손을 베었다. 밴드를 찾으러 방으로 들어가다 바람에 쏠린 문에 손이 끼었다. 맞바람에 떠밀린 문의 힘이 어찌나 센지 분노에 찬 마녀의 앙갚음 같았다. 덕분에 나는 손가락이 끊긴 듯 감각이 없는 손을 잡고 한동안 숨을 멈추어야 했다. 손가락 다섯 개가 제

자리에 붙어 있는 게 신기할 지경이었다. 눈물이 찔끔 나왔다. 화들짝 놀란 눈이 식은땀을 흘린 거라고 생각했다. 눈이 중풍까지 않는다는데 식은땀 정도야 흘릴 수 있지. 찬물에 손을 담그고 아픔이 가시기를 기다렸다.

손에 붕대를 감고 한 손으로 걸레를 흔들어 회전탈수청소기에 넣었다. 회전탈수기가 돌며 걸레의 물기를 짰다. 전날 밤에 아이가 장염으로 병원에 입원했다는 연락을 받았다. 유치원에서 급식을 먹고 단체로 식중독에 걸렸다고 했다. 다른 아이들은 치료를 받고 일찌감치 집으로 돌아갔는데 주연이만 급성 장염으로 진행되어 병원에 남아 있었다. 링거를 꽂고 자는 아이 곁에서 밤을 새웠다. 주연은 얼굴이 핼쑥해졌는데도 아빠가 곁에 있어서 좋다고 생글거렸다. 늦도록 깨어 있는 아이에게 동화책을 읽어주고, 더운 물에 수건을 빨아서 조그만 발을 닦아주다 왼쪽 복사뼈에 점이 있는 것을 발견했다. 영애에게도 있는 것이었다. 엄마 발에도 똑같은 점이 있다고 하자 아이가 당장 보여 달라고 떼를 썼다. 간병인에게 영애의 왼쪽 발에 있는 점을 사진으로 찍어서 보내달라고 문자를 보냈다. 날이 새도록 간병인에게서 아무 연락이 없었다.

'자리를 비웠나?'

밤새 기다려도 간병인에게서 답장이 날아오지 않았다. 민이 장을 봐오라고 메시지를 보냈다. 홀의 냉장고가 비어 있다. 장을 봐서 가득 채워놓아야 맨홀 식구들의 허기를 채워줄 수 있고 아울러 내 주머니에 돈이 들어온다. 라면조차 없으면 굶을 사람이 여럿이다. 주연을 퇴원시키고 어머니가 끓여준 칼국수까지 먹고서야 병원으로 갔다. 잠깐 아내의 병실에 들러서 발목의 점을 카메라에 담아올 생각이었다.

별 일이야 있을까 싶으면서도 병원에만 오면 가슴이 답답해지고 불안해지는 건 무슨 영문인지. 걱정이 늘어나는 것도 신경증의 일부이다. 온통 아내에게로 달려가는 걱정을 줄이려 의도적으로 일에 매달렸다. 집에서 자는 것보다 가게의 접이식 침대가 편했다. 집은 옷이나 갈아입는 곳이 되었고, 가게 일이 바쁘다는 핑계로 아내의 병실을 멀리했다. 간병인의 전화로 아내의 소식을 들었고 온라인으로 월급을 보냈다. 아내가 살았는지 죽었는지 의식하지 않으려 애썼다. 무연히 맥 놓고 있는 동안 머릿속이 텅 비고 의식이 정지 상태에 머물렀다. 나와 상관없다는 듯 시간이 무심히 흘러갔다. 아내도 내가 있는 곳을 모르고 나도 아내가 있는 곳을 모른다. 우리의 레이더망은 서로를 잡아내는데 실패했다.

민과 손을 잡은 게 잘한 짓인지 모르겠다. 자금을 끌어댄 민과 전직 경찰 박이 80%의 배당금을 나누어 먹고, 밴을 몰고 다니며 손님들 관리를 맡는 조건으로 내가 20%의 배당금을 받기로 했다. 몸으로 때우는 조건이 마음에 들어서 하겠다고 했다. 배당금 20%를 먹기 위해서 그들의 개가 되었다. 자는 것 먹는 것이 비박인 듯 허술하지만 쓸쓸하지 않아서 좋았다. 아내 없는 빈집에서 혼자 뒤척이느니 맨홀의 조립식 침대에 웅크리고 있는 편이 나았다. 홀로 된 사람에게는 외로움이 복병이다. 배고픈 것보다 외로움이 더 무서울 때가 있다. 그래서 나는 맨홀이 좋다. 맨홀에는 항상 사람이 있고, 세 개의 방은 불안한 열기로 뜨겁다. 맨홀 식구들은 나를 '셉, 또는 셰프'라고 부른다. 거기서 내가 밥을 하고 반찬을 만들고 커피를 끓이는 건 사실이지만 '셉'은 그냥 편한 대로 부르는 고유명사일 뿐이다. 손님들은 내가 지은 밥을 먹고 포만감에 젖은 얼굴로 노름에 전념한다. 그들은 먹은 만큼의 대가를 지불하고 나는 요리책을 들여다보며 손님들의 허기를 채워주기 위해 장을 보고 요리를 만든다. 악어새와 악어의 관계처럼 그들은 내가 누구인지 알 필요 없고 나 역시 그들이 누군지 묻지 않는다.

자주 가던 동네 화장품 가게의 전화번호를 눌렀다. 지금 향수를 살 수 있느냐고 물었다. 잠시 망설이던 화장품 가게의 주인이 무슨 향수를 찾느냐고 물었다. '속임수'를 찾는다고 했더니 와보라고 했다. 병원으로 가던 중에 화장품 가게로 갔다. 가게 주인이 '속임수'를 찾아주었다. 그녀에게 와인빛깔의 립스틱을 함께 넣어서 포장해달라고 했다. 파란색 포장지 위에서 노란 장미가 반짝거렸다. 아내가 건강할 때부터 단골이었던 집이지만 아내의 얘기를 하지 않았다. 아내는 립스틱을 좋아했다. 진홍색이나 와인빛 혹은 꽃 핑크 계열의 화려한 색상을 좋아했다. 쥐 잡아먹은 듯 빨간 입술이 흰 피부와 유난히 잘 어울렸다. 다시 한 번 그 시절로 돌아가서 한 달만 사람답게 산다면 당장 죽어도 아깝지 않겠다.

교회의 첨탑과 비둘기가 노는 잔디밭, 빌딩의 유리창에 비치는 황금빛 햇살이 아름답다. 가을은 푸른 하늘과 어우러져 햇빛이 가장 찬란하고 아름다운 계절이다. 병원주차장에 빈자리가 없어서 기다려야 했다. 용무를 마치고 나오는 차보다 들어가는 차가 더 많았다. 환자들이 이동식 수액걸이를 끌며 병원 뜰을 거닐었다. 노랗게 물든 나뭇잎이 한 잎씩 날렸다. 나무도 몸을 비울 때다. 빈자리에 차를 세우고 병실로 올라갔다.

앰뷸런스가 경광등을 번쩍이며 달려오고, 일층 로비는 접수를 기다리는 사람들이 빼곡하고, 진료실 복도마다 환자들이 꽉 찼다. 엘리베이터를 타고 5층으로 올라갔다. 장의사가 검은 관을 밀고 지나갔다. 옆 병실 환자의 남편과 지팡이를 짚은 노부인이 다리를 절며 뒤따르고 있었다. 얘기를 나눈 적은 없지만 병원 마당에서 담배를 피우며 자주 마주치곤 했다. 옆 병실 여자의 고생이 마침내 끝났나 보았다. 옆 병실 환자의 남편이 휴게실 쓰레기통으로 갔다. 그가 손에 들고 있던 책을 쓰레기통에 넣었다. 사내는 손을 털며 검은 관을 따랐다. 사내가 뒤를 힐끔 돌아보았다. 쓰레기통에서 책을 줍던 나와 사내의 눈이 마주쳤다. 허황하게 비어 있는 두 개의 시선이 허공에서 엉키다 흩어졌다. 언젠가 나도 아내의 책을 쓰레기통에 던지게 될 것을 예감하며 병실로 갔다.

병실 문을 열자 눅눅하고 시큼한 냄새가 달려들었다. 병실 창과 문을 잠시 열어두었다. 까만 텔레비전 화면에 내 모습이 비쳤다. 아내가 침대에 누워 있는데도 빈방 같이 느껴지는 당혹스러움에 놀랐다. 언제부터 비어 있었기에 사람이 머물렀던 훈기가 느껴지지 않는지. 이즈음 내가 너무 민감해졌는지 별것이 다 마음에 걸린다. 아내가 미로에서 길을 잃었다. 좀체 돌아올 줄 모르는 아내를 찾아서 미로 속으로 뛰어들었지만 수만 갈래로 엮인 미로에서 나 역시 길을 잃고 말았다. 7년 만에 겨우 밖으로 나와서는 달아나듯이 아내 곁을 떠났다.

한 달 만에 만난 아내는 만나지 못한 시간만큼 낯설었다. 쓰레기통에서 주운 파울로 코엘료의 책을 탁자에 얹어놓고, 조금은 낯설어 뵈는 아내의 볼을 만져주는 것으로 오전 10시 20분의 인사를 건넸다.

"바람이 시원해서 바다로 드라이브 갔으면 좋겠더라."

'오랜만이에요.'

"변명 같지만 일이 많았어."

'기다렸다는 말은 하지 않을래요.'

나는 열이 화끈거리는 손을 아내의 볼에 붙였다. 검게 멍든 손등이 퉁퉁 부어올랐다. 아내의 서늘한 볼이 손등의 열을 식혀주었다. 아직 볼이 따뜻하고 윤기도 반들거리는데 어째서 못 깨어나는지. 희고 깨끗한 볼에 손을 대고 있는데도 아내의 존재가 느껴지지 않아서 마음이 저렸다.

"문에 손이 끼었어. 유리에도 베고, 이상한 날이야."

'마음을 딴 데 두고 있으니 다치지.'

"이층 여학생 피아노 실력이 많이 늘었어. 월광 소나타를 치던걸."

'얼굴도 못 봤으면서 여학생이래. 멋진 청년이 되었을 텐데.'

눈을 깜박이며 수많은 말을 하는 데도 나는 그녀의 말을 한마디도 알아듣지 못한다. 제스처든 말이든, 내가 알아들을 수 있게 응답이라도 했으면 좋겠다고 생각하며 이불을 들추었다. 눅눅한 시트를 목까지 덮어놓았을 뿐, 속은 알몸인 채로였다. 환자복을 꼭 입히라고 한 내 요청을 무시해버린 간병인에게 '당장 해고야.' 하고 소리치려 해도 해고를 당할 사람이 감감무소식이었다. 간병인이 전화를 받지 않았다. 간호사실로 갔다. 간호사에게 간병인이 어디 갔느냐고 물었다. 간호사는 잘 모르겠다며 고개를 갸웃거렸다.

"근무 안하고 잠만 잤어요?"

간호사는 내 닦달에 마음이 상했는지 간병인까지 돌봐야 하느냐고 투덜거렸다. 간병인이 몇 시간씩 자리를 비워도 남의 일처럼 관심이 없느냐, 그 사이에 환자에게 무슨 일이 생겼으면 어쩔 뻔 했느냐고 따지려다 아침부터 소리를 지르면 사람들이 몰려올 것 같아서 환자용 원피스만 들고 병실로 돌아왔다. 옷을 갈아입히려고 보니까 아내의 성기에 허연 분비물이 묻어 있었다. 나는 애써 언짢은 마음을 감추면서도 연신 고개를 갸웃거렸다. 냉이 흐른 것이겠지. 아내는 몸이 차가우니까. 의심을 지우려는 듯 따

41

뜻한 물에 수건을 빨아서 아내의 성기를 깨끗이 닦아주었다. 목욕 시키듯이 전신을 몇 번이나 거푸 닦아주는데도 의심이 자꾸 깊어졌다. 등에 크림을 문질러서 마사지를 하다 엉덩이뼈 부근에 거무스름한 자국이 있는 것을 보았다. 장모와 처제가 간병을 할 때는 피부가 깨끗했다. 간병인이 환자 관리를 어떻게 했기에 욕창이 생기는지. 울컥 치솟는 화를 자제하지 못하고 아내의 팔을 던졌다.

"좀 깨끗이 닦아달라고 하지 욕창이 생기도록 내버려뒀어."

'간병인이 내 말을 못 알아들어요. 우린 서로 마음이 통하지 않는다구요.'

허리선이 지워지고 탄력이 빠져서 몸이 많이 물렁해진 아내를 이리저리 뒹굴려가며 옷을 입혔다. 생명이 붙어 있는 한 식물인간 상태의 환자도 의식주를 누릴 권리가 있다고 혼잣말을 중얼거렸다.

"이런 대접 받기 싫으면 냉큼 일어나. 그 사이 수치심까지 잊은 게야."

'그럴 리가, 사람이 마지막까지 버리지 못하는 게 성적性的 수치심인데.'

"간병인은 환자를 혼자 두고 어딜 간 거야. 밤새 비워두면 누가 들어와서 무슨 짓을 해도 모르잖아."

'그러니까 자주 좀 오라니까.'

그만 좀 깨어나라고 차마 소리를 지르지 못하고 혼자서 쉬지 않고 잔소리를 해댔다. 그렇게라도 말을 하고 나니 속이 조금 풀렸다. 아내가 억울하다고 화를 내주길 바랐다. 결혼 전에는 맨발도 보여주지 않으려고 까칠하게 굴더니, 겨우 이 정도냐고 나무랐다. 그녀는 묵묵부답이다. 생리를 하는지 안 하는지 간호사에게 물어야 할까 망설였다. 간호사는 리듬감 없고 건조한 목소리로 아내의 상태가 좋다고 대답할 게 뻔했다. 생리를 하지 않아도 임신이 가능할까? 간호사가 그런 걸 왜 묻느냐고 의아한 눈빛으로 쳐다보면 아내의 성기에 분비물이 묻어 있더라고 말해야 하고, 자칫 말을 잘못 꺼냈다가 아내를 강간당한 여자로 만들고 말 것 같아서 물어보지도 못하겠다.

대수롭잖게 여겼던 분비물의 흔적이 목구멍에 걸린 가시처럼 신경을 긁어댔다. 만약 그게 진짜 성교의 흔적이라 해도 누구에게 하소연해야 할까. 시간이 흐르며 의심이 칡넝쿨처럼 자라서 마음을 친친 감았다. 간병인은 어쩌자고 저런 사람을 두고 자리를 비웠는지, 지금까지 줄곧 저렇게 버려둔 건 아닐까 하는 의심이 들며 간병인에게 화가 났다.

처제가 결혼을 한 이후부터 요양보호사 파견 센터에서 소개해 준 간병인에게 아내를 맡겼다. 처제만큼 마음이 놓이지는 않지만 내가 간병을 맡지 않는 한 다른 방법이 없었다. 간병인은 여전히 전화를 받지 않았다. 간병일지를 뒤적거렸다. 간병인은 일지를 기록하지 않았다. 사소한 변화도 빠뜨리지 말라고 일렀건만 처제가 결혼하기 전날에 쓴 편지를 마지막으로 내용이 비어 있었다. 딱 한 가지 메모가 되어 있었다. 간병인의 월급과 결혼 부조금, 곗돈, 관광 등의 지출금을 비교한 대차대조표였다. 나는 간병일지와 상관없는 대차대조표를 찢어서 구겨버렸다.

"당신이 말해봐. 아무 일 없었다고."

'당신만큼 나도 언짢아요.'

"어떤 몰인정한 놈이 중환자에게 그따위 짓을 할까."

'어린아이에게도 하는 짓을 성인 여자에게 왜 못하겠어요.'

"정말 그랬다면 하늘이 그 짐승을 용서치 않을 거야."

'제발 나를 혼자 두지 말아요.'

"간병인을 바꾸는 일이 급하네. 어디서 구하지?"

만약 식물 상태에서 임신이라도 하게 되면? 다시 병실로 돌아와야 할까. 병실의 무료한 시간이 생각할수록 끔찍했다. 내게도 아내를 위해 최선을 다한 시간이 있었다. 낮에는 처제와 장모가 간병을 하고 밤에는 내가 아내 곁을 지켰다. 7년이 한계였다. 아내가 원망해도 어쩔 수 없었다. 다시 병실로 돌아오는 대신 나는 아내를 믿고 맡길 수 있는 사람을 찾는데 온 힘을 기울이겠다고 약속했다.

"이번엔 내가 직접 구할 거야."

'아이 키우는 얘기를 해주는 또래였으면 좋겠어요.'

"친구가 되어줄 사람을 꼭 찾아줄게."

'그런 기특한 생각을 다 하다니, 이제 내 남편 같네.'

"내가 간병을 해도 되지만, 병실에 갇혀 있을 자신이 없어."

'남편보다 친구가 더 좋아.'

식물인간 상태의 환자도 잠을 잘 때를 제외하곤 대부분 의식이 깨어 있다는 말을 듣고 아내를 살아 있을 때처럼 대해주었다. 순환대사, 체온조절 등의 식물성 기능만 살아있는 상태라지만 나는 인간의 정신이 쉽사리 죽지 않을 거라고 믿었다. 아내가 캄캄한 우주를 헤매는 동안 내 삶도 정지되었고 아이는 무럭무럭 자라 일곱 살이 되었다.

"가엾은 사람. 자기가 낳은 아이도 못 알아볼 거야."

'그래도 병실에 데려오면 안돼요.'

"엄마가 이러고 있는 거 보면 아이도 상처받겠지?"

'그 애를 안아볼 날이 올까요?'

속살이 여전히 희고 탐스러운데도 그녀를 안고 침대에서 뒹굴지 못하는 것이 아쉬웠다. 임신 체크? 식물인간 상태의 환자도 아기를 낳는다는 말을 듣긴 했다. 아기를 낳을 힘이 있으면 섹스도 가능할 것이다. 나는 아내의 가슴에 얼굴을 붙이고 심장이 뛰는 소리를 들었다. 속삭이듯 따뜻하게 들리는 소리. 가늘고 여리게 뛰는 심장박동이 언제든 당신을 받아들일 준비가 되어 있다는 아내의 대답 같아서 눈물이 났다. 따져보니 그녀는 이제 겨우 서른다섯 살이었다. 아내의 젖꼭지를 입에 머금었다. 많이 사랑해주고 싶었던 몸이었다. 여자 나이 서른다섯이면 원숙함이 깃들어 겨드랑이에 바람만 불어넣어도, 발가락을 만지기만 해도 질이 흠뻑 젖을 나이였다. 젖꼭지를 질겅 씹었다. 몸이 움찔 떨리는 느낌에 깜짝 놀라 얼굴을 들어 보니 아내는 언제 그랬냐는 듯 시치미를 떼고 있었다. 희다 못해 실핏줄이 비치는 아내의 손바닥에 얼굴을 댔다. 온기 없이 서늘한 손이 찬비를 맞은 나뭇잎 같았다. 아내는 백지처럼 공허한 손으로 내 볼을 감쌌다. 한때 사랑을 맹세하며 맞잡았던 손이었다.

정 여사가 점심 배식차를 끌고 왔다. 식사시간이 되자 복도에 활기가 살아났다. 아내는 언제쯤 밥을 먹을 수 있을지. 음식 냄새가 허기를 자극했다. 또 어딘가에서 아침 겸 점심을 해결해야할 시간이었다. 날마다 맨홀 식구들의 식사를 챙기면서도 정작나 자신은 뭘 먹고 살았는지 모르겠다. 정 여사가 뉴케어를 탁자에 올려놓았다. 하루에 여섯 번, 아내의 목에 꽂아둔 호스로먹여줄 영양식이었다. 사이사이 플레인 요구르트를 곁들이기도했다.

"오늘은 신랑이 있네. 간병인은 어디 갔어요?"

"없네요. 나타나지도 않고."

"그것 봐요. 주인이 소홀하면 나그네도 닮는다니까."

일 때문에 바빴다고 핑계를 대면서도 부끄러웠다.

"식사하시려우?"

나는 정 여사가 물어주길 기다린 듯 얼른 고개를 끄덕였다. 정여사가 김이 피어오르는 식판을 들고 왔다. 황태국이었다. 가자미구이와 감자조림, 갓김치, 밥과 국이 식판에 가지런히 담겨 있었다.

"어디서든 한 그릇 먹으면 되는 거지."

7년째 그렇게 살고 있었다. 살뜰히 챙겨주는 정 여사의 마음이고마워서 그녀가 주는 밥을 거절하지 않았다. 아내에게 의료사고가 생긴 후, 더운 김이 피어오르는 식탁에서 아내의 분홍빛 얼굴을 바라보는 즐거움이 나를 떠났다. 아이가 자라는 것을 지켜보는 즐거움과 아내의 싱싱한 육체를 가지는 젊은 욕망도 접었다. 그 외에도 버린 게 이루 말할 수 없이 많지만 아내가 깨어날 때까지만 내 인간적인 욕망들을 잊기로 했다. 나는 신문을 깔고 식판을 놓았다. 목요일 반찬과 국, 밥의 식단이 일 년 내내 똑같다. 식단을 한 번 정해두고 바꾸지 않나 보았다. 여러 병원을 떠돌았지만 이 병원처럼 내게 밥을 챙겨주는 곳은 없었다. 일주일 식단이 수년간 반복된다 해도 그게 무슨 상관인가. 어차피 환자들은 길어야 일주일이면 병원을 떠나고 늘 새로운 환자들이 병실을 채워주니 반찬타령할 짬이 없다.

개인병원이어서 영양사도 정 여사가 맡고, 주방 관리도 정 여사가 맡고, 청소 관리도 정 여사가 책임을 맡고 있다. 사위에게 한 푼이라도 더 벌게 해주려는 정 여사의 배려였다. 월요일에는 고등어구이 한 토막이 나오고, 화요일에 가지조림이 나오고, 수요일에 계란찜, 대충 이런 식이지만 일 년 내내 같은 반찬을 먹는 장기 환자들은 아예 자기 반찬을 챙겨둔다. 대충대충 해도 병원이 무난하게 잘 굴러가니 판에 박힌 관습이 바뀌지 않고, 정 여사는 누군가가 짜준 식단에 제철 식품 한두 가지 바꾸어 넣는 식으로 싫증도 내지 않고 잘 써먹는다. 권태로운 밥상이 싫으면 굶는 수밖에. 정 여사가 나를 돌아보며 말했다.

"자기 사람을 귀하게 여겨야 남도 그렇게 대해준답니다."

내가 아들 같아 보이는지 정 여사는 무엇이든 일러주고 싶어 한다. 그게 어머니 마음이란 거 알면서도 불편한 건 어쩔 수 없다. 귀하게 여길 줄 몰라서가 아니라는 말이 입에 맴돌지만 네, 하고 고개만 주억거렸다. 노름꾼이 노름에서 손을 떼는 것과 알코올 중독자가 술을 끊는 것, 그리고 언제 깨어날지 모르는 아내의 병실을 지키는 것 등, 알고 있어도 실천하기 어려운 일이 얼마나 많은지 일일이 예를 들어 무엇하랴. 다들 몰라서 그러고 사는 게 아니다. 정 여사는 눈이라도 깜박거리고 있는 게 어디냐며, 죽고 없으면 그나마도 만지지 못한다고 했다. 핑계가 아니라 정말 바빴다. 한시도 긴장의 끈을 늦추지 못하는 맨홀의 삶이 폭탄을 안고 사는 듯했다. 하루에도 몇 번씩 손님을 실어 나르고 잔심부름을 하며 한 달을 하루처럼 살고 있다. 간병인이 아내를 어떻게 돌보는지도 모른 채 통장으로 월급만 입금한 내 소홀함이 크다.

목에서 끓는 가래를 뽑아내고 호스로 미음을 먹였다. 모로 눕혀서 등을 문지르고 어깨를 두드렸다. 돌려 눕혀서 같은 방법으로 등과 어깨를 탕탕 두드리고, 무릎을 세웠다 펴고, 팔을 접었다 펴며 한 시간쯤 운동을 시켰다. 그러는 동안 아내에게 맨홀의 일을 들려주었다. 거기 노름에 정신이 팔린 사람이 얼마나 많이 다녀가며, 그들이 돈뭉치를 얼마나 무자비하게 던지는지 숨기지 않고 들려주었다. 아내가 불법도박장의 삶을 마뜩잖아한다 해도. 제발이지 그녀가 내 걱정으로 가슴을 태워주길 바랐다. 그렇게라도 나를 의식해주기를. 내내 숨기고 있던 얘기를 아내에게 들려주기로 한 건 도무지 깨어날 줄 모르는 그녀를 자극하기 위해서였다. 아내가 걱정 없는 얼굴로 누워 있는 것이 못마땅했고, 기쁨이 아니면 하다못해 괴로움이라도 느끼기를 바랐다. 내 일탈에 분노를 느끼고 벌떡 일어나 '당신 미쳤어?' 하고 외쳐주기를 얼마나 바라는지 안다면. 정말 아내는 돌아오는 길을 잃은 걸까.

"영애야, 길목에 노란 리본을 달아두면 돌아올래?"

'기다려줘요. 당신이 기다려주기만 하면 꼭 돌아가요.'

3

"안색이 안 좋네."

식물인간 상태의 환자도 나름대로 스트레스를 받는다는 글을 어느 책자에서 읽은 적이 있다. 스트레스는 인간이 살아 있다는 증거여서 후유증이 얼굴에 고스란히 드러난다. 어느 날은 화색이 돌다 어느 날은 창백하고, 오늘 아내의 얼굴은 부기가 있어 보이고 안색까지 파리하다.

"혈액순환이 안 좋은가?"

무슨 걱정이 그리 많아서 얼굴색이 이 모양이냐고 잔소리를 하고서는, 아내의 얼굴색이 나빠 보이는 것은 세상이 온통 회색빛으로 보이는 내 기분 탓인지도 모른다고 생각했다. 보다 못한 나는 서랍에서 화장품 가방을 꺼냈다. 영애가 깨어날 때를 생각해서 준비해둔 것이었다. 눈을 뜨면 가장 먼저 거울을 달라고 할 것 같았다. 침대에 화장품을 줄줄이 늘어놓았다. 책자에 씌어 있는 대로 아내의 얼굴에 화장수와 로션, 영양크림을 차례대로 펴 발랐다. 파운데이션과 볼 터치, 아이샤도우를 바르고 눈썹을 그린 다음 마지막으로 백화점에서 산 향수 '속임수'와 와인빛 립스틱의 선물 포장을 풀었다.

"당신을 위해 향수를 샀어."

몇 년 만인지 기억도 안 난다. 립스틱을 꺼내어 입술에 곱게 발라주고, 아내의 손에 향수를 쥐어주었다. 그녀의 손가락을 눌러 겨드랑이로 손목으로 향수를 뿌리게 했다. 아내는 향수를 좋아했다. 여자의 아름다움은 향수를 뿌리는 것으로 완성된다며 고급 향수를 망설이지 않고 사들였다.

"향수 이름이 속임수래. 우리 매장 삐끼가 그러는데, 좋은 향수의 장점만 모아서 만든 거래."

얼마 전 방송으로 식물인간 상태에서 23년 만에 깨어난 환자의 인터뷰를 보았다. 그는 식물인간 상태에서도 줄곧 의식이 있었다고 고백했다. 사람들의 말소리를 들을 수 있었지만 몸이 마비되어 있어서 표현을 못했을 뿐이라고. 그 인터뷰가 아내에게 줄 선물을 사게 했다. 삶을 조롱하는 해학적 의미가 담긴 속임수를 내 겨드랑이에도 살짝 뿜었다. 간병인은 화장을 마칠 때까지도 나타나지 않았다. 자주 못 와서 미안하다는 말은 하지 않았다. 기다리게 한 걸로 따지면 영애만큼 나를 기다리게 한 사람이 있을까.

"내가 맨홀의 5분 대기조잖아. 단속반이 뜬다는 정보가 들어오면 얼른 기계를 옮겨야 하거든."

바빠서 자주 못 오더라도 이해해달라고 아내를 설득했다. 우량 회원이 많아서 사업이 잘 되고 통장에 돈이 조금씩 고이는 게 재미있다며, 번듯한 가게 얻을 돈만 벌면 그쪽으로 얼굴도 돌리지 않겠다고 아내와 약속했다. 건강할 때의 아내였으면 당장 그만두라며 펄쩍 뛰었을 테지만 지금 그녀는 흰자위가 덮인 눈만 깜박이고 있다. 그게 아내의 유일한 반응인 걸 알면서도 손을 들어 찬성이나 반대의 의사표현을 했으면 좋겠다고 불평을 늘어놓았다.

"김 교장 아들 태우 알지? 그 친구가 요즘 우리 가게에서 살아."

테이블 게임에 적지 않은 돈을 처넣긴 했지만, 태우에게는 아파트와 주식, 펀드 등의 재산이 있기 때문에 걱정할 필요가 없다고 아내를 안심시켰다.

"당신도 알잖아. 그놈 집안이 대대로 내려온 부자라는 걸. 되는 집안에서는 닭이 황금알을 낳는다더니 녀석이 벤처기업으로 돈을 좀 벌었나 보더라. 무엇이든 덤비면 돈이 되니까 노름도 잘될 거라고 생각했는지, 아무리 말려도 손을 안 떼. 그러니 어쩌겠어. 망하든 흥하든 내버려두는 거지. 민 사장이 같이 일하자고 할 때 솔직히 노름으로 한탕 벌어서 얼른 빠져나올 생각이었어. 불법도박장이란 데가 본래 온갖 잡놈들이 다 모이는 곳이잖아. 홀에 바다이야기 게임기가 100대 있지만 그건 양념이고, 진짜 노름은 테이블에서 이루어지거든. 큰 노름도 처음에는 만 원짜리 한두 장으로 시작이 돼. 끝까지 그 수준을 유지하면 포커보다 더 흥미로운 놀이가 없어. 가볍게 나가던 판세가 시간이 흐르며 눈덩이처럼 단위가 커지는 게 문제지. 인간은 태생적으로 안정이 되고 평화로우면 반역을 꿈꾸는 불순한 유전자를 타고 난 게 틀림없어. 시간이 시냇물처럼 잔잔하게 흐르는 걸 참지 못해.

어느 사업가는 우연히 카지노에 들렀다가 평생 벌어 모은 수백억을 바카라 게임에 몽땅 집어넣었어. 수백억을 잃는 동안 그 사람이 왜 노름을 그만두려고 애를 안 썼겠어. 이미 의지로 통제할 수 있는 한계를 넘어버린 거야. 자수성가로 성공한 사람일수록 자신의 실패를 인정 못하는 습성이 있어. 열심히 하다 보면 한 번은 기회가 돌아올 줄 알거든. 인생은 그럴지 몰라도 노름은 절대로 아니지. 왜냐고? 노름의 본성이 속임수거든. 그 사업가도 너무 많이 잃어서 발을 빼기가 어려웠던 거야. 환각 상태에 빠져서 돈인지 장난감 칩인지 분간이 안 가는 그것을 휙휙 던지는 동안 그는 자신이 흘린 땀과 수고를 되찾아올 거라고 믿거든. 노름이 질 수밖에 없는 게임이고, 지기 때문에 악착스레 달려드는 게임인 걸 몰랐던 거지. 지고 있다는 승부근성이 중독성을 찾아 올리고 인간을 노름판에서 떠나지 못하게 하거든. 노름은 먹느냐 먹히느냐 하는 생존법칙이 있을 뿐이지 권선징악이나 반전이 통하지 않아.

카지노에서 현금 대신 칩을 사용하는 이유가 뭐겠어. 그게 바로 노름꾼에게 현실감을 잊게 하려는 수작이라구. 내가 봐도 착각할 만해. 칩을 갖고 놀면 정신적인 부담이 반으로 줄어. 한참 가지고 놀다 보면 노름판에 던진 칩이 인간의 땀과 눈물이 섞인 돈이란 걸 잊게 돼. 어떻게 칩이 한 가족의 생활비가 되고, 교육비가 되고, 인간에게 최소한의 인격을 유지하게 만드는 그 잘난 돈일 수 있어? 실 끊어진 연처럼 제멋대로 풀려나가는 그것은 돈의 변신이지 진짜가 아니야. 속임수라구. 판돈이란 이름을 가진 그 가짜는 지금껏 어느 누구에게도 잡혀본 적이 없어. 손에 들어오는 순간 'go' 한마디에 사라져버리거든. 'go'를 부르지 않고 얼른 그 자리를 떠나면 가짜가 진짜로 변신할지도 모르는데 대부분 그러지 못해. 한탕의 유혹이 그들을 곱게 돌려보내지 않거든. '딱 한 번만 더' 하는 유혹 말이야. 판이 거듭될수록 돈이 두루마리 휴지처럼 풀려나간다고 생각해봐. 테이블에 쌓이는 칩의 부피가 늘어날수록 현실을 망각하는 속도가 그만큼 빨라져.

거기서 내가 뭘 하느냐고? 판돈에서 자릿세 떼고, 심부름 값 받고, 식사비를 챙겨. 거기서는 찬물 빼고 공짜가 없거든. 날마다 내 손에 들어오는 20%의 배당금, 알고 보면 내가 가져오는 배당금이 진짜로 변신한 돈의 엑기스야. 노름꾼들의 손에서 풀려나간 돈은 표가 안 나게 흩어지지만 내 손에 들어온 돈은 적으나마 통장에 숫자로 기록되거든. 누가 지고 이기든 내 알 바 아냐. 비록 더러운 돈이긴 하지만 '돈세탁'이란 게 있어서 내 통장에 실리면 깨끗하게 정화가 돼. 난 노름꾼들의 코와 눈물로 범벅이 된 돈을 곱게 펴서 은행에 가져가는 재미로 살아. 내 초라한 감동을 노름꾼들이 어떻게 알겠어."

도박장 심부름꾼 자리도 철밥통이 아녔다. 노름판에 장사밑천을 홀랑 털어 넣은 사람이 온종일 내 뒤를 졸졸 따라다니며 징징거렸다. 그의 말에 의하면 부인은 도망가고 애들은 빚쟁이를 피해서 할머니 집에 가 있고. 집마저 빼앗겨 갈 데가 없다며 맨홀에서 한 달만 살게 해달라고 애걸복걸이었다. 오갈 데 없는 그에게 박카스라도 팔아보라고 심부름꾼 일을 맡겼다.

카지노에서 민을 처음 만났다. 병실이 갑갑해지기 시작할 무렵 분노에 사로잡혀 달려간 곳이 카지노였다. 뚜렷하게 대상을 찾지 못한 분노가 서글펐다. 호주머니에 손을 찌르고 카지노를 어슬렁거리고 다녔다. 돈도 없고 놀 기분도 아니지만 젊은 시절의 아버지가 그랬듯이 맹목적이고 광적인 카지노의 열기가 좋아서 그냥 돌아다녔다. 호주머니에 구겨져 있던 만원으로 슬롯을 당겨 제법 많은 점수를 얻었다. 얼마간의 돈이 쏟아졌다. 공돈으로 블랙잭을 즐겼다. 판이 돌아가는 걸 구경만 하다 돈을 질렀다. 딜러가 카드를 돌렸다. Q와 스페이스 K를 받아서 합이 20점이었다. 여러 번 지를 때마다 운이 따라주었다. 내 옆에 있던 여자가 말했다.

"운이 좋으시네요."

"웬일로 술술 풀리네요."

"내 돈을 대신 좀 질러줄래요?"

그날 여자의 돈을 세 배로 튀겨주었다. 우연을 가장한 세 번의 만남 후, 내 휴대폰에 파라다이스 디럭스 룸에 있다는 메시지가 들어왔다. 긴히 나누어야 할 업무가 있다고 했다. 첫 만남을 호텔 디럭스 룸으로 정한 직설화법이 탐색의 시간을 줄여주었다. 그녀는 강릉 앞바다가 보이는 침대에 걸터앉아서 술잔을 기울이고 있었다. 그녀의 유리잔에 얼음을 가득 채우고 보드카를 따랐다. 얼음이 따닥따닥 소리를 내며 녹았다. 여자가 취기에 젖은 눈으로 나를 바라보았다. 그녀는 술잔을 내밀며 자신을 도와줄 수 있느냐고 물었다. 어떤 프로젝트를 진행 중인데 내 도움이 필요하다고 했다. 그녀는 '불법도박장'이라고 분명하게 말했다. 이유와 목적을 분명하게 제시한 것이 깔끔해서 그녀의 말에 귀를 기울였다.

민은 짧은 시간에 왕창 벌어서 빠지는 데는 불법도박 이상 가는 장사가 없다며 함께 일을 해보자고 했다. 땡전 한 푼 없다고 했다. 그러자 민이 바지사장은 어떠냐고 물었다. 도박장 도우미나 운전기사가 필요하다면 생각해보겠다고 했다. 눈치 빠른 민이 바지사장은 따로 구하겠다며 그냥 자신의 오른팔이 되어 달라고 했다. 그녀는 수익금의 15%를 제시했고, 나는 하루 수입 20%에 해당하는 일당을 날마다 현금으로 계산해주면 생각해보겠다고 했다. 내일이 없는 사업이었다. 그날 이후, 나는 민의 동업자를 겸한 도박장 심부름꾼이 되었고, 그녀는 지갑을 열고 닫는 기술 하나로 나를 욕심껏 끌어당겼다. 어깨에 힘을 빼고 뛰는 동안 삶이 조금 수월해졌다는 느낌을 받았다. 스물네 시간을 함께 지내도 아내와 할 수 있는 일이 아무것도 없다. 무한정 기다리기만 하는 내 노력이 그녀를 일으키는데 아무런 도움이 되지 않는다는 사실에 절망할 즈음이어서 민의 미끼가 더욱 달콤하고 유혹적이었다. 민의 제안은 잠시나마 영애에게서 벗어날 구실이 되어주었다. 나는 아버지의 애장품이었던 세븐카드를 주머니에 넣고 민에게로 갔다. '노름에 미친놈은 꼭 노름으로 망한다.' 아버지의 카드가 일러주는 교훈이었다. 눈물한방울이 노름에 빠지지 않기 위해 술을 가져오는 것처럼 아버지의 카드는 노름의 유혹을 이기는데 필요한 부적이 되었다.

"왜 저를 택하셨어요?"

내 물음에 민이 솔직하게 대답했다.

"네 몸에서 나는 승냥이 냄새가 좋아."

외로운 승냥이의 냄새. 여자가 내 목에 팔을 감았다. 여자를 밀어내며 어떤 경우에도 무료봉사는 안된다고 일침을 놓았다. 여자가 지갑을 열었다. 알아서 뽑아가라고 했다. 지갑에 오만 원짜리 지폐가 두둑했다. 나는 그 중에서 반을 뽑았다. 지갑을 여는만큼 몸도 함께 열어주는 관계라면 마다할 이유가 없었다. 가진 것이라곤 서른다섯 살의 젊은 몸뚱이 뿐이었다.

"우린 동업자야. 마음이 맞아야 일을 잘 할 수 있지."

"계산만 정확하면 문제없습니다."

"한 가지만 알아둬. 인간세계에서는 지갑을 가진 사람이 갑이란 것을."

두 손을 들어 인정했다. 돈보다 확실한 주인은 없으니. 도박장은 음습한 곳에서 놀기 좋아하는 바퀴벌레들의 요구에 따른 응답이고, 노름은 한탕의 꿈을 가진 이들이 한자리에 모여서 실력을 겨루는 성실하고 정당한 게임이다. 나는 그렇게 불법도박장 심부름꾼이 되었다. 돈을 대는 업주가 따로 있고 경찰이 덮치면 감방에 들어가서 살아줄 사람까지 있으니, 나는 그저 전등 갈고 밥하고 노름꾼을 실어 나르며 그들이 불편을 모르고 노름에 몰두할 수 있게 도와주면 되었다. 매일 결제가 가능한 매상 20%의 일당이 나를 그곳에 있게 했다. 민이 말했다. 내가 그녀의 손이 닿는 곳에 있어주기만 하면 발가락 하나 다치지 않게 해주겠다고. 나는 핫초콜릿 같은 그녀의 약속을 믿지 않는다는 말 대신 미소로 응답했다. 비밀이 폭로를 전제로 하듯이 약속 또한 깨지는 것을 전제로 맺어지는 거품에 불과했다. 하루 앞도 내다볼 수 없는 불법도박장으로 미래를 약속하는 것이 어불성설이었다. 나는 여자의 유두가 꼿꼿하게 일어서는 것을 못 본 척하고 술잔을 들었다.

"돈을 좀 건전하게 벌 수 없을까요?"

"도덕적으로 살고 싶으면 바닷가에서 붕어빵이나 굽고 살면 돼."

"누군가 죽어나가야 우리가 살잖아요."

"인생이 정글인 걸. 투우나 투견, 닭싸움보다 훨씬 건전하지. 개와 닭이 목숨 걸고 싸울 때, 인간은 걔들이 죽건 말건 돈을 걸고 죽여, 죽여, 하고 외치잖아."

여자의 사악함이 나를 흥분시켰다. 아득한 수렁으로 빠져들며 누구에겐지 모르게 다짐하듯 웅얼거렸다. '딱 한 번만! 포장마차라도 하나 건지면 그때부터 건전하게 사는 거야.' 집도 사고 아이도 기르고, 인간답게 사는 건 그 이후라고 마음을 도사려 먹었다.

러시아 작가 도스토옙스키는 여행 중에 룰렛 도박에 빠져 모든 정열과 격정을 쏟아 부었다. 도스토예프스키는 그 도박을 단순한 일탈의 경험으로 끝내지 않고 룰렛 도박에 빠진 경험을 살려 '노름꾼'이라는 소설을 써냈다. 그가 불과 27일 만에 룰렛 도박에 관한 상세한 묘사까지 담아서 소설을 써낼 수 있었던 것도 노름에 깊이 빠져보았기 때문이다. 내 식으로 위인들을 정리해보면, 보통 사람들에게 주어지는 적정선의 한계를 뛰어넘어 자기 세계를 이루어내는 이들을 말한다. 노름의 경험을 글로 승화시키는 그런 것.

영수에게서 전화가 왔다. 왜 들어오지 않느냐는 영수에게 가게 별고 없느냐고 물었다. 그러자 말도 마라며, 별고가 생겨서 병원 응급실을 다녀왔다고 했다.

"무슨 일인데?"

"물류센터 관리부장이 기절했어."

"심장마비?"

"저혈당 쇼크였나 봐."

"저런!"

"신경을 너무 써서 그런 것 같아. 좀 잃었거든."

"개평을 좀 낫게 떼어주고 보내지."

"최가 얼마 쥐어줬는데 그걸로 또 노름하려는 걸 쉬었다 오라고 보냈어."

무조건 매달린다고 게임이 풀리는 게 아닌데도 잃으면 잃을수록 더 매달리는 게 노름이다. 돈을 딴 사람은 최와 강인데 그들은 밥값 떼고 개평 떼고 몇 푼 안 된다 엄살이고, 민은 노름판에서 죽을지 모른다며 그를 받지 말라고 하더란다. 마음 약한 바지 사장이 민과 최, 강을 설득해서 관리부장에게 잃은 돈을 일부만 돌려주자고 권했지만 어림 반 푼어치도 없더란다. 그래도 최와 강이 노름꾼의 마음을 안다고, 관리부장의 주머니에 지폐 몇 장을 찔러주며 다시는 노름판에서 만나지 말자 하더란다.

관리부장의 쇼크 소동이 내게 의문을 일으켰다. 물류센터 관리부장이 잃고 간 돈도 잉여자본일까? 예전에 아버지가 그랬다. 노름판에서 돌아다니는 돈은 모두 잉여자본이라고. 세상에 잃어도 괜찮은 돈이 있을까마는 곤두박질치듯이 노름판에 왕창 처넣고도 숨 쉬며 살아가는 걸 보면 잉여자본이 틀림없다는 아버지 말이 맞는 것 같기도 했다. 영혼 없는 말장난 같지만 실은 뼈 있는 말이다. 없어서 안 될 돈이었으면 애초에 들고 나오지도 않았겠지.

영수 말대로 개평 따위는 주지 않아도 그만이지만 잃은 사람이 너무 서운할까봐 주는 것이다. 노름판의 의리라고 할까. 예전에 아버지가 돈을 잃고 와서 행패 부리면 어머니는 누가 시켜서 했냐며, 꼴 보기 싫으니까 집에 들어오지도 말라고 소리쳤다. 온 집안을 뒤집어엎으며 난리를 쳐놓고도 사흘 못 가서 또 노름판에 끼고 만다. 아버지를 악마로 여기던 신랄한 기억조차 흑백사진을 보듯이 무감동하게 돌아볼 수 있는 게 신기해서 풀썩 웃었다. 노름만 아니면 집안 청소도 깨끗이 하고 주위 사람들에게 다정했던 분이었다.

"형, 나 오늘 다섯시에 오디션 받으러 가는데 그때까지 와줄 거지?"

"네 시까지 들어갈게."

지역 오디션이 사흘 앞으로 다가오자 긴장이 되는지 시간을 잊으면 안 된다고 몇 번이나 강조했다. 지역 오디션을 통과하면 서울로 가서 또다시 몇 번의 어려운 관문을 통과해야 한다. 가수가 되는 길도 산 넘어 첩첩산중이었다. 맨홀에 갇혀 있어도 아름다운 꿈이 있어서 영수가 나쁜 물이 들지 않고 똑바로 자기 길을 간다. 꿈은 인간을 인간으로 살게 해주고 앞만 보고 걷게 하는 힘이 있다.

"이번 오디션에서 떨어지면 집으로 끌려갈지 몰라. 울 어머니 단단히 벼르고 계시지만 난 절대 안 가."

"돌아갈 곳이 있어서 좋겠다."

"농사꾼이 뭐 좋다고."

"사오십 대 남자들에게 퇴직해서 뭐하고 싶으냐고 물어봐라."

"자연인."

간병인이 오는 대로 간다 이르고 전화를 끊었다. 농사는 아무 죄가 없다. 영수의 꿈이 너무 커서 궤도를 바꾸기 어려울 뿐이지 귀향도 나쁘지 않다. 창으로 고개를 내밀고 거리를 오가는 사람들의 활기찬 걸음과 줄을 이은 자동차의 움직임을 지켜보았다. 정류장에서 과일을 파는 사람은 날마다 귤과 오렌지를 포장하고, 붕어빵 장사는 온종일 붕어빵만 팔고, 양말장사는 손수레 가판대에 붙어 앉아서 양말만 판다. 그런데도 그들이 조금도 지루해 보이지 않는 것이 정말 신기했다. 그렇게 재미없는 일을 하면서도 어떻게 권태로움에 지치지 않는지. 병실에 있어봐야 할 일이 없다. 침대에 세븐카드를 펼쳐놓고 운세나 떠보는 수밖에. 예전에도 그랬고, 지금도 그렇고, 미래 역시 그럴 것이라고 생각하면 명치 부분이 답답해진다. 라이터와 담배를 들고 아내에게 말했다.

"밑에 가서 한 대만 피우고 올게."

'대체 담배는 언제 끊을 거예요?'

"가게에서 누가 쓰러졌다는데 어떻게 담배를 안 피워. 노름 그까짓 게 뭐라고 저혈당 쇼크로 쓰러져가며 매달리는지."

'당신이 그러지 말라는 보장 있어?'

"금덩이와 단 하루의 자유 중 하나를 선택하라면 난 하루의 자유를 갖겠어. 마음이 자유를 잃으면 만사가 귀찮거든."

'당신들이 그 사람을 쓰러뜨렸어.'

"카지노 딜러를 공개 채용하는데 경쟁력이 엄청나다더군. 우리 맨홀의 놀이쟁이들을 거기 들여놓으면 일급 딜러 저리 가라고 할 텐데."

멋대로 떠들다 담뱃갑을 들고 내려갔다. 땅바닥에 발이 닿으니 살 것 같았다. 병원 전체가 금연구역이었다. 요즘은 담배 피울 곳이 없다. 그렇게 악착스레 금지시킬 거면 담배를 만들어내지나 말든지. 담배 값을 100% 인상하는 폭리를 취하면서 담배 피울 공간까지 차단하는 이율배반이라니, 소비자에 대한 기본 배려가 쥐똥만큼도 없다. 병원 뜰에 담배를 피우는 사람이 대여섯 명 모여 있다. 달고 맛있게 연기를 내뿜는 그들 사이에 끼어 앉았다. 너무 심심해서 누구든 붙들고 얘기나 해볼까, 하고 두리번거려도 하나같이 심각한 표정이어서 말 붙일 사람이 없다. 병원 자체가 심심한 곳이다. 생각해보니 병실에 있을 때만 심심한 것이 아니다. 맨홀에 앉아 있어도, 손님이 많을 때도, 잠을 잘 때도, 길을 걸을 때도 항상 심심했다. 지루함을 견디고 있는 자신이 골인지점 없는 길을 달리는 말 같았다. 외로워서 그런가 생각해보니 그런 것 같기도 했다.

담당 의사가 흰 가운 부대를 이끌고 왔다. 의사가 아내의 눈을 들여다보고 원피스의 앞가슴 사이에 청진기를 댔다. 망설이다 의사에게 물었다.

"저 상태에서도 생리를 합니까?"

"환자는 여자 아녀요?"

지금은 생리가 멈춰 있지만 몸이 정상적으로 회복하면 다시 생리를 할 거라고 했다. 의사가 내 얼굴을 가만히 바라보더니, 뭐 걱정되는 일이 있느냐고 물었다. 나는 아니라며 고개를 저었다. 그냥 궁금해서 물어 보았다니까 의사는 내가 아내에게 몹쓸 짓을 했다고 믿는지, 임신 테스트를 해보라고 간호사에게 지시했다. 임신 테스트? 감추고 있던 욕망을 들킨 것 같아서 나도 모르게 얼굴을 붉혔다. 의사가 근엄한 목소리로 말했다.

"환자가 임신을 감당할 상태가 아닌 걸 알고 계시죠?"

"그런 일 없습니다. 간병인이 병실을 자주 비워서 해본 말입니다."

의사는 당신이 더 걱정인데, 하는 얼굴로 나를 쳐다보았다. 하루에도 수백 명이 다녀가는 곳이라며 병원만 의지하지 말고 가족들이 신경 써서 환자를 돌보라고 했다. 의사는 간호사에게 몇 가지 지시를 한 다음 들어온 순서대로 가운을 펄럭이며 나갔다.

가만히 서 있는 것 같지만 식물도 끊임없이 물을 빨아들이며 생명활동을 하는데 하물며 사람이야 더 말해 무엇하랴. 다행히 그 분비물이 그녀의 몸이 제 스스로 움직여 만들어낸 흔적이라면, 그렇게라도 살아 있다고 항변을 한 거라면 얼마나 좋으랴.

쓰레기통에서 주운 잡지를 펼쳤다. 화보에 원양어선 '지남호' 화보가 실려 있었다. 뱃머리에서 파이프를 물고 있는 마 선장을 발견하는 순간 심장이 쿵 내려앉는 소리를 들었다. 태우에게 전화했다. 마 선장이 잡지에 실렸다니까 그게 언제 거냐고 물었다. 잡지 표지를 보니 일 년 전이었다. 당장 마 선장에게 전화를 해보라고 보챘다. 태우는 긴 항해를 마치고 귀항했는데 또 나갈 준비를 하나 보더라고 했다. 언제 나가느냐고 물었더니 그건 물어보지 않아서 모르겠다고 했다. '또 나간다고?' 뭔지 모르게 희망 같은 것이 슬그머니 차올랐다. 비상구를 찾은 느낌이랄까. 나는 지남호 사진을 뜯어서 호주머니에 넣었다.

십 년 전에 제대하자마자 김 교장의 소개로 원양어선을 탔다. 생각 없이 홀쩍 떠날 수 있었던 그때를 생각하면 지금도 가슴이 두근거린다. 남태평양 연안을 돌아다니던 마 선장의 지남호에서 내가 한 일도 선원들의 밥을 해주는 주방장 보조였다. 주방 청소를 하거나 야채를 다듬는 게 고작이었지만 나중에는 밥하고 반

찬하며 주방 일을 착실히 배웠다. 내 취향에 맞았다. 어쩌다 3m
나 되는 참다랑어를 끌어올리는 작업에 동참하기도 했는데 그렇
게 큰 고기를 가까이에서 본 느낌은 말로 표현할 수 없는 기쁨이
었다. 더구나 그 고기가 헤밍웨이의 '노인과 바다'에 나오는 커
다란 뼈다귀의 주인인 걸 확인한 감격을 어디에 비유하랴. 태풍
이 몰려올 때를 빼고는 배를 탄 일이 모두 좋았다. 그때 나는 선
장에게 카드놀이의 일종인 홀라를 가르쳐주었고, 약간의 돈을
갈취해서 선원들과 술을 마셨다. 내게 요리를 가르쳐준 선상요
리사와 쌍꺼풀이 굵은 필리핀 노동자 파울이 생각났다. 그 요리
사도 지금쯤 환갑이 훌쩍 넘었을 것이다. 아직도 마 선장의 배를
타고 다니는지 궁금했다. 파이프를 물고 있는 은발의 마도로스
마 선장이 그립다. 마 선장이 나를 알아보기나 할지.

　다른 책을 펼쳤다. 파울로 코엘료의 〈연금술사〉였다. 책을 펼
쳐서 밑줄 친 부분을 소리 내어 읽었다. '내가 있는 이 자리는 세
상에서 아주 먼 곳이지만, 나는 여기서 사랑하는 법을 배웠어.
내가 지구에 조금만 더 가까이 가면 지구에 있는 모든 것들은 죽
어버리고, 만물의 정기도 사라져버릴 거라는 걸 난 잘 알아. 그
래서 우리는 떨어져 서로를 바라보며 사랑을 해. 천지창조의 엿
새째 날이 없었다면 인간은 이 세상에 존재하지 않았을 테고, 구

리는 언제나 구리이고, 납은 언제까지나 납이었을 거야……'

멀리 떨어져서 지켜보기만 하는 해의 사랑에 관한 글이었다. 밑줄 친 부분을 반복해서 읽고 있자니 나와 아내 사이에 가로놓인 거리가 분명하게 느껴지고, 아내가 생명의 빛조차 깜박이지 않는 떠돌이 행성 같이 느껴졌다. 그녀가 정말 해처럼 가깝고도 멀게 느껴졌다. '해가 얼마나 외로울까요. 그렇게 많은 열을 발산하자면 제 속은 얼마나 또 시리고 차가울지.' 책갈피 곳곳에 깨알 같은 글귀가 씌어 있었다. '삶은 단 하나뿐인 화분에 물을 주는 것.' 깨알 같은 그 글씨는 책을 버린 사내의 아내가 쓴 것이었다. 죽음을 받아들인 이의 마지막 반짝임 같은 글귀였다. 사내가 쓰레기통에 버린 것이 단순히 책이었을까. 아내와 함께 보낸 시간과 좌절된 욕망과 아내에 대한 지우기 어려운 기억이 아니었을지. 그대로 지니고 있으면 가슴에 화인으로 남을 것 같아서 그가 가진 기억을 쓰레기통에 가만히 내려놓은 것이 아닐지. 그것을 지니고는 차마 다른 곳을 볼 수 없고, 다른 생각을 할 수 없고, 다른 사람을 받아들이기 어려울 것 같아서 그녀의 시체를 버리듯 책을 버린 거라고, 나는 책을 버린 사내의 심중을 짐작했다.

다음 페이지를 넘기자 여백에 검정깨를 뿌려놓은 듯 작은 글씨가 또 씌어 있었다. '이제 곧, 세상에 한 줌 햇살처럼 머물렀던 기억을 안고 먼 여행을 떠나게 될 것이다. 사람으로 살았던 기억은 안개 같이 짧은 순간에 사라지는 것이어서 마침내 존재했었다는 흔적마저 사라지고 말 테지. 그렇다 해도 오늘 책을 읽고 밑줄을 긋는 순간은 단 하나뿐인 화분에 물을 주는 행위만큼 소중하다. 그래서 나는 지금 어린 왕자가 되어 자꾸만, 자꾸만, 의자를 뒤로 물려가며 나만의 별에서 지는 해를 바라본다.' 눈을 찡그려야 읽을 수 있을 만큼 글씨가 작았다. 나는 간병일지에 조금 전에 읽었던 '해의 사랑'을 옮겨 적었다. 여자의 글씨가 깨알이라면 내 글씨는 게으른 생새우 같았다. 문장을 옮겨 적고 나자 간병인이 숨을 헐떡이며 들어왔다. 그녀는 호들갑스레 변명을 주워 섬겼다.

"예정일이 한 달이나 남았는데 딸이 갑자기 조산을 했지 뭐예요."

"전화라도 해주셨어야죠. 자리를 비울 거면……."

금방 오려고 갔는데 산후 뒤끝이 좋지 않았고, 겨우 정신이 들어서 전화를 하려니 배터리가 나갔고, 공중전화를 하려니 내 전화번호를 모르겠더라고 했다. 간호사에게 귀띔이라도 해주었으면 가끔씩 드나들기라도 했을 것 아니냐니까 다급해서 미처 그 생각을 못했다고 했다. 누구라도 딸이 아프면 정신이 나갈 거라며 횡설수설하는 간병인에게 고함을 질렀다.

"자리를 비운 동안 환자에게 무슨 일이라도 생겼으면 어쩔 뻔했습니까?"

간병인은 남의 사정을 너무 몰라준다며 제 감정에 겨워 훌쩍였다. 딸을 염려하는 어머니의 마음은 이해하지만 지금은 근무시간이고 그녀는 영애를 지키겠다는 약속으로 돈을 받는 사람이다. 간병인에게까지 외면당하는 영애가 너무 불쌍해서 화를 내고 말았다. 영애를 걱정해줄 어머니와 처제는 너무 멀리 있고, 남편이란 사내는 일을 핑계로 한 달에 한 번 얼굴을 내밀까 말까. 간병인을 다그칠 면목이 없는데도 제 손톱 밑의 가시를 더 아파하는 간병인을 보다 못해 시트를 홀렁 들추고 말았다.

"당신 딸이면 발가벗겨 놓겠어요? 옷을 입히라고 몇 번이나 일렀는데."

"죄송해요. 다시는 그런 일 없을 거예요."

"옷을 입혀서 꼭꼭 여며주라고요."

다독여 입혀둔 환자복 아래 영애의 흰 발이 가엾게 놓여 있었다. 시트를 목까지 덮어주었다. 나는 창을 내다보며 화를 삭였다. 가슴에서 날카로운 말들이 서로 먼저 나가려고 고개를 치켜들었다. 간병인은 딸에 대한 염려 때문인지 아니면 진심으로 미안해서인지 눈물까지 찍어내며 미안하다는 말을 거듭했다. 병든 여자의 자존심도 존중 받을 권리가 있다니까 간병인은 고개만 주억거렸다. 새 간병인을 구할 때까지 일을 해야 할 사람이어서 '당장 나가.' 라는 말을 삼키고 병실을 나왔다. 누구에게나 딱한 사정이 있겠지만 7년이나 감금된 영애의 설움만 할까 싶으니 목이 꽉 막혔다.

병원을 나오다 과일가게에서 걸음을 멈추었다. 샛노란 참외와 사과, 자몽을 비닐봉지에 마구 주워 담았다. 검정 비닐봉지를 들고 가까운 공원으로 갔다. 급작스레 밀어닥친 허기가 나를 집어삼키려 했다. 공원 벤치에 앉아서 참외를 껍질째로 부셔먹었다. 달콤한 과즙이 불안과 슬픔을 가라앉혀 주었다. 비닐에 과일 꼭지만 남고서야 겨우 마음이 가라앉았다.

간병인에게 월급 몇 푼 쥐어주며 딸을 걱정하듯 영애를 보살펴 줄 거라고 믿은 것이 그리도 큰 잘못인가. 고용인과 피고용인 사이의 내 바람을 지극히 당연한 권리라고 생각했다. 병실을 비워두고 연락도 없는 간병인이 내 바람을 허무하게 무너뜨렸다. 일당을 계산해서 간병인을 돌려보내려 해도 당장 영애를 지켜줄 사람이 없어서 더욱 화가 났다. 기다리는 것도 지겹고, 행여나

하는 기대를 가지는 것도 지겨웠다. 간병인을 어디서 찾아야 할까. 잇새에 낀 참외 씨를 혹 뱉었다.

"밥부터 먹을 걸 그랬나."

과일로 배를 채웠는데도 속이 허했다. 속이 허해서 그런지 귀에서 이명이 들리고 걸을 때마다 심장이 불규칙하게 뛰었다. 벙거지를 눌러쓴 사내가 어기적대며 걸어오더니 내 옆에 앉았다. 웅크리고 잠을 청하는가 싶더니 벤치에 비스듬히 기댔다. 사내는 내게로 머리를 밀고 들어오며 조금씩 자리를 넓혔다. 벙거지 속에 뒤엉켜 있던 사내의 기름기 번들거리는 머리칼이 몸에 닿는 것이 싫어서 일어서고 말았다. 사내는 마치 그래주길 기다린 듯 벤치에 길게 누워 벙거지로 얼굴을 덮었다. 그는 때가 절고 밑바닥이 닳은 운동화를 베개 삼아 베고는 편안하게 잠을 청했다. 비 오는 날 신고 다니면 물이 스며들어 양말이 젖고 말 것 같았다. 신발이야 어찌되었건 그에게 떠밀려 자리를 내주고 보니 벤치가 처음부터 사내의 것이었다는 생각이 들었다.

시계탑의 바늘이 오후 세 시를 가리키고 있었다. 벙거지 사내처럼 빈 벤치를 찾아서 누웠다. 잠시라도 세상에 없는 사람처럼 누워 있고 싶었다. 나른한 기운이 온몸으로 퍼지며 어깨가 처지고 다리가 풀리는 느낌이었다. 허나 단잠에 빠지고 싶은 건 마음

뿐, 자리에 누우면 잠이 홀쩍 달아나고 머릿속에 숨어 있던 망령들이 되살아나서 나를 잠들지 못하게 괴롭혔다. 조는 듯 마는 듯 누워 있다 알람 소리에 벌떡 일어났다. 심리상담 예약시간이었다. 길을 따라 세 정류장이나 걸었다. 가게에서 빨리 들어오라는 독촉이 연신 날아왔다. 전화를 받지 않았다. 진료를 마치고 가도 네 시 전에 도착한다. 영수에게는 네 시까지 꼭 들어가니까 기다리지 말고 음악실에 가라고 했다. 아내의 간병인을 새로 구해야 하고 심리상담소에 예약을 해두었다는 걸 일일이 말하지 않았으니 민이 내 사정을 알 턱이 없다.

4

춘추관에서 나온 영달이 소파에 주저앉았다. 그는 손마디를 와다닥 꺾으며 소파에 기댔다. 게임이 풀리지 않나 보았다. 나는 반쯤 언 생수병을 그에게 내밀었다. 영달은 바닥에 내리쳐서 얼음을 깬 생수를 벌컥벌컥 들이켰다. 손등으로 입술을 훔치고는 정신이 든다는 듯 웃었다. 나는 생수병에 물을 채워 냉동실에 다시 넣었다. 얼음이 채 얼기 전에 또 누군가가 물을 찾을 것이다.

"운우 갔어요?"

영달이 두리번거리며 눈물한방울을 찾았다. 구석방을 가리켰다. 눈물한방울이 술에 취해서 잠들었다. 바닥에 동전으로 긁은 즉석복권과 연금복권, 스포츠복권이 흩어져 있었다. 썰렁하게 비어 있는 원룸에 가봐야 할 일도 없고, 너무 심심하면 잠도 안 오고 텔레비전도 재미없다며 그는 숫제 맨홀 구석방에 둥지를 틀었다. 거기서 시도 쓰고 책도 읽으며 제 방처럼 사용했다. 젊은 사내 혼자서 보내는 밤이 얼마나 곤혹스러운지 아는 터라 눈물한방울을 내치지 못했다. 민이 자주 눈을 흘기긴 하지만 눈물한방울이 아무도 방해하지 않고 조용히 놀고 있으니 잔소리하기도 버거운 모양이었다.

이름을 몰라서 그의 시를 아직 읽어보지 못했다. 맨홀에 있으면 마음이 안정된다며, 밥값 자리값 다 낼 테니까 내쫓지만 말라고 했다. 있는 듯 없는 듯 공기처럼 머무는 건 자유지만 언제 단속반이 쳐들어올지 모르니 밥줄 잘 챙기라고 했다. 시인의 밥줄이 따로 있겠느냐며 눈물한방울은 시만 쓸 수 있으면 단속쯤 문제도 아니라고 큰소리쳤다. 외국의 가족들에게 보낼 교육비는 집을 팔아서 한꺼번에 송금해주었고 아내와는 이혼한 거나 마찬가지라며 아이들이 자라서 아비를 찾아오면 다행이라고 체념했다.

영달이 CCTV의 모니터를 가리켰다. 모니터에 쥐색비니와 흰색 미니호스가 비쳤다.

"저것 봐, 모형비행기가 날아다니네."

"쟤들은 날마다 저러고 놀아."

"모형비행기 날리는 사람은 청년인데요?"

"자살에 실패하고 열 살 이후의 시간을 잊었다는군요."

만약 그가 잊은 시간 속에 영혼이 머물고 있다면? 기억을 되찾기 전에는 돌아오지 못한다는 말이 된다. 나는 쥐색비니를 볼 때마다 병실에 누워 있는 영애를 생각했다. 손님이 없을 때 맨홀을 빠져 나가서 쥐색비니의 뒤를 따라다니는 것도 그가 머무는 제로지역이 궁금해서였다. 그가 머무는 곳을 알면 칠 년째 식물인간 상태로 살고 있는 아내의 세상도 알 수 있을 것 같아서였다. 살아 있으면서도 삶을 느끼지 못하고 죽은 것도 아니면서 살아 있다고도 할 수 없는 세상. 행복도 불행도 느끼지 못하는 이들의 영혼이 머무는 곳. 나는 아내가 머무는 그곳이 몹시 그리웠다. 영애나 쥐색비니의 나라가 따로 있다면, 그게 바로 0도, 혹은 빙점氷點으로 표시되는 제로지역이 아닐지.

"만약 내게 비행기가 있다면……."

영달이 광고지로 종이비행기를 접으며 약혼녀와 헤어지지 않았으면 지금쯤 경비행기를 타고 콜로라도 강을 내려다보고 있을 거라고 했다. 그들이 신혼여행을 가려 했던 곳에 약혼녀가 다른 남자를 데려갔다며 영달이 헐헐 웃었다. 결혼식을 앞두고 약혼녀가 다른 남자와 결혼하겠다고 선언했다. 이유가 뭐냐고 물었더니 싫증났다고 하더란다. 약혼녀가 다른 남자와 결혼하던 날 그는 준비해두었던 신혼여행 자금을 노름판에 몽땅 집어넣었다. 그가 붉은 황무지의 땅으로 언제 다시 날아가게 될지 알 수 없지만 아직도 떠난 사람이 돌아오리란 기대를 버리지 못하고 있다. 영달이 수첩 속에서 오래된 사진을 꺼냈다. 경비행기 앞에서 아버지와 아들이 활짝 웃으며 서 있었다.

"아홉 살에 비행기를 처음 타 보았어요."

아득한 그때 아리조나의 인디언 마을에 머물렀다며, 그게 아버지와 함께 한 마지막 여행이었다고 했다. 스무 살이 되면 나바호 마을의 늙은 추장을 만나러 가자고 약속했는데 아버지가 근무 중에 심장마비로 돌아가셨다고 했다. 그는 비행기 소리를 들으면 아직도 가슴이 쿵쾅거리며 뛴다고 했다. 그것은 설렘이기도 하고 슬픔이기도 하다고. 사랑하는 여자에게 보여주려 했던 인디언 마을이 그에게는 어린 시절에 보았던 교회의 종탑 같고, 보리수 홍차에 적신 마들렌 조각 같아서 여자와 헤어진 것보다 다른 사람에 의해 그 신화가 부서진 것이 더 괴롭다고 했다. 영달이 종이비행기를 날렸다. 춘추관에서 나온 두 번째 손님이 냉동실에 넣어둔 생수를 꺼냈다. 얼음을 깨고 생수를 마신 그는 거꾸로 걸린 폴 세잔의 그림을 보며 중얼거렸다.

"저렇게 편한 얼굴로 즐기면 얼마나 좋아."

태우가 소파에 앉으며 자기처럼 손 털고 나올 사람을 위해서 나무코드를 짜두는 게 좋겠다고 했다. 소장수가 코너로 몰리는 중이라던가. 태우는 신이 저주를 내린 것 같다며 한숨을 쉬었다. 거꾸로 앉아서 카드놀이를 하고 있는 두 남자의 모습이 기괴해 보이던지 그림을 쳐다보는 게 힘들다고 했다. 재미로 하면 포커보다 즐거운 게임이 없는데, 일단 내기가 되면 놀이가 아니라 도박이 된다. 이기든 지든 내기에 혼을 빠뜨리고 있을 때는 죽은 부모가 돌아와서 말려도 그만두지 못하는 게 노름이다. 돈뭉치가 오가는 실제의 노름판에는 그림 같은 평화가 허용되지 않거니와 게임과 현실 사이에는 그렇듯 건널 수 없는 강이 흐른다. 오죽하면 태우처럼 꽃길만 걸어온 샌님이 자신에게 신의 저주가 내렸다고 할까.

골목 어귀의 쓰레기 더미에서 주운 폴 세잔의 그림으로 창을 가렸다. 한가한 오후에 카드놀이를 하는 두 남자의 그림을 거꾸로 거는 순간 맨홀의 하나뿐인 비상구가 사라졌다. 문이라고 해봐야 덜커덕거리며 올라가는 셔터 한 장이 고작이었다. 비상구를 모르고 산다는 건 뒷문으로 드나드는 재미를 모르는 건 물론이고, 불이 나면 하나뿐인 문을 찾아다니며 연기를 마셔야 하고,

적이 쳐들어오면 독 안에 든 쥐가 되어야 하고, 인생을 잘 익은 사과라고 가정해볼 때 반쪽밖에 먹지 못하는 것이 된다. 태우가 물었다.

"그림을 왜 거꾸로 걸었지?"

"불법도박장에 어울릴 것 같아서."

노름은 삶의 크레바스 같은 것이고 불법도박장 또한 세상의 법칙을 역행하는 곳이니 예술도 거꾸로 보는 것이 옳다. 그림을 거꾸로 걸어놓고 보니 비어 있던 2%의 공간이 채워지는 느낌이었다. 맨홀 손님들은 담배를 피우거나 차를 마시며 거꾸로 달린 그림의 위악에 풀썩 웃곤 했다. 그림 탓인지, 내 눈에는 맨홀을 가득 채운 사람들이 그림 속의 인물보다 더 비현실적으로 느껴졌다. 나 자신조차 그림 속에서 튀어나온 인물 같기만 하고.

태우가 주위를 두리번거리며 민을 찾았다. 머니가 떨어졌나 보다고 짐작하면서도 모른 척했다. 시골집까지 맡기고 사채를 썼는데 이제 또 뭘 맡기려는지. 태우는 냉동실에서 꺼낸 물병을 정수기에 대고 물을 받았다. 부서진 얼음이 알알이 녹았다. 물을 마신 태우가 손등으로 입술을 훔치고 있을 때 민이 들어왔다. 사우나를 하고 온 그녀가 태우를 지나쳐 영달을 껴안을 듯 반겼다.

"사흘 만인가요? 전화도 안 되고."

"폰 정지시켰어요. 귀찮아서."

"설마 내 전화가 귀찮은 건 아니죠?"

"왜 아니겠어요."

떠난 사람의 전화를 기다리는 것도 싫지만 더 싫은 건 다른 남자와 결혼한 약혼녀의 전화번호를 누르려는 자신과 싸우는 것이었다고 했다. 전화기를 없앤 건 그 때문이었다. 전화가 없으니 그 유혹이 고개를 숙이더라고 했다. 영달은 종이비행기를 날리고 홀가분한 듯 손을 털어보였다. 민이 영달의 어깨에 팔을 두르며 위로해주었다.

"머잖아 얼굴도 생각나지 않는 날이 올 거예요."

민은 그의 귀에 대고 달콤하게 속삭였다. 알맹이를 빼먹고 나면 매미 껍질처럼 내동댕이칠 텐데도 민은 교미 전의 열띤 애정으로 영달에게 뜨거운 시선을 보냈다. 아직 더 긁어낼 게 있다는 기대를 가진 동안은 어떤 사람에게든 사랑에 빠진 여자처럼 다정하고 열렬하다. 민이 차를 끓여서 영달의 손에 쥐어주며 말했다.

"계속 앉아만 있을 거예요? 시간이 돈인데."

"밑천을 대줄 것도 아니면서 재촉하시네요."

"밑천이야 얼마든지 대주죠."

"무이자로?"

민이 어림없는 소리 말라는 듯 영달의 팔을 꼬집었다. 안락의자에 파묻혀서 자는 바지사장의 머리에 달빛이 비쳤다. 구름이 가는지 달이 가는지. 달이 빠르게 움직이고 있었다. 어떻게 천장에 창을 낼 생각을 했는지. 장난스러운 누군가는 이곳이 어둠의 온상이 되리라 예견했는지도 모른다. 낮에는 그 유리로 햇빛이 들어오고 밤에는 별빛과 달빛이 흘러들었다. 맨홀에 살게 된 이후 나는 수시로 천창을 올려보았다. 유리에 비치는 달과 별의 변화가 조화롭고, 한 줌 햇빛이 눈부셨다. 내게는 거대한 하늘을 작게 축소해서 보여주는 둥근 창이 선물 같이 느껴졌다. 전자현미경 같은 창으로 달빛과 별빛, 햇빛의 스펙트럼을 세밀하게 관찰할 수 있었다. 천창으로 새어드는 햇빛에 돋보기를 대고 종이를 태운 적도 있다.

"실연의 고통에는 게임이 특효약이에요."

민이 영달의 목덜미라도 핥을 듯 귓불에 입을 대고 속삭였다.

"빈대 잡는다고 초가삼간 태운다더니."

"사람이 살고 봐야죠. 떠난 사람은 가게 내버려두고 재밌게 놀아요."

남의 불행을 먹고 피는 악의 꽃. 악의 꽃은 울어야 할 때도 웃음으로 향기를 뿜는다. 남자들이 허약할수록 주머니의 돈이 잘 나오고, 그들이 뱉어내는 돈의 가치만큼 민은 행복을 느낀다. 그녀는 영달에게 커피 잔을 쥐어주고는 또 다른 먹이를 찾아서 휴대폰을 뒤졌다. CCTV 모니터에 쥐색비니가 보였다. 밤늦게 골목을 돌아다니는 그가 외로워 보였다. 그는 밤에도 모형비행기를 날린다. 모터 소리가 들리지는 않지만 모형비행기의 엔진 소리가 먼 우주에서 날아온 암호처럼 그를 끌고 다니는 것으로 보인다.

"쟤들 아직도 저기 있네."

"애들은 자러 갈 시간 아닌가?"

"몸은 애가 아니니까 저러고 다니지."

쥐색비니가 늦은 밤에도 잠을 못 들고 돌아다녔다. 그가 밤도 낮도 없이 골목을 맴도는 것은 청년의 영혼과 열 살에 머무는 소년의 자아가 끊임없이 싸움을 벌이기 때문이다. 영애가 칠 년 동안 낯선 곳을 헤매고 있는 것처럼 쥐색비니가 밤잠을 못 들고 돌아다니는 것도 잃어버린 자아를 찾아가는 과정이다. 쥐색비니가 모니터에서 사라지자 흰색 미니호스도 그를 따라 자취를 감추었다. 그들이 가고 나자 골목에 어둠만 자욱하다. 정상적으로 사람이 사는 동네였으면 가로등이 휘황하게 빛났을 것이다. 맨홀에 입주하던 날 나는 돌을 던져 가로등의 전등을 깨뜨렸다. 은밀하게 움직이려면 어두운 게 나았다. 골목 입구를 비추는 1번 모니터가 환해지더니 헤드라이트를 켠 자동차가 들어오는 것이 보였다. '저게 뭐지? 단속반인가?' 바지사장의 말에 사람들이 뭔데, 하며 모니터 앞으로 모였다. 영수가 긴장한 목소리로 말했다.

"설마 단속반은 아니겠지."

"단속반이 라이트를 훤히 밝히고 들어올까."

"오줌 누러 왔겠지. 이놈의 골목은 누구라도 엉덩이 까고 싶게 만들거든."

바지사장은 조용한 골목이 아니라고 키득거렸다. 택시, 승용차, 개와 고양이 등 오줌 누고 가는 것만 붙잡아도 하루에 열 건은 한다. 흰색 승용차는 골목 깊숙이 들어와서 멈추었다. 라이트가 꺼지고 앞문 두 짝이 열리더니 이십 대로 보이는 남녀가 내렸다. 혹시 경찰이 아닐까 하던 우려가 호기심으로 바뀌었다.

"조것들이 뭘 하려는 거지?"

바지사장의 호기심 어린 물음에 영수는 볼 일 보러 왔을 거라고 대답했다. 볼일의 전초전인 듯 여자가 남자의 목에 매달려 키스를 퍼부었다. 남자가 여자를 보닛에 눕혔다. 여자의 긴 머리채가 자동차 보닛을 덮었다. 그들이 한 덩어리로 엉기고 자동차가 쿨렁쿨렁 움직이는 것이 흐릿하게 비쳤다. 깔깔대는 여자의 웃음소리가 들리는 듯했다. 어두워서 흑백 실루엣과 동작만 간신히 보일 정도였다.

"캬! 조금만 더 밝았으면 그림이 볼만했을 걸."

바지사장이 여관비가 없어서 저러냐고 묻자, 영수는 숨어서 몰래하는 짓을 즐긴다고 했다. 바지사장이 다시 물었다.

"그럼 더 재미있어?"

"긴장할수록 재미있죠."

바지사장이 저렇게 차 위에 눕혀놓고 해본 적 있느냐고 묻자 영수는 날마다 그런 상상을 하는데 아직 한 번도 못해봤다고 털어놓아 웃음보따리가 터졌다. 일이 끝났는지 하나로 엉겼던 덩어리가 둘로 나뉘어 자동차를 타고도 한참 동안 그들은 떠나지 않았다. 바지사장이 물었다.

"문 열어놓고 뭐 하는 거야?"

"카섹스로 이차를 달리겠죠."

"방금 했는데 또 서?"

"젊으니까."

"당장 해봐야겠네."

"할 때 라이트 켜고 하슈. 구경 좀 하게."

"골목에 콘돔자판기를 갖다놔야겠군."

이윽고 자동차가 빠져나가고 모니터에 다시 골목의 정적이 가득 찼다. 하루 종일 있어도 사람 하나 들어오지 않는 것이 당연하고, 사람이 들어오면 그게 별 일이 되는 골목. 고양이가 파랗게 눈을 빛내며 돌아다니는 골목에 강물처럼 달빛이 흐르고 있었다.

민이 권태로운 표정으로 홀을 어슬렁거렸다. 아무렇지 않은 듯 내숭떨고 있지만 심심해서 미쳐버릴 지경이라고 얼굴에 씌어 있었다. 그녀는 무료하고 권태로운 시간을 보내기 위해 뜨개질을 한다. 파란색 실로 큼직한 스웨터를 짜는데 그 일도 싫증이 나는지 홀을 빙빙 돌다 뿔테안경에게 다가가 말을 붙인다.

"게임기만 쳐다보면 지루하지 않으세요? 더 재밌는 게 있는데."

"바다이야기가 지루해요? 여사님이 게임을 몰라서 하시는 말씀이죠."

"그렇게 재미있어요?"

"해보지 않으면 모르죠. 연애처럼 머리와 가슴의 느낌이 다르거든요."

"카드놀이가 훨씬 재밌을 것 같은데."

"세븐카드의 조화로움이야 말할 것도 없죠. 그놈으로 집까지 날려먹었는데."

"그럼 길게 말할 필요 없겠네."

"다 해봤기 때문에 안 합니다. 몇 푼 따봤자 도로 나갈 걸."

"너무 회의적이시다."

"비싼 수업료 치르고 깨달은 통찰입니다."

민은 뜨개질을 잘한다. 할 일이 그것뿐이어서 날마다 붙들고 있다 보니 전문가가 되더라고 했다. 그녀는 스웨터가 완성되면 정성들여 포장해서 프랑스로 보낸다. 프랑스에 미술 공부하러 간 딸이 있다. 그녀는 소포에 넣을 편지를 열 번도 넘게 고쳐 쓴다. 3년만 공부를 하고 오겠다던 딸이 현지의 남자와 결혼해서 자리를 잡았다. 성장한 아들딸을 멀리 띄워 보내는 게 부모의 일이지만 그리움만은 어쩔 수 없던지 날마다 뜨개질을 한다. 그나마 뜨개질할 때의 그녀가 가장 사람다워 보인다. 보바리 부인처럼 우아하면서도 권태로운 표정을 짓고 있지만 언제 어떤 사람으로 변할지 알 수 없다.

자판기가 다가와 그녀에게 귓속말을 했다. 그녀가 '온다고?' 하고 물었다. 민의 미간에 살짝 주름이 잡혔다. 눈치로 보아 자판기 보스가 오겠다고 한 모양이었다. 민은 그가 맨홀에 나타나는 걸 달가워하지 않지만 드러내놓고 그를 박대할 처지가 아녀서 오라고 한 것 같았다. 그가 귀찮기는 나도 마찬가지였다. 그는 내 손님이 아닌데도 상전 대접을 받으려 했다. 밥도 세 끼 꼬박 먹으려 하고 덤으로 자판기까지 챙겨야 할 판국이었다. 밥값을 꼬박꼬박 챙겨주면 누가 뭐래. 맨홀에서는 당연히 공짜밥을 먹겠다고 작정한 듯 밥값은 물론이고 술까지 알뜰히 찾아먹으려 했다.

자판기 보스는 민의 뒤를 봐주는 건달 중의 건달이다. 자판기를 수족 삼아 부리지만 알고 보면 벗겨내기 어려운 고리다. 여자 혼자 이런 일을 벌일 때는 믿는 구석이 있어서 그랬겠지만 내게는 그 공생관계가 예사롭지 않다. 그녀는 돈만 주면 다 해결된다고 믿지만 인생이 이론대로 되는 것이어야지. 지금은 돈의 힘으로 그들을 부리고 있지만 언제 어느 때에 입장이 바뀌게 될지 아무도 모른다. 민이 내게 슬쩍 귀띔을 해주었다.

"귀찮은 녀석이 오니까 간단하게 먹을 게 필요할 거야."

"장을 봐야 하는데 잠깐 나갔다 올까요?"

민이 그러라며 지폐를 몇 장 빼주었다. 계산이 확실해서 좋다. 그들 사이에 어떤 거래가 오가든 나는 받은 만큼만 차리면 된다.

태우가 할 말이 있다며 민을 사랑방으로 이끌었다. 맨홀 식구들은 조용히 할 말이 있을 때 사랑방을 찾는다. 사랑방은 커다란 안락의자와 간이침대가 세 개 놓여 있어서 심부름꾼이나 손님들이 교대로 눈을 붙이는 곳이다. 민이 안락의자에 다리를 꼬고 앉자 태우가 그녀 앞에 자동차 열쇠를 내밀며 집문서와 바꾸자고 했다.

"집을 차와 바꾸자고요?"

"제가 빌린 돈의 여덟 배가 넘는 차예요."

"그럼 차 팔아서 빚 갚으면 되겠네요."

순간 태우의 안색이 싸늘하게 변했다. 자동차는 태우가 시골집보다 더 아끼는 물건이었다. 태우가 자동차와 바꾸려는 것은 지난 백 년 동안 길 하나 바뀌지 않은 시골집의 문서였다. 그 집에 담긴 추억과 역사는 값으로 따지기 어려운 가치를 가지고 있는데도 막판에 이성을 잃고 시골집 문서를 잡히고 사채를 썼다. 집도 아깝고 차도 아깝고, 태우의 딜레마는 둘 모두 잃으면 안 된다는 집착에 있다. 하룻밤 지나고 정신이 들어서 빌린 원금과 이자를 갚을 동안 자동차 열쇠를 맡고 집문서를 달라고 사정하지만 사채꾼에게는 하나마나한 잠꼬대나 마찬가지다.

나는 홀에 앉아서 생활정보지를 뒤적거렸다. 복지회관 강좌 중에 간병인 케어복지 교육이 있다는 안내문이 실려 있었다. 간병인 보충 교육이라면 교육생이 모두 현직 간병인일 터, 혹시 그중에 아내에게 친구가 되어줄 사람이 있을지 모른다는 생각이 들었다. 아내에게 무엇이 가장 필요할까 궁리하다 친구를 생각해냈다. 그러고 보니 아내와 내가 친구 없이 지낸 시간이 무려 7년이었다. 절망스러움과 팍팍한 삶의 긴장에 쫓겨 주변을 돌아볼 여유가 없었다. 친구도 형편이 좋을 때 만나야 한다는 생각이 그들에게로 가는 발길을 끊게 했다. 아내에게 필요한 게 무엇인지 생각해냈다는 것만으로 희망이 생겼다.

민은 원금과 이자를 정확하게 따져서 가져오지 않으면 집문서를 돌려주지 않겠다며, 원금 상환 기한이 지나면 경매에 넘길 테니까 알아서 하라고 했다. 반쯤 열린 문틈으로 두 사람의 목소리가 새 나왔다. 나는 케어복지 광고를 찢어 호주머니에 넣고 사랑방으로 들어갔다. 소쿠리에 담겨 있던 털실뭉치가 태우 앞으로 굴러갔다. 나는 속으로 주문을 외웠다. '발로 차버려!' 태우는 말 없이 털실뭉치를 바라보았다. 발을 살짝 드는가 싶더니 무릎을 접어 털실뭉치를 주웠다.

'바보, 멍청이!'

태우는 철저히 사채업자로 돌아온 여자를 의아한 눈길로 바라보았다. 민은 돈벌레 사채업자일 뿐이라고 일러준 걸 그 사이 잊었는지. 태우가 민의 어깨를 거머쥐고 정말 이럴 거냐고 대들었다. 민이 과장된 비명을 지르며 자판기를 불렀다. 총알같이 달려온 자판기가 뭐냐며 태우에게 눈을 부라렸다. 뒤늦게 나타난 영수와 자판기를 돌려보내고 두 사람을 자리에 앉게 했다. 태우가 목소리를 누르고 말했다.

"그 동안 여기 들이부은 돈이 얼만데 이러세요."

"그런 투정은 집에 가서 마누라한테나 하세요."

궁색한 변명 따위 듣지 않겠다는 듯 민은 팔아먹기 어려운 촌집보다 현금이 좋다며 빌린 사채만 갚으면 당장이라도 문서를 돌려주겠다고 했다. 태우가 애원하듯 말했다.

"한 번만 양보해주세요."

"내가 왜 그래야 되죠?"

"돈이 인간관계의 전부가 아니라고 말씀하신 분 아닌가요?"

"제가 그런 실없는 소리를 했다구요?"

"분명히 그렇게 말했어요."

"생각 안 나요. 어쨌든 전 자동차와 촌집을 바꿀 생각이 없어요."

민은 가면을 벗어던지기로 작정한 듯싶었다. 솜사탕이라도 녹일 듯 따사롭던 미소는 간 곳 없고, 거기에 얼음이 맺힐 정도로 싸늘한 사채업자가 서 있었다. 저게 바로 민의 진짜 얼굴이었다.

"지갑이 두둑한 친구나 소개시켜줘요. 그러면 생각해볼 테니."

"더러운 사채업자 같으니."

태우가 금방이라도 내지를 듯 주먹을 움켜쥐었다. '그대로 날려버려.' 차라리 주먹을 날려버리라고 주문을 걸었지만 태우의 울분은 거기까지였다. 끝내 자신을 폭발시키지 못하는 그의 연약함이 내 속을 뒤집었다. 예나 지금이나 그는 여전히 온실 속의 귀공자였다. 뒷일을 내게 맡기고 한 번쯤 터뜨려주길 바랐지만 그는 바닥에 내려앉는 순간까지도 자신을 터뜨리지 못했다.

"저 녀석도 그런 식으로 홀렸어요?"

태우가 나를 가리키며 물었다. 그러자 민이 '물론'이라고 말했다.

"보험회사의 판매여왕도 연고로 이루어지는 왕좌예요."

민은 사업 특성상 광고할 입장이 못 되는 불법도박은 연고가 가장 확실한 마케팅이라고 했다. 보험회사와 자동차 회사가 자기 직원을 고객으로 생각하듯이 불법도박도 연고로 이루어지는 사업이라고 했다. 민은 제 발로 찾아와서 잘 놀았으면서 어깃장 놓는 건 예의가 아니라며 경멸의 미소를 지었다.

태우의 비난과 항의에 기죽을 여자였으면 애초에 불법도박장
같은 걸 차릴 엄두도 내지 못했을 것이다. 남편을 세 번 바꾸었
고, 남자를 상대로 살아온 세월이 20년이었다. 민은 태우의 옷깃
을 바로 잡아주며, 시골집을 찾는 방법은 연고를 데려오거나 빌
려간 현금을 갖고 오는 것이라고 일러주었다.

"다시 말하지만 난 사채업자예요."

"안 갚겠다는 게 아니라 담보를 바꾸자는 겁니다."

"글쎄, 난 싫다구요."

태우가 민의 팔을 잡는 순간 자판기가 들어와서 태우의 멱살을
잡았다. 집어던질까, 하고 묻는 자판기에게 민이 밖에 나가 있으
라고 명령을 내렸다. 태우가 깨물고 있던 한마디를 뱉었다.

"그 집 어떻게 되면 당신 가만 안 둘 거야."

"난 이자 몇 푼 뜯어먹은 죄밖에 없어."

민은 사채업도 살자고 하는 짓인데 이 사정 저 사정 다 봐주면
뭘 먹고 사느냐고 한바탕 넋두리를 풀어놓고는 달아나듯이 나갔
다. 또각또각 울리는 그녀의 구둣발 소리가 허공을 두드리는 노
크소리로 들렸다. 태우가 초조한 걸음으로 방을 맴돌았다. 그의
시선이 나를 향했다. 도와달라는 부탁도 못하고, 다단계식으로
친구나 지인을 파는 것도 못하고, 돈을 따는 것도 못하니 고스란

히 당할 수밖에. 그런데도 도와달라는 말을 입 밖에 내어본 적 없는 태우가 마지막 동아줄인 듯 내 얼굴만 쳐다보았다.

"집을 찾아놔야 마음 놓고 가겠는데."

"어딜 가는데?"

"플라모델 만드는 선배가 같이 일해 볼 생각이 있으면 오라고 하더라."

그러면서 태우는 휴대폰을 열어서 국제통화 내역을 보여주었다. 오고간 통화가 대여섯 통이나 되었다. 정말 가려는지 모르지만 태우 말대로 뭔가 얘기가 오간 건 사실인 듯했다. 그런 태우를 보다 못해 한마디 쏘아붙였다.

"그렇게 중요한 일을 앞두고 종택을 던졌어?"

"본전 찾고 싶었어."

"니 실력으로는 절대 본전 못 찾는다 했잖아."

사채업자에게 집문서를 맡기기 전에 태우가 도와달라고 말해주길 기다렸다. 잃은 돈만 따면 손을 씻겠다는 게 태우의 계획이었지만 노름의 신은 노름꾼들이 미쳐버릴 때까지 희롱을 멈추지 않는다. 지금껏 민의 손에 들어간 담보가 도로 나온 적이 없다는 걸 알았다 해도 태우는 노름판에 뛰어들기 위해 종택을 맡겼을 것이다. 그게 노름의 마력이다. 숨이 끊길 때까지 물밑으로 끌고 들어가는 물귀신 같은 마력. 종택 문서까지 나온 것으로 보아 태우도 이제 바닥에 닿았다고 짐작했다. 그의 부동산에 담보가 얼마나 걸려 있는지 모르지만 아직 대출을 받을 정도로 돌지 않은 게 천만다행이었다. 실은 그만한 담력이 안 된다.

셔터 열리는 소리가 들리는 것으로 보아 자판기 보스가 들어온 모양이었다. 유일하게 내 검문 없이 맨홀로 직행하는 사람이었다. 혼자 다니는 법 없이 부하를 두 명이나 거느리고 다닌다. 그들이 오면 맨홀이 갑자기 비좁아지고 분위기까지 썰렁해진다. 민이 주방을 들여다보며 밥 아직 안됐냐고 물었다. 보스의 점심이 염려되나 보았다. 보스가 오건 말건 그가 무엇을 하든지 관심없다. 나는 누구의 편도 들어주지 않는 중간자로서의 무심함을 가장하며 쌀을 씻고 샐러드용 야채를 씻었다. 사랑방과 홀을 오가던 태우가 민의 옆자리에 덩치 큰 남자를 보며 물었다.

"저 사람은 누구야?"

"자판기가 모시는 사람."

태우가 비로소 현실감이 오는 듯 고개를 끄덕였다. 동네 아줌마쯤으로 여겼던 민의 뒤에 저런 조직이 도사리고 있다는 사실에 조금 놀란 눈치였다.

"집을 함부로 던질 일이 아녔네."

"차든 집이든 둘 중에 하나는 포기해야지."

"차 밑에 들어간 튜닝값이 얼만데."

"그럼 집을 넘기든지."

"종택을 어떻게 넘겨."

"겁도 없이 문서를 들고 올 땐 언제고."

"일하러 갈 거야." 태우가 불안하게 서성거렸다.

"이젠 노름이 무섭고 지긋지긋해."

태우는 만약 집을 찾으면 내게 맡기겠다고 했다. 다른 사람 손에 넘기지 않겠다고 약속하면 당장이라도 내게 맡길 수 있다고. 태우의 집이 넘어가는 건 나도 그냥 두고 볼 수 없었다. 그 집은 태우 일가의 종택이기 전에 내가 어린 시절을 보낸 고향집이기도 했다. 태우의 아버지가 갈 곳 없는 우리 식구들에게 행랑채 두 칸을 내주었다. 고등학교를 마치고 고향집을 떠날 때까지 거기서 살았다. 그 집은 태우와 마찬가지로 내게도 피와 살 같은 집이었다. 방법을 찾아보자고 태우를 안심시켜놓고 민의 속을 떠보기로 했다.

식탁에 김 사장 몫의 밥을 차렸다. 음식 냄새를 맡은 자판기가 주방을 기웃거렸다. 그에게 김 사장을 불러서 식사하라고 했다. 자판기는 '김 사장?' 하며 나를 째려보고 나갔다. 클럽 사장을 김

사장이라 부르는데 뭐가 고까워서 눈을 치켜뜨는지. 저한테나
보스지. 자판기는 김 사장에게 구십 도로 인사를 한 뒤 식사가
준비되어 있다고 했다. 김 사장은 거들먹거리며 일어나 주방으
로 왔다. 숭늉까지 한 솥 끓여두고 주방을 나왔다. 네 명의 덩치
들이 밥솥을 긁거나 말거나.

 민이 천창 아래 앉아 있었다. 김 사장 패거리가 식사를 하는 틈
에 민의 옆자리에 앉았다. 천창에 전갈자리가 비쳤다. 전갈자리
는 은하수가 빛의 강을 이루는 남쪽 지평선 쪽에 S자 형태로 걸
쳐져 있었다. 세 번이나 결혼에 실패한 여자. 민이 전갈자리였
다. 두 명의 남편이 죽고, 한 명은 사업차 외국을 드나들다 현지
처와 결혼을 해서 아예 눌러앉았다고 했다. 세 남자가 적잖은 돈
을 남겨주었는데 젊은 남자를 사고 성형수술 하는데 절반을 쓰
고, 남은 돈으로 불법도박장을 차렸다. 은하수에 꼬리를 담근 전
갈자리처럼 그녀는 침착한가 하면 격렬하고, 결정적인 순간에
상대의 급소에 독침을 꽂을 줄 아는 여자였다. 언제라도 상대를
쓰러뜨릴 준비가 되어 있는 전갈. 나는 민의 곁에 앉아서 지나가
는 말처럼 읊조렸다.

 "웬만하면 바꿔주지 그러세요."

 "시골집은 돈이 안되잖아."

"어떻게 늘 이익만 생각합니까."

"난 장사꾼이야. 남는 장사 아니면 안 해."

"그 동안 많이 쏟았으니까 사장님이 한 번만 양보해줘요."

"누굴 위해서?"

"어릴 때 형제처럼 자랐어요."

"양보해주면…… 넌 나를 위해 뭘 해줄 건데."

민의 눈이 장난스럽게 반짝였다. 그녀의 어깻죽지를 주물러주었다.

"하라는 대로 할게요. 태우를 더 건드리지 않는다고 약속하면."

"생각해볼게."

일본으로 일하러 간다는 태우의 말이 진심인지 알 수 없지만 종택이 노름판에서 사라지는 것만은 막아야 했다. 민이 경매로 처분하기 전에 내가 먼저 그 집을 사들이면 된다. 태우를 돕기 위해서가 아니라 내 어린 시절의 꿈을 위해서 일평생 집이라고 가져보지 못한 어머니의 꿈을 위해서. 김 교장의 입김이 서린 그 집이 사라지면 어머니가 가장 슬퍼할 것 같았다.

아버지가 손가락을 자르고도 노름을 그만두지 못했던 것처럼 모든 노름 중독자들도 그렇다. 맨홀을 나갈 때는 두 번 다시 오지 않겠다며 침을 세 번 뱉고 돌아서지만 그들은 하루도 지나지 않아 되돌아오곤 했다. 그들이 맨홀로 되돌아오는 것은 빠져나갈 비상구를 모르기 때문이다. 수많은 노름꾼들처럼 태우도 맨홀에 갇혔다. 지금 내가 손을 잡아주지 않으면 태우는 영원히 맨홀의 귀신이 되고 만다. 오른쪽에서 다가온 열차소리가 왼쪽으로 멀어졌다. 태우가 풀이 죽은 목소리로 말했다.

"집만 찾아줘."

선배에게 일을 배우기로 했다거나 비행기 삯이 필요하다는 등, 태우의 횡설수설이 열차소리에 묻혔다. 태우가 사이다 캔을 손으로 와작 구겼다. 상행선 열차가 지나갔다. 벽과 바닥이 쿨렁쿨렁 울렸다. 집으로 갈 사람을 모아서 밖으로 나갔다. 태우를 아파트 입구에 내려주었다.

"다 잊고 자라. 사람 꼴이 아냐."

"너만 믿을게."

"나를 왜 믿어. 널 이렇게 만든 사람이 난데."

태우가 내 손을 잡았다 놓으며 말했다.

"넌 내 친구잖아."

5

케어복지 강의가 열 시부터였다. 밤새 병실을 비운 간병인에게
실컷 화풀이를 못해서인지 울화가 돌덩이처럼 뭉쳐서 명치를 틀
어막았다. 민에게 어머니가 아프다 둘러대고 시간을 냈다. 서둘
러 케어복지 강의실로 갔다. 다행히 좌담회가 길어서 음악치료
강의에 참여할 수 있었다. 처음에는 구경만 할 셈이었는데 파트
너 한 명이 부족하다며 초빙교수가 나를 지목했다. 불러주기를
기다린 듯 나는 망설이지 않고 게임에 참여했다.

음악치료 강의는 '말문트기 게임'이었다. 게임은 북을 가운데
놓고 두 사람이 마주서서 마음에 맺힌 말을 한마디씩 뱉고 북을
울리면 된다. 마음을 여는 게 쉽지 않아서 세 번이나 파트너 혼

자 북을 울리게 만들었다. 네 번째에 겨우 용기를 낼 수 있었던 것도 파트너가 남편의 노름빚을 피해 다닌다는 얘기를 숨기지 않고 해준 덕분이었다. 내게 한 말은 아니지만 누구도 의식하지 않고 거침없이 속을 열어젖히는 그녀의 말문 여는 방식이 신선하고 미더웠다. 아마 그녀도 나만큼이나 터뜨려야 할 것이 많았던지. 그녀와 함께라면 나도 할 수 있겠다는 용기가 생겼다. 그녀를 상대로 숯검정 같은 속을 열어놓으며 음악치료 수업에 적극적으로 참여했다. 강사는 시간을 가지고 속말을 시원하게 풀어내면 흥이 난다고 했다. 사람들이 다 돌아가기를 기다렸다. 파트너와 단 둘이 남아서 강의 시간에 다하지 못한 말을 살풀이하듯이 개운하게 풀어냈다. 그녀와 점심을 먹고 차를 마시던 중에 물었다.

"좋은 남편은 어떤 사람일까요?"

"아내를 외롭게 하지 않는 사람. 아이와 잘 놀아주는 사람."

"아플 때 잘해주고, 생일을 기억해주는 그런 사람?"

"언제나 자기 자리에 있어주는 것도 빼놓으면 안되죠."

"들어 보니 저는 잘한 게 하나도 없네요."

아내를 돌보며 스스로 좋은 남편이라고 자랑스러워했다. 병실을 떠나며 좋은 남편이기를 포기했다. 간병인에게 아내를 맡기고 병원을 걸어 나오는데 날아갈 것처럼 어깨가 가벼웠다. 걸음을 떼어놓으며 내가 병원을 얼마나 벗어나고 싶어 했는지 얼마나 나쁜 남편인지 분명히 알았다. 그녀 가까이 고개를 내밀고 말했다.

"제 아내의 친구가 되어주세요."

"친구?"

"식물인간 상태의 환자에게도 친구가 필요하지 않겠어요?"

신혜가 중환자를 간병한 경험이 없다며 고개를 저었다. 지금 일하고 있는 간병인이 딸의 산후조리를 하러 가기 때문에 아내를 지켜줄 사람이 없다고 털어놓았다. 그녀의 얼굴에 난처한 기색이 떠올랐다. 처음 만난 사람에게 부담을 주고 싶지 않지만 체면이나 차릴 때가 아녔다. 당장 대답을 강요하지 않겠다며 내일 저녁까지 생각해보라고 시간을 주었다. 오후에 활동보조 방문 약속이 되어 있어서 가봐야 한다는 그녀와 찻집 앞에서 헤어졌다. 나 역시 오후 4시에 상담 예약이 되어 있었다.

앞만 보고 걷다 보니 심리상담소 건물이었다. 일층은 약국, 이층은 내과, 삼층은 안과, 심리상담소는 F층이었다. 종합병원 세트 같은 병원 계단을 걸어 F층까지 올라갔다. 자동차를 타고 올 때는 지하주차장의 쪽문을 이용했다. 비상계단을 이용하면 F층까지 누구의 눈에도 띄지 않고 올라갈 수 있다. 내 발소리를 들으며 계단을 오르는 동안 불안하게 허정대던 마음이 가라앉았다. 영애가 누워 있는 병원 건물에도 신경정신과가 있지만 아내와 같은 곳에서 진료를 받는 게 불편했다.

아내의 병실이 참을 수 없는 지경에 이른 어느 날, 어디로 간다는 작정도 없이 차를 타고 나갔다. 액셀러레이터를 꾹꾹 밟아서 세 시간 만에 도착한 곳이 고향집 마당이었다. 어릴 적에 함께 살던 식구들이 떠나고 낡은 집만 쓸쓸하게 남아 있었다. 날아갈 듯 우람하던 집이 비바람에 풍화되고 버려져 뼈 삭은 노인처럼 기울어지고 있었다. 추녀 끝에 매달린 풍경만 저 홀로 쓸쓸하게 흔들렸다. 집도 외로움을 타고 있었다. 나는 다섯 식구가 부대끼며 살던 행랑채에서 흙냄새를 맡으며 하룻밤을 묵었다. 불면으로 뒤척이며 어디선가 들려오는 개구리 울음소리에 귀를 기울였다. 개구리가 끓던 늪이 사라지고 그 자리에 성냥갑 같은 펜션이 줄지어 서 있었다. 나는 거기까지 달려간 이유도 잊은 채 어둠 속에 가만히 누워 있었다. 새벽에 겨우 잠이 들어 해가 뜨는 것도 보지 못했다. 자동차로 먼 길을 돌아오는 내내 이명처럼 개구리 울음소리가 들렸다. 그날 나는 처음으로 심리상담연구소를 찾았다. 아내의 병원에서 세 정류장 떨어져 있었다. 영문 모를 불안으로 가슴이 두근거려 사흘 동안 불면의 날을 보낸 이후였다.

심리상담소 대기실은 언제나 조용하다. 기다리는 사람도 없고 수부에 두 명의 간호사가 지킬 뿐 대기실은 공연이 끝난 무대를 연상시켰다. 텅 비어 있는 것 같아도 상담실에는 항시 불이 켜져 있다. 불빛은 상담실에서 류 원장이 상담 중이라는 사실을 일러 주었다. 시간이 깊은 강물처럼 소리 없이 흐르는 곳. 원하면 누구와도 얼굴 한 번 마주치지 않고 드나들 수 있는 곳이었다. 왕따 당한 트라우마로 상담소를 찾은 학생과 이혼 후유증으로 마음고생이 심한 사람들, 무시로 자살의 유혹에 시달리는 이들이 척박한 삶의 고통과 외로움으로 시간마다 차례가 돌아오기를 기다렸다. 병원은 이들의 말을 흡착지처럼 빨아들이며 피아노 음악을 고요히 흘려보냈다.

상담을 기다리며 신문을 보거나 창을 내다보았다. 작게 축소된 거리에 실개천을 흐르는 물처럼 자동차가 쉬지 않고 오가는가 하면 버스를 기다리거나 거리를 걷는 사람들이 개미처럼 움직이고 있었다. 한 걸음 떨어져서 바라보는 동안은 무대 밖에 서 있는 관객처럼 세상을 온화한 시선으로 바라볼 수 있다. 대기실을 서성거리는 게 눈에 거슬리던지 간호사가 예약대기실을 가리키며 시간이 되면 부르겠다고 했다.

예약대기실은 책이 비치되어 있고 소파가 놓여 있어서 내담자가 텔레비전을 보며 쉬기에 알맞은 방이었다. 밀폐된 공간이 싫어서 예약대기실에 거의 들어오지 않았는데 소파에 앉아 보니 편안했다. 다른 손님이 없으니 잠시 누워서 기다리기로 했다. 다리를 뻗고 누워서 상담할 때 무슨 말을 할까 생각하다 잠들었다.

간호사가 흔들어 깨웠다. 거울을 보니 눈이 빨갛게 충혈이 되어 있었다. 그대로 두면 사흘은 잘 것 같았다. 부스스한 머리를 가다듬고 상담실로 들어갔다. 귀밑머리가 희끗한 원장이 나를 맞았다. 류인원 상담소장. 소장님이라고 해야 할 테지만 소장보다는 원장이 어울리는 것 같아서 '류 원장'으로 호칭을 정했다. 잔잔하게 음악이 흐르고 촉수가 낮은 불빛이 비쳐 진료실이 작은 카페 같았다. 류 원장은 책상에서 멀찌감치 놓은 두 개의 안락의자 중 하나에 손님처럼 앉아 있었다. 그가 책상에 앉지 않는 것은 내담자들에게 거리감을 주지 않으려는 사려 깊은 마음에서다. 아이보리색 의자는 안아주듯 편안하고, 원장은 호들갑스럽지 않으며 무슨 말이든 들을 준비가 되어 있는 듯 진중하게 기다려줄 줄 알았다. 말을 재촉하지 않는 그가 태우 아버지 김 교장을 연상시켰다. 내가 류 원장에게 일 년 동안이나 진료를 받고 있는 것도 그런 푸근함 때문이었다. 류 원장이 차를 마시겠느냐고 물었다. 커피 말고 다른 것을 달라고 했다. 류 원장이 홍차를 주며 향이 어떠냐고 물었고 나는 아무 냄새도 나지 않는다고 했다. 류 원장은 내 기분이 가라앉아 있는 걸 금방 알아챘다. 나는 마른침을 삼키며 참았던 말을 끄집어냈다.

"오늘 아내의 몸에서 성교의 흔적을 발견했어요."

아침에, 하고 얘기를 시작하자 류 원장이 진료카드에서 눈을 떼고 나를 바라보았다. 간병인이 밤새 자리를 비워두고도 전화를 해주지 않았고, 환자를 발가벗긴 채로 내버려두어서 무척 화가 났다고 했다. 벗은 아내의 몸이 그토록 참담해보기는 처음이었다고 털어놓는 순간 눈시울이 뜨거워졌다. 성교의 흔적이 분명하더냐고 류 원장이 물었다.

"허옇게 말라붙은 것이 틀림없는 정액이었어요."

"담당 의사와 얘기해봤어요?"

"그 상태에서도 임신이 가능하냐고 물었어요."

"그랬더니?"

"간호사에게 임신체크 하라고 지시했는데 저를 의심하는 눈치였어요."

"그래서 화가 났어요?"

"의심을 풀지 않고 묻어버린 제 자신에게 화가 났어요."

"께름칙한 거보다 확인하는 게 나을 텐데 왜 묻었어요?"

"제 의심이 사실이 될까봐 무서웠어요."

류 원장이 자리에서 일어나 뒷짐을 지고 창을 내다보았다. 나는 아침에 있었던 불길한 징조를 늘어놓았다. 먼지를 닦다 유리병을 깨뜨렸고, 유리병에 담겨 있던 물을 닦다 유리조각에 손을 베었고, 밴드를 가지러 가다 문틈에 손이 끼어 손가락이 끊어질 뻔했고, 가게 일이 바빠서 보름 만에 아내를 만나러 갔더니 병실이 비어 있었다. 간병인이 개인 사정으로 자리를 비웠는데도 간호사는 병실이 비어 있는 줄도 모르고, 아내의 몸에 의심이 가는 흔적이 남아 있었다. 분비물로 생각하고 싶지만 내 눈에는 아무리 봐도 성교의 흔적이었다. 식물인 채로 임신을 하면 어떡하나 걱정도 되고, 뭐가 뭔지 모르겠다고 간단하게 정리해서 들려주었다. 잠자코 내 말을 듣고 있던 류 원장이 물었다.

"아내가 무방비 상태에서 성폭력을 당했을지도 모른다는 우려가 괴로웠겠네요."

"아내를 방치한 제 잘못이 큽니다."

나는 퉁퉁 부은 손을 주물렀다. 문에 손이 낄 때의 극심한 통증이 되살아났다. 아내의 몸에서 성교의 흔적을 봤을 때 손이 끊기듯 아프더라고 했다. 원장이 퉁퉁 부은 손등을 보며 많이 아팠겠다고 위로해주었다.

"문틈에 손이 끼었어요."

"뼈는 다치지 않았어요?"

"다행히 손가락이 다 움직여요."

류 원장이 난데없이 삼국유사에 나오는 처용의 얘기를 해주었다. 처용의 아내를 흠모한 역신이 밤에 몰래 찾아가 동침을 했다. 밤늦게 돌아온 처용이 그 모습을 보고 노래를 부르며 춤을 추었다. 그때 만약 내가 처용이라면 어땠을까 하고 묻는데 나는 역신과 아내의 행위를 가만히 두고 볼 것 같지 않다고 대답했다.

"역신이 미운 건 말할 것도 없고 아내도 그만큼 밉거든요."

"아내에게는 죄가 없지 않습니까."

"무력한 것이 죄겠죠."

찻잔을 들어 입을 적시는데 나도 모르게 손이 떨리고 심장의 박동이 빨라졌다. '무력'이라는 말을 뱉기 전에는 나를 휘두르는 분노가 누구를 향한 것인지 깨닫지 못했다. 처용의 아내를 겁탈한 역신이 미웠고, 병실을 비운 간병인이 미웠고, 임신 체크를 해보라는 의사의 엉뚱한 지시가 미웠지만 그게 전부는 아녔다. 나를 가장 괴롭힌 것은 무방비 상태로 놓여 있는 아내를 향한 슬픈 원망이었다. '아내는 죄가 없다!' 류 원장의 말이 가슴을 두드렸다. 서른다섯 살 먹은 여자의 정상적인 분비물일지도 모르는데 너무 예민한 거 아니냐는 심리상담소 원장의 말을 곰곰이 되새겼다. 발가벗고 있는 모습에 속이 뒤집혀 우려하던 일이 일어났다고 섣불리 단정했는지도 모른다. 어쩌면 분노의 화살을 맞아야 할 사람은 아내나 간병인이 아니라 바로 나 자신일지 모른다고 생각하니 갑자기 부끄러워졌다.

"제가 오해했는지도 모르겠네요."

류 원장이 식은 차를 버리고 따끈한 홍차를 따라주며 물었다.

"모든 걸 자기 잘못으로 돌리면 좀 편합니까?"

"따로 원망할 데가 없는 걸요."

"아무 죄 없이 당하는 자신은 누가 보호해줍니까?"

"그래서 선생님께 왔지 않습니까."

침묵 사이로 조용히 음악이 흘렀다. 날마다 이렇게 걱정에 싸여 있다가는 환자가 깨어나기 전에 내가 먼저 가겠다며, 류 원장은 슬픔이든 분노든 너무 참지도 말고 자책도 말고 울고 싶을 때 울고 말을 하고 싶을 때 하라고 했다. 울 수 있는 것도 인간의 특권이라고.

"당장 깨어나지 않는 한 환자는 계속 누워 있어야 하는데 보호자가 이렇게 걱정이 많아서야."

"그래서 아내에게 친구를 찾아주려 해요."

"좋은 생각이네요."

"오늘 케어복지 강의실에서 찾았습니다. 나이도 아내와 동갑이고요."

"지금 환자에게는 남편보다 친구가 더 필요할 겁니다. 여자에게는 친구의 수다만큼 좋은 약이 없으니까요. 직접 고른 사람이니 더할 나위 없죠."

개구리 울음소리나 성교의 흔적 같은 것도 어쩌면 아내를 돌보지 않은 죄책감에서 비롯된 강박일지 모른다는 류 원장의 말에 나는 적잖은 안도감을 느꼈다. 새 간병인을 구하는 것이 완벽한 해결 방법은 아니라 해도 최소한 사태를 악화시키지 않을 거라는 믿음이 생겼다. 내가 잠을 자는 순간에도 외로움을 느끼듯이 아내 역시 사람이 그립고 외로울 거라는 확신이 들었다. 다정하게 말을 걸어줄 친구가 필요한 건 아내가 아니라 내 간절한 소망이었다는 생각이 불쑥 들었다.

*

그녀의 문 앞에서 대답을 기다렸다. 여름 마지막 비가 내리고 있었다. 휘트니 휴스턴의 음악을 들으며 자동차 앞 유리로 빗물이 흘러내리는 것을 지켜보았다. 출산을 위해 병원으로 가던 날, 아내와 함께 들었던 음악이었다. '난 언제나 당신을 사랑할 거예요. 안녕, 울지 말아요. 내 소중한 사람.' 운명처럼 다가온 불행을 예언하려고 그렇게 사랑을 속삭였던지. 아기가 거꾸로 앉아 있어서 자연분만이 어려웠고 제왕절개가 불가피했다. 아내에게 들은 마지막 말이 하필이면 'I Will Always Love You'의 노랫말이었던 것이 가혹한 예고였다.

차창을 열어놓고 신혜의 대답을 기다리며 담배를 피웠다. 누군가 빗속에서 기다린다는 사실이 불편했던지 그녀가 오래 버티지 못하고 내려왔다. 후드티를 입은 그녀가 다가오는 것을 보고 차에서 내렸다. 그녀가 내게 우산을 씌어주며 말했다.

"좋은 친구가 될 수 있을지 모르겠어요."

"그냥 내 친구거니 여기고 곁에 있어주면 됩니다."

신혜가 마침내 결심해주었다. 벼랑 끝에 서 있는 내 절박한 요청을 들어준 사람. 그녀를 옆자리에 앉게 했다. 오래 기다리지 않게 해줘서 고맙다고 했다. 중환자를 간병한 경험은 없지만 동갑내기의 친구가 되어주는 일이야 못하겠느냐며, 어쩌면 실망시킬지도 모른다고 했다. 잘하려 애쓸 거 없이 그냥 이웃 친구로 대해주면 된다고 했다. 이웃 친구끼리는 동네 놀이터에서도 아이 키우는 얘기를 예사로 나누지 않느냐고. 나는 어차피 사람을 써야 하고 그녀는 일을 하는 입장이니 서로 공생관계가 되지 않겠느냐고 했더니 그녀가 고개를 끄덕였다. 병원으로 가던 중에 신혜가 내게 물었다.

"부인이 어떤 꽃을 좋아해요?"

"프리지어."

"아, 나르시스를 짝사랑한 꽃?"

신혜는 꽃집 앞에 잠깐 세워달라고 했다. 꽃집으로 들어간 그녀는 프리지어를 안개로 감싼 꽃다발을 들고 왔다. 달짝지근한 프리지어의 향이 차 안에 가득했다. 신혜를 병원 입구까지 데려다주었다. 힘들어서 못하겠으면 언제든 말하라니까, 그녀가 고개를 끄덕이며 자신을 믿어줘서 고맙다고 했다. 먼지 한 톨만큼의 희망도 남지 않은 터라 그녀를 믿는 것 말고는 다른 방법이 없었다. 진심으로 그녀가 영애의 병실에서 견뎌주길 바랐다.

"잊어야 한다는 마음으로……."

노래를 흥얼대며 월드컵 경기장으로 갔다. 주차장에 자동차가 드문드문 서 있고, 우산을 든 커플이 간이휴게소에서 커피를 마시고 있었다. 조종기로 모형자동차를 굴리는 젊은이와 담배를 물고 스타디움을 서성거리는 남자, 굉음을 내지르며 달리는 자동차. 연을 든 두 아이가 모형자동차의 질주를 바라보았다. 양복 차림의 남자가 호주머니에서 잔돈을 꺼냈다. 낯익은 모습이었다. 자판기 커피를 뽑아서 홀짝이는 모습이 이틀쯤 날밤을 새운 것 같았다. 머리가 비에 젖는 것도 아랑곳없이 뜨거운 커피를 홀짝이는 그의 모습이 한없이 처량해 보였다. 맨홀의 어둠 속에서 보이지 않던 삶의 처연함이 밝은 곳에서는 저렇듯 사실적으로 드러난다. 씻지 못한 머리칼은 볼품없이 달라붙었고, 바지는 구겨지고 줄이 지워져 무릎이 쑥 나와 있다. 그를 쳐다보고 있으려니 매미 껍질을 밟고 서 있는 느낌이었다. 지금 그의 실체는 어디에 있을까. 그에게 우산을 씌어주었다. 그가 반갑게 소리쳤다.

"어, 셉!"

그가 나를 반겼다. 라면 끓이고 된장 끓이는 정도로 '셉'이란 호칭을 듣기가 민망하지만 맨홀에서 내 이름은 '셉'이었다. 그가 만 원짜리 한 장 빌려달라고 했다. 주머니에 있는 지폐 세 장을 다 주었다. 우리는 자판기 커피를 마시며 오랜 친구처럼 이런저런 얘기를 나누었다. 어쩌다 맨홀로 흘러들었지만 자기 자리로 돌아가면 두 번 다시 맨홀 같은 곳에서 만나기 어려운 사람이라 믿고 싶었다.

"마누라가 아직 퇴직한 걸 몰라요."

"입 떼기가 곤란하겠어요."

"마누라 퇴근하기 전에 들어가서 청소하고 밥까지 해놓으려고요."

"밥물 잡는 거 가르쳐 줘요?"

"1 : 1이라면서요."

"쌀을 씻어서 손가락 뿌리 윗부분까지 물을 채우면 됩니다. 배고플 때는 싸우지 않는 거 아시죠?"

"입장이 바뀌니까 알겠네요. 어떻게 처신해야 하는지."

"져주고 살면 편해요."

"일자리 못 찾으면 애 키우고 살림이라도 살까 봐요."

그가 꼭 갚겠다며 빈 택시를 잡아탔다. 정리해고로 쫓겨나기 전까지 그는 통신사 직원이었다. 출근한다며 집을 나오긴 했는데 마땅히 갈 곳이 없어서 맨홀로 오게 되었다고 했다. 두 아이가 초등학교 육학년이고 삼학년이라던가. 새로운 일자리를 찾아다녀야 한다는 사실이 끔찍했는데 이제는 대리운전이나 퀵 서비스라도 할 수 있을 것 같다고 했다. 맨홀에 묻혀 있는 동안 두려움이 사라졌다고.

민의 메시지가 날아들었다. '스타디움 제1주차장에 손님이 오기로 했어. 잘 모셔.' 그동안 착실하게 밥이 되어 주었던 영달과 태우, 관리를 대신할 인물이 뒤를 이을 모양이었다. 노름을 코스닥의 한 종목으로 여기는지, 초청장을 보내지 않아도 손님들이 꾸준히 찾아오는 것이 나로서는 그저 신기할 따름이다. 손님들이 모두 다단계 식으로 연고를 타고 오는지, 소개해준 사람에게 얼마의 인센티브를 주는지 물어보지 않아서 모른다. 한 다리가 천리라고, 그들이 어떤 루트를 통해서 오든 태우처럼 직접적인 인간관계로 연결된 사람만 아니면 아무 상관 없다.

영달이 감감무소식이다. 민이 일러주던 차도 아직 보이지 않는다. 민은 영달을 꼭 태워오라고 당부했다. 잠결에 전화를 받은 영달이 좀 늦겠다고 했다. 새 손님을 데려오기로 한 춘희는 눈썹이 잘 그려지지 않는다며 조금만 기다려달라고 했다. 손님들이 하나둘 모여들었다. 차가 기다리고 있으니까 놀러오라고 민이 유혹을 했나 보다. 먼저 온 손님들에게 휴게소 매점에서 컵라면이든 커피든 먹고 싶은 걸 먹으라고 했다.

우산을 쓰지 않아도 될 만큼 비가 걷히고 있었다. 자동차 꽁무니로 나뭇잎이 줄달음질치고, 신호등이 건들거릴 정도로 바람이 불었다. 소장수의 휴대폰이 꺼져 있었다. 그저께 맨홀을 나가며 침을 세 번 뱉더니 정말 노름에 손을 끊은 것인지. 만약 고객이 갈등을 끝내고 지갑에 돈을 채우고 있다면 시간이 얼마나 걸리든 기다려서 그를 맨홀까지 안전하게 모셔야 한다. 나타나지 않는 사람을 기다리는 것이 내 일이고, 지갑을 들고 오는 사람을 기다리는 것보다 더 중요한 일은 없다.

느티나무가 후르르 빗물을 털었다. 크고 작은 두 아이가 주차장에서 연을 날렸다. 바람에 물기가 묻어 있는 날에도 연이 날아오를지 궁금했다. 흰 강아지가 두 아이의 뒤를 따라다녔다. 주차장 바닥에 낚시의자를 놓고 두 아이가 연을 날리는 모습을 지켜보았다. 작은 아이가 얼레를 잡고 있으면 큰 아이가 연을 띄웠다. 작은 아이의 뜀박질에 연이 조금씩 하늘을 차고 오르다 땅바닥에 곤두박질치기를 거듭했다. 생각다 못해 큰 아이가 연 꼬리를 떼어냈다. 꼬리가 없는 연이 양쪽 지느러미를 흔들며 떠올랐다. 큰 아이와 작은 아이가 가오리연을 들고 넓은 주차장을 맴돌았다. 월드컵 웨딩홀에 결혼식이 없으면 종일 비어 있는 공터. 넓은 주차장에서 연을 날리는 두 아이의 얼굴에 희열이 떠올랐다. 팽팽하게 바람을 안고 떠오른 연을 보며 두 아이가 괴성을 질러댔다.

작은 아이가 연실을 조금씩 풀었다. 연이 바람을 타고 높이 치솟았다. 바람이 거세지며 연이 점점 더 높이 올라갔다. 얼레를 잡고 있기가 힘이 드는지 작은 아이의 얼굴이 빨개졌다. 작은 아이가 쥐고 있던 얼레를 큰 아이가 빼앗았다. 큰 아이가 연실을 풀었다. 가오리연이 별처럼 높이 떴다. 큰 아이가 얼레를 놓았다. 실이 풀리고 빈 얼레가 땅바닥에 떨어졌다. 연이 바람을 타고 날아가는 것을 지켜보던 작은 아이가 볼멘소리를 내질렀다.

"얼레를 왜 놓아?"

"멀·리·날·아·가·라·고."

큰 아이가 말을 끊어가며 대답하자 작은 아이가 '바보 멍청이!'라며 형을 냅다 걸어찼다. 두 아이가 맞붙어 싸웠다. 가오리연은 기다란 연실을 흔들며 하늘 높이 날아갔다. 큰 아이는 연이 보이지 않을 때까지 하늘을 올려 보았다. 빈 얼레를 들고 두 아이가 걸어왔다. 두 아이에게 연을 누가 만들었느냐고 물었다. 연실과 가오리연을 할머니가 만들어주었다고 작은 아이가 대답했다. 나는 휴대폰 메모지에 '연'을 기록해두었다. 언제 시간을 내서 딸 주연이와 연을 날릴 참이었다.

벤치에 캔을 세워놓고 네 귀가 나달나달하게 닳은 속임수용 카드를 꺼냈다. 그 카드를 아버지의 점퍼 호주머니에서 찾았다. 아버지는 죽을 때 세븐카드를 여러 벌 남겼다. 어머니가 속속들이 뒤져서 모두 불에 태우고 달랑 한 벌이 남았다. 카드를 좀 더 빨리 찾았으면 아버지의 관 속에 넣어주었을 텐데, 시신에 흙을 덮은 후여서 내가 가졌다. 평생 노름만 하던 사람이 남길법한 유물이었다. 특별히 주문 제작을 했는지 아니면 제품 불량이었는지 알 수 없지만, 아버지의 유일한 노리개였던 카드는 조커가 한 장더 많았다. 아버지는 조커가 한 장 더 많은 카드를 행운의 상징으로 여기며 품에 지니고 다녔다. 그런데도 행운은 교묘하게 아버지를 피해 다니기만 했다. 노름꾼 아버지 덕분에 나는 어릴 때부터 세븐카드를 가지고 놀았다. 하트의 샤를마뉴 대제부터 시저와 알렉산더 대왕, 스페이스의 다윗왕에 이르기까지, 카드에 깃들어 있는 1700여 년의 역사가 내 외로움과 배고픔을 잊게 해주지는 못했지만 용돈은 벌게 해주었다. 아버지 덕택에 나는 남달리 이른 나이에 몰라도 좋을 생의 비밀을 엿보았다. 오토바이를 타고 온 사람이 명함을 한 장 주었다.

"우리 사무실에 한번 오슈."

"나중에 일이 없으면 가보죠."

"좋은 일 있으면 같이 합시다."

"배 타러 가려는데 생각 있으면 가든지."

"명함이나 돌리겠습니다. 뱃멀미는 생각만 해도 끔찍해요."

'급전 대출'이 씌어 있는 명함을 던지고 남자가 오토바이를 타고 갔다. 휙 날아온 명함이 내 귓바퀴를 스쳤다. 귓바퀴에 닿는 느낌이 따끔했다.

영달이 왔다. 민이 꼭 태워오라던 손님이 아직 오지 않아서 더 기다려야 했다. 춘희에게 전화를 했더니 다 왔다고 했다. 신문지를 펴고 엇갈아 섞은 카드를 둥글게 펼쳤다. 나는 카드를 섞어서 영달에게 두 장 주었다. 첫 번째 카드는 A, 두 번째 카드는 Q였다. 블랙잭이었다. 카드를 다시 나누었다. 카드 숫자의 합이 21점에 가까운 쪽이 이기기 때문에 블랙잭을 가진 영달이 배팅액의 2배를 받는다. 첫 번째 카드는 물질적인 번영과 성공을 의미하는 ◆ 7, 두 번째 카드는 부와 명성, 일의 성공을 의미하는 ♣ 8이다. ◆ 7과 ♣ 8의 합이 15점. 영달은 21을 얻기 위해 원하는 만큼 카드를 받을 수 있다. 세 번째 카드는 이별과 분열, 고립을 암시하는 ♠ 2다. 세 개의 카드를 합쳐도 21점이 안되지만 영달이 그만 받겠다며 한다.

"가을이라서 그런가. 만사가 시들시들한 게, 차라리 여행이나 갈까?"

가을의 허무에 빠진 영달은 처음의 행운을 다 까먹고 만다. 길운은 순식간에 지나가는 것이어서 오래 끌다 보면 돈이 나가게 되어 있다. 단 한 번의 성공에 혼을 빼앗겨 전 재산을 갖다 넣은 사람이 하나둘 아니다. 내 경험으로 봐서 크게 거둔 성과일수록 몇 갑절의 웃돈을 물고 간다. 영달이 네 번째 카드를 뽑았다. 조커였다. 무엇으로도 변신이 가능한 와일드카드. 페루에 가면 인디오가 되고, 프랑스에 가면 거위 간을 질겅거리며 귀부와인을 마시고, 바다에 가면 고래처럼 우아하게 물살을 헤치고 다니며 상황에 맞게 변신을 시도하는 카드가 바로 조커다. 으뜸패로 알려진 여분의 조커를 들고 영달이 말했다.

"이거 하루만 빌려주슈."

"어디 쓰려고요?"

"부적으로 삼을까 해서."

아버지는 흔해빠진 조커를 행운의 카드라고 믿었다. 아버지처럼 영달도 부적으로 삼은 조커를 셔츠 호주머니에 넣었다. 조커는 으뜸패의 역할도 하지만 자유의 상징이기도 하다. 가장 낮은 지위에 있지만 왕보다 자유롭다. 영달은 홧김에 뛰어든 노름판이지만 너무 많이 잃으면 맨홀에 들어온 걸 후회할 것 같다고 했다. 커다랗게 찢어진 붉은 입술과 초록색 머리, 하얗게 표백된 얼굴을 가진 어릿광대. 어릴 때, 동네 사람들은 술에 취해서 난동을 부리는 아버지를 '미친 어릿광대'라고 놀렸다. 그런 아버지도 노름을 하지 않고 술에 취하지도 않았을 때는 식구들에게 다정했다.

"이게 돈을 만들어준단다."

어릴 때는 아버지의 말을 믿었다. 아버지의 말이 얼마나 허황된 것인지를 깨닫는데 오래 걸리지 않았다. 돈을 만들어준다는 카드를 평생 갖고 놀았는데도 아버지는 여전히 가난했고, 생활기록부에 있는 아버지의 직업란은 자영업 아니면 무직, 공공근로 등의 불분명한 단어로 채워지기 일쑤였다. 아버지는 무슨 일인가로 늘 바빴다. 아버지의 얼굴도 못 보고 지나는 날이 많아서 나중에는 그가 집에 들어와도 낯선 손님을 바라보듯 멀뚱히 쳐다보기만 했다. 아버지도 당신보다 더 크게 자란 아들 형제가 부담스러웠을 테지만 우리 형제 역시 아버지가 서먹하기는 마찬가지였다.

"운이 나빴어."

돈을 잃고 올 때마다 아버지는 그렇게 스스로를 위로했다. 100만 원을 잃고도 10만 원을 건지면 축배를 들었고, 나쁜 일은 빨리 잊었다. 비행기가 제로고도에 들면 시계視界가 0이 되는 것처럼 아버지의 의식은 날마다 0에 머물러 있었다. 노름빚 때문에 어머니가 잠을 설치며 걱정해도 아버지는 코를 골며 잘 잤다. 아버지처럼 살지 않겠다고 결심한 나날이었다. 모감주나무 그늘로 바람이 지나갔다. 낙엽이 바람을 타고 줄달음질쳤다.

주차장으로 검은 차가 들어왔다. 두 명이 차에서 내리는 걸 보고 카드를 챙겼다. 활달한 걸음걸이와 종아리를 덮은 기다란 카디건, 치렁치렁한 액세서리가 먼저 눈에 들어왔다. 나와 눈높이가 같을 정도로 키가 큰 그가 여자인지 남자인지 아리송했다. 간혹 노름방에 돌연변이들이 들어오긴 하지만 이번 건 넘친다 할 정도로 특이했다. 나는 악수를 하고서야 그가 남자인 걸 확인했다. 요란하게 여자 옷을 차려입었지만 그는 근육과 목소리까지 멀쩡한 남자였다. 트랜스젠더냐는 내 물음에 춘희는 고개를 저으며 가끔 저렇게 차려 입는 게 취미라고 했다.

"취향 한 번 독특하네."

"노름하러 갈 때만 저래. 게임이 잘 풀린대."

춘희가 코맹맹이 소리로 "찰스!"하고 그를 불렀다. 그와 악수를 나누었다. 우울해서 죽을 것 같다더니 춘희의 표정이 맑음으로 개어 있었다. 하루에도 몇 번씩 변하는 게 사람의 감정이어서 춘희의 얼굴에 언제 구름이 덮일지 알 수 없었다. 춘희를 조수석으로 보내고 찰스를 뒷자리에 타게 했다.

"아이 무서워! 차 안이 동굴 같잖아."

찰스의 엄살에 영달이 능청스레 받았다.

"백일 후면 사람이 될 거요."

10분만 참으라는 영달의 목소리가 조금 들떠 있었다. 새로운 멤버가 구성된다는 사실이 두려움과 흥분을 안겨준 모양이었다. 가는 도중에 춘희를 내려주었다. 춘희의 역할은 거기까지다. 민에게 안부를 전해달라며 춘희는 택시를 타고 서둘러 떠났다. 골목을 지그재그로 맴돌았다. 제아무리 눈치 빠른 사람도 어지러워서 방향 감각을 잃을 만큼 골목을 맴도는 것이 맨홀을 지키는 유일한 방법이었다. 찰스가 멀미가 난다고 투덜거렸다. 조금만 참으라고 했다. 같은 곳을 어지럽게 맴도는 것은 혹시 따라붙을지 모르는 추격자를 따돌리기 위해서이기도 하고, 손님들이 내부고발자로 변절하는 것을 막기 위한 대책이기도 했다.

재개발 특구로 지정 받은 3가 일대가 이 빠진 소쿠리 같았다. 이사를 간 집과 안 간 집이 섞여 있어서 어수선했다. 담벼락마다 빨갛고 파랗고 검은 래커를 뿌려 그림을 그리거나 공가, 폐가, 철수 등의 글씨를 써놓았고, 주인이 떠난 빈집에 개가 남아서 집을 보는가 하면, 대문이 뜯겨나간 집도 있었다. 아직 이사를 가지 않은 여남은 주민들은 여느 때와 다름없이 빨랫줄에 이불이나 아기 옷, 수건을 널고, 정원의 나무에 물을 주고, 된장을 끓였다.

나는 주위를 살피며 봉제 공장 셔터 앞에 멈추었다. 셔터가 소리 없이 열리고 밴이 스며들듯이 어둠 속으로 빨려들었다. 손님을 홀로 인도한 뒤 장바구니를 풀어헤쳤다. 손님을 방으로 데리고 가는 것은 민이 할 일이다. 일단 맨홀에 들어오면 나는 심부름꾼이자 셰프가 된다. 오이를 두 개 빼놓고 야채와 고기를 냉장고에 집어넣었다. 오이는 내가 가장 좋아하는 간식이다. 나는 심심할 때마다 오이나 당근, 토마토 등의 신선한 야채를 먹는다. 냉장고는 신선한 재료로 가득 채워져 있고, 그 재료들은 내 지갑을 채워주는 엑기스였다. 샐러드를 만들 야채와 과일을 싱크대에 늘어놓고 둘러보니 태우가 춘추관에 앉아 있었다. 가장 큰 노름은 영빈관에서 이루어지지만 중급 도박장 춘추관도 만만하게 볼 곳은 아니다. 태우 실력으로는 어느 방에 들어가든 탈탈 털리게 되어 있다. 내 눈을 피하는 태우를 두고 춘추관을 나왔다. 끝까지 본전을 찾겠다고 덤비면 누가 그를 말릴 수 있으랴.

자판기 보스가 와 있다. 근래 들어 그의 걸음이 잦다. 자판기가 음료수를 갖다 주고 친절을 베풀지만 내 눈에는 갈 곳 없는 뜨내기손님으로 보인다. 민에게 식사를 차려야 하느냐고 물었더니 나중에 다른 사람 먹을 때 한 그릇 더 뜨면 된다고 했다. 자주 얼굴을 내미니 그 사이 귀찮아졌는지 민이 눈에 띄게 그를 홀대한다. 그가 부하를 데리고 멋대로 드나든다면 맨홀이 털리는 건 시간 문제였다. 맨홀의 문지기인 내 허락도 없이 맨홀을 멋대로 드나든다는 사실이 마뜩찮아서 민에게 따졌다.

"저렇게 드나들어도 괜찮겠어요?"

"염려하지 않아도 되는 사람이야."

"위치가 노출될까봐 하는 소리죠. 맨홀이 털리면 전체가 당하는데."

"주의를 줄게."

자판기 보스가 움직이기 시작했다. 돈 냄새 맡고 달려드는 그를 누가 말릴까. 민이 돈 거래를 비롯한 모든 관계에 단호하지만 그녀에게도 아킬레스건이 있는데 그게 바로 자판기 보스다. 돈으로 관계가 엮이면 관계를 끊기도 어렵다. 사채업자와 뒤를 봐주는 관계가 언뜻 보기에는 의리로 뭉쳐진 것 같지만 철저한 먹이사슬일 뿐이다. 떠날 때를 대비해서 사사로운 관계에 선을 그어야 하는데 민은 그러지 못한다. 괜히 한데 엮이지 않으려면 적당한 때에 발을 빼는 게 상책이다. 그들이 움직이기 시작했으니.

6

태우의 맞은편에 섰다. 그가 눈을 들어 나를 쳐다보았다. 눈빛에 불안이 어른거렸다. 태우도 어지간히 당한 후여서 딴에는 몸을 많이 사리고 있었다. 조 사장이 일 년 연봉 날렸다고 엄살을 떨었다. 강과 최에게 번번이 당하면서도 덤빈다. 청과시장에서 40년을 보낸 관록이 장사꾼 특유의 배포를 가지게 한 것 같았다. 조 사장이 주위를 두리번거리며 물었다.

"춘희는?"

"남자 만나러 갔어요."

"저런, 바람둥이 같으니."

노름도 즐기고, 여자도 즐기고, 어둠도 즐기는 조 사장이야 말로 맨홀에 가장 잘 어울리는 사람이다. 조 사장의 걸쭉한 입담 때문에 가끔 웃음소리가 난다. 태우와 최가 겨루고 있었다. 불빛에 비친 태우의 몰골은 사흘 굶은 장닭처럼 초췌한 모습이었다. 살이 빠져 볼이 핼쑥한데다 쫓기는 짐승처럼 불안함이 그대로 드러나는 눈빛이었다. 선비골 샌님이 제법 노름판에 어울리는 몰골이 되어가는 게 신통했다. 사람이 환경에 따라 저렇게 달리 변할 수 있나, 하고 놀라는 중이었다. 바지 날을 세우듯 한 가지 모습으로만 살면 꽤 아까울 뻔했다는 생각이 드는 건 태우가 노름으로 만신창이가 되며 모가 깎이고 결이 유한 사람으로 변하기 때문일 것이다. 내 기억 속의 태우는 잘 손질된 바지처럼 매끈하고 단정한 사람이었다. 운동화는 흙 한 점 묻히지 않았고 셔츠의 깃은 땀에 전 흔적 없이 풀기가 퍼덕거리는가 하면, 삶아서 말린 속옷도 다림질이 되어 있었다. 덕분에 태우네 파출부였던 어머니의 손은 습진으로 벌겋게 짓무르곤 했다. 어머니는 태우의 가족들에겐 다림질이 된 옷을 입히면서 당신의 자식들은 겨우 땟국만 씻어 입혔다. 입이 까다로워 밥을 잘 먹지 않던 태우는 타고난 까칠함으로 부엌데기인 우리 어머니를 힘들게 했다. 게다가 태우의 어머니조차 잔소리가 심한 사람이었다. 그나마 태우의 아버지 김 교장이 우리 가족들이 머물도록 행랑채를 주고 학비까지 대주어 그 집에서 오래 살 수 있었다. 김 교장은 어머니의 이웃이면서 초등학교 동창생이었다. 우리 형제들은 김 교장을 교장 선생님이라고 불렀다. 관광을 다녀오던 김 교장 내외가 사고로 죽기 전까지 우리 식구들에게 김 교장은 외삼촌 같은 분이셨다. 그들 가족과 헤어진 것이 고등학교 졸업하던 해였다. 그 이후 고향을 잊고 살았다. 고향과 함께 까마득히 잊었던 김 교장을 지난밤 꿈에서 보았다. 인자하게 웃는 모습이 생전 그대로였다. 태우를 노름의 수렁에 빠뜨린 것이 미안해서 김 교장을 똑바로 쳐다보지 못했다.

재떨이를 비우는 척하며 주변을 맴돌다 태우의 패를 슬쩍 읽었다. 백 스트레이트를 쥐고 있었다. 바닥 패로 봐서 최는 다이아 플러쉬를 만들고 있을 가능성이 많았다. 나는 태우에게 밀고 나가라는 뜻으로 엉덩이를 쿡 찔렀다. 태우가 판돈을 던지고 콜을 외쳤다. 최가 따라갔다. 태우의 눈에 불안이 떠올랐다. 고개를 끄덕였다. 태우가 계속 따라갔다. 노름은 카드가 만드는 것이 아니라 사람이 만든다. 내가 너보다 더 큰 패를 들었다고 믿게 만드는 자신감. 최가 마침내 체머리를 흔들며 카드를 던졌다. 최는 조금 처지는 패를 가지고도 돈을 먹을 줄 아는 사람인데 카드를 던진 걸 보면 태우를 조금 더 살려두기로 한 모양이었다. 태우가 어렵게 한 번 먹었다. 최가 태우를 잔뜩 추켜세웠다. 밖으로 나오자마자 전화로 태우를 불러냈다. 태우의 이마에 정맥이 도드라져 있었다. 바쁜데 왜 부르느냐고 짜증을 냈다. 나는 되도록 태연하게 말하려 했다.

"밥 먹으라고 불렀다."

"지금 농담할 때야? 막 운이 들어온 참인데."

태우가 얼마나 벌었는지 보겠느냐며 주머니에서 돈을 꺼냈다. 최나 강이 미끼로 던졌을 게 틀림없는데도 태우는 벌었다고 생각했다. 더 이상 돈을 잃지 않은 것만으로 돈을 벌었다고 착각할지 모르지만 실은 그가 어렵게 딴 그 돈은 바로 자기가 던진 것의 일부였다. 그 미끼가 앞으로 얼마가 될지 모르는 돈을 끌고 가리란 사실을 알 리가 없다. 알고도 따라가는 것이 노름이지만 이번만은 말려야 했다. 그는 몇 푼 건진 것만 좋아서 기운이 펄펄했다.

"시골집만 찾으면 손 뗄 거야."

"최나 강이 그렇게 되도록 내버려둘 것 같니?"

"노름은 운이야."

"그렇게 당하고도 헛소리야?"

"이대로 그만두면 본전은 어쩌고?"

태우의 말을 매정하게 받았다.

"노름판에서 본전 건졌다는 놈 아직 못 봤어."

부부가 마주앉아 고스톱을 쳐도 돈 계산이 틀리는 게 노름이다. 호구들의 주머니를 털고 사는 최나 강 같은 전문노름꾼은 잘 벌어서 집 사고 땅 사고 떵떵거리며 살 것 같아도 그들 역시 빚에 쫓겨 다니기는 마찬가지다. 작은 판에서는 그들이 왕이지만 큰 판에 더 큰 악귀가 도사리고 있어서 그들을 호시탐탐 노리고 있었다. 호구들은 돈이 떨어지면 노름에서 멀어지게 되어 있지만 속임수를 아는 노름꾼들은 작은 판에서 번 돈을 더 큰판에 들이붓는 악순환을 거듭하며 숨 떨어지는 순간까지 노름의 늪을 헤어나지 못한다. 그것은 속임수의 적나라함을 알기 때문이다. 아버지가 죽을 때까지 노름판을 기웃거린 것처럼. 밥을 몇 술 께적거리던 태우가 도저히 못 먹겠다며 숟가락을 놓았다. 먹어도 먹은 것 같지 않고, 잠을 자도 꿈속까지 노름판이 따라다니는 지독한 패닉 상태를 왜 모를까. 나는 불안하게 서성이는 그를 억지로 자리에 앉혔다.

"차라리 내가 할게."

나를 물끄러미 바라보던 태우가 고개를 저으며 말했다.

"날려먹건 따건 내 일이야. 내가 저지른 일인 걸."

"부탁인데, 이쯤에서 그만해라."

"진작 좀 말리지."

분노로 얼굴을 붉히며 태우가 끝까지 가보겠다고 버텼다. 일하러 가겠다고 한 약속은 어쩔 거냐고 소리를 질러봐야 소용없었다. 참다못해 주먹을 불끈 쥐고 태우의 턱을 날렸다. 뒷걸음질치는 태우의 멱살을 잡아서 때리고 또 때리고, 코피가 쏟아지고서야 주먹질을 멈추었다. 민과 영수가 싸움을 말렸다. 코피가 흘러 태우의 흰 셔츠에 붉게 번졌다. 민이 소리를 질렀다.

"애들처럼 왜 이래?"

앙칼지게 쏘아붙이는 민과 영수를 밀어내고, 태우를 자리에 끌어 앉혔다. 휴지를 말아서 코피가 흐르는 콧구멍을 막아주었다. 코뼈가 부러졌나 걱정이 되는지 태우가 코를 만지작거렸다. 흰 셔츠에 붉게 번진 핏방울이 고운 꽃무늬 같았다. 나는 아무 일 없는 듯이 손을 씻고, 손님이 주문한 새우볶음밥을 만들 동안 태우는 화장실에서 세수를 하고 셔츠의 피를 씻었다. 프라이팬에 냉동새우와 김치를 잘게 썰어서 볶다가, 브로콜리와 양파를 넣고 고슬고슬하게 밥을 볶았다. 물티슈로 얼굴을 닦으며 태우가 물었다.

"내가 왜 맞았는지 이유나 좀 알자."

"그냥 때렸어. 억울하면 너도 때리든지."

"집 때문이야?"

풀이 죽은 목소리로 태우가 물었다. 나는 그의 물음에 대답도 않고 볶은 밥에 날치 알과 김 가루를 뿌려서 두 개의 접시에 나눠 담았다. 단골손님이 부탁한 메뉴였다. 자리로 가져오라는 손님에게 계란탕과 볶음밥 접시를 갖다 주고 남는 접시 하나를 태우 앞에 놓았다.

"빨리 안 먹으면 빼앗긴다."

"나중에 먹을게. 넘어갈 것 같지가 않아."

"어제부터 먹은 게 없잖아."

태우가 알 수 없다는 듯 고개를 갸웃거리며 말했다.

"놀기 좋은 데 있다고 꼬드길 땐 언제고."

"나도 모르겠다. 네 돈을 맘대로 버리는데 내가 왜 이렇게 속상한지."

"말려주는 건 고마운데, 간섭받는 것 같아서 기분 나빠, 인마."

"난 간섭 받아보는 게 소원이었다."

간밤에 태우의 아버지 김 교장을 보았다는 말을 꿀꺽 삼켰다. 김 교장이 할 말 많은 얼굴로 나를 쳐다보았다. 김 교장이 무슨 말이든 해주기를 기다리다 깼다. 잠을 깨고서도 수심이 가득한 김 교장의 얼굴이 어른거렸다.

'아직 늦지 않았어.'

김 교장이라면 그렇게 말할 것 같았다. 나는 호주머니에 넣어둔 카드를 꺼내어 몇 번이고 셔플을 하며 손을 풀었다. 아버지는 죽을 때까지 카드를 손에서 놓지 못했다. 카드를 만질 때마다 아버지가 한 말이 생각났다. '이걸로 이루면 반드시 이걸로 망하게 되어 있어. 항상 준 것보다 더 많이 빼앗아가거든.' 아흔아홉 대의 모니터가 쏘아내는 빛으로 홀이 밝았다 어두워지기를 거듭했다. 나는 태우에게, 시골집을 찾는 게 목적이면 차라리 내가 하겠다고 낮은 목소리로 말했다.

"지금, 내 말 안 듣고 저기 들어가면 우린 영원히 끝이야."

고향을 떠난 후 까맣게 잊고 있던 태우를 다시 만난 건 초등학교 총동창회에서였다. 뭘 하느냐고 묻는 태우에게 게임기 몇 대 갖다놓았다며 오락실에 놀러오라고 했다.

"불법도박?"

"오락실이지."

"욕하며 닮는다더니, 도박이 집안 내력이냐?"

태우의 조롱 섞인 말에 헐 웃고 말았다. 기습하듯이 던진 패가 우리 아버지라니, 문득 그가 노름에 빠지면 어떻게 변할까 상상한 게 바로 그 순간이었다. 춘희에게 동창회에 놀러오라고 문자를 넣었다. 가장 아름다운 모습으로 오라는 추신을 잊지 않았다. 춘희가 나타나길 기다리다 태우에게 생각 있으면 투자를 하라고 했다. 그러자 태우는 숨어서 하는 짓은 체질에 안 맞다고 거절했다. 오랜만에 만난 동창들의 근황을 묻고 있을 때 춘희가 화사한 원피스 차림으로 나타났다. 동창들의 시선이 춘희에게로 몰렸다. 춘희가 내 볼에 가볍게 입맞춤을 하며 불러줘서 고맙다고 했다. 태우가 내게 물었다.

"너 술집 여자 사귀니?"

"아는 동생이야. 근처에 있다기에 오라고 했어."

"트랜스젠더 같기도 하고."

"편한 대로 생각해. 어느 쪽이든 다 해당되니까."

슬그머니 다가온 춘희가 태우에게 인사를 건넸다. 살짝 웃는 얼굴에 볼우물이 패였다. 한때 패션모델로 활동한 적 있는 우월한 미모가 돋보였다. 태우가 내게 귓속말로 물었다. '여자야 남자야?' 춘희가 그 말을 들었는지 고교시절에 응원단장을 했다던 활발한 성격으로, 당연히 여자라는 대답으로 태우의 경계심을 허물어뜨렸다. 고향을 떠난 후 처음 만난 태우는 여전히 자신만만했고, 바지는 줄이 **빳빳**하게 서 있었고, 손톱은 깨끗했고, 입가에 달고 있는 냉소적인 웃음마저 예전 그대로였다. 조롱 어린 말투도 여전히 싸늘하고 거만했다. 내가 춘희의 작업을 모른 체하기로 한 것은 노름에 전혀 관심이 없는 태우가 어떻게 무너지는지, 돈 아쉬운 줄 모르고 어른이 된 태우가 판돈을 어떻게 던지는지, 노름이 태우의 체온을 몇 도까지 올려놓을지 궁금해서였다.

설거지를 마칠 때쯤 매화실에 들어갔던 태우가 제 발로 걸어 나왔다. 그는 주머니에 있는 돈을 탈탈 털어 탁자에 놓았다. 나는 돈을 챙겨서 민의 앞에 내밀었다. 부족한 돈 대신 자동차 열쇠를 주며 집문서와 바꾸어주었으면 좋겠다고 했다. 민이 '병신 머저리'라고 욕을 하며 '그 집, 너 먹으려고 그러지?' 하고 말했다. 민의 비아냥을 들으며 그녀와 한 번 더 부딪칠 일이 생길 것을 예감했다. 민이 태우의 자동차 열쇠를 들고 영빈관으로 갔다. 민이 나를 사심이 더덕더덕한 인간으로 봤다는데 마음이 상했다. 태우의 자동차는 날아가게 내버려두려 했는데 생각이 바뀌었다. 돈이 그녀의 무기라면 내게는 자존심이 단 하나의 무기인데, 그녀는 건드리지 말아야 할 것을 건드렸다. 어머니도 아버지도 나도, 우리 가족 모두 평생 '내 집'을 가져보지 못했기 때문에 다 쓰러져 가는 촌집을 우상처럼 섬기고 살았던 건 사실이다. 그렇다고 해도 그 집을 빼앗는다거나 태우를 속여서 사심을 채울 생각은 꿈에도 해보지 않았다. 그 집은 어린 시절의 추억과 향수가 깃든 성역 같은 것이었다. 특히 어머니에게는.

태우는 집문서를 내게 맡기며 자신이 성공해서 돌아올 때까지 잘 보관해달라고 했다. 집문서를 받고서야 안도의 숨을 내쉬었다. 민의 말대로 태우보다 내가 그 집에 더한 애착을 가졌는지도 모른다. 어릴 적부터 진심으로 내가 원했던 건 언제까지나 그 집이 김 교장의 체취를 담은 채로 항상 그 모습 그대로 있어주었으면 하는 것이었다. 태우가 냉장고를 열며 물었다.

"술 있어?"

"쌀자루 뒤져봐."

"술을 쌀자루에 숨겨?"

"보이는 곳에 두면 금방 빈 병이 되지."

태우가 쌀자루 속에 숨겨두었던 킹덤 17년산을 찾아냈다. 나는 소형 포장된 훈제오리를 전기 오븐기에 구웠다. 킹덤은 민의 차에서 가져온 것이었다. 그녀는 사람을 기억하지 못하는 만큼 물건에 대한 애착도 없었다. 민은 내게 술을 줬다는 사실도 금세 잊었다. 정작 민의 물건에 관심이 많은 건 그녀를 감시하는 자판기였다. 그것은 사냥개의 관심이 아니라 민을 노리는 사냥개 주

인의 관심이기도 했다. 자판기 보스의 관심이 어디에 있건 도박
장이 차질 없이 돌아가는 동안은 민과 내게 사업자에 대한 예의
를 다 해야 할 것이다.

　게임기 앞에 앉아서 자는 척하지만, 자판기가 언제 감시의 눈
길을 두리번거릴지 모르기 때문에, 나는 특별한 일이 아니면 민
의 근처에 얼씬도 하지 않았다. 오얏 밭에서 갓끈을 고쳐 매다
괜한 오해를 사게 될 터였다. 민은 그런 나를 믿고 신뢰하지만
전직 경찰 박과 자판기 보스가 점점 영역을 확장하며 치고 들어
오는 것이 걱정이었다. 저러다 민이 어느 범의 아가리에 던져질
지 짐작하기 어려웠다. 더 큰 문제는 그들이 나를 민의 소유물로
여기는 웃지 못할 착각이었다. 나를 향한 감시의 시선 역시 '내
것을 넘겨보지 말라.' 는 동물적인 견제의 눈빛이었다. 나는 유리
잔에 술과 얼음을 채워 태우에게 주었다.

　"끝까지 고집부리면 몽둥이로 두들겨 패려 했다."

　"그러다 잘리면 너만 손해야."

　"너처럼 당하진 않지. 실력도 없으면서 간만 커서는."

　"뒤늦게 생각해주는 척하면 고마워 할까봐."

　"게임만 하지 카드도 모르면서 노름은 왜 하냐."

　"대학시절에 좀 했어."

"카페 탁자에서 장난삼아 돌리는 카드와 노름이 같아?"

잔을 채워주며 따끔하게 한마디 쏘아붙였다. 손님이고 맨홀이고 영애고 모두 잊고 거나하게 취해봤으면 좋겠다. 갈증이 나지만 손님을 싣고 다녀야 하기 때문에 술을 마시면 안 된다. 처음에 덫을 놓은 건 사실이지만 태우가 너무 쉽게 빠지는 걸 보고 말렸다. 말려도 못 들은 척할 때는 언제고 뒤늦게 내 탓이다. 옛날부터 그는 내 말을 무시했다.

"윗동네 애들의 행패를 말려준 건 생각지도 않고."

태우는 그 특유의 까칠함으로 매를 많이 벌고 다녔다. 짓궂은 아이들에게 얻어맞을 때마다 뛰어가서 말려주었다. 덕분에 내 별명이 '호위무사'가 되었다. 옛날 생각이 나는지 태우가 밉지 않게 입을 삐죽였다.

"그래, 네 놈이 내 형 노릇을 다 했다. 됐냐?"

자판기가 부엌을 기웃거렸다. 한 잔 하라고 부르자 그가 감칠나게 한 잔으로 되겠느냐며 자리를 잡고 앉았다. 얼굴에 남아 있는 앳된 소년티가 그를 귀여워 보이게 했다. 철부지 소년이 천지분간도 못하는 천둥벌거숭이 어른이 되어가는 중이었다. 소화제 삼아서 입가심하는 중이라니까 자판기가 소화제면 자기도 한 잔 달라고 했다. 나눠 마시는 술만큼 달고 맛있는 게 없다고 했더니 자판기가 굳은 표정을 풀고 웃었다. 우락부락하고 힘만 센 녀석. 영수보다 한두 살 많을까. 녀석이 어쩌다 보스를 섬기게 되었는지 모르지만 섣부른 경계심을 번득이던 모습만 보다 술자리에 앉아 있으니 자판기가 다른 사람으로 보였다. 손가락으로 오리 훈제를 집어먹는 자판기에게 밥을 주었다. 그는 훈제고기와 김치로 금세 밥그릇을 비웠다. 술과 밥이 그의 경계심을 풀어놓았다. 인간을 순하게 만드는 데는 밥보다 더한 약이 없다. 자판기가 나간 뒤, 어린 시절의 무지갯빛 나날을 끄집어냈다.

"어릴 때 가장 부러웠던 게 교장 선생님이 너의 아버지였다는 사실이었어. 넌 공부도 잘 했고, 부잣집 아들이었고, 아버지가 책을 읽어주는 분이셨지. 너도 알잖아, 우리 아버지. 노름빚을 안고 오는 것도 모자라서 어머니를 마구 두들겨 패던 거 기억나지? 돈 구해오라고 주먹을 휘두를 때마다 우리 어머니와 나는 너의 집 부엌에서 밤을 새우곤 했어. 네 아버지가 많이 도와주셨어. 넌 아버지 그늘에서 먼지 한 톨 묻히지 않고 좋은 곳만 바라보고 살았으니까 그때 내 마음이 어땠는지 짐작도 못할 거다."

내 말을 듣고 있던 태우가 지친 듯 눈을 감았다. 그의 얼굴에 그리움과 아쉬움이 어렸다.

"좋은 분이면 뭐하냐. 내가 필요로 할 때 계시지 않는 걸."

태우는 아버지가 너무 일찍 돌아가셔서 아쉽다고 했다. 시간이 갈수록 아버지가 더 그립다고 했다. 꼭 일을 하려고 세상에 태어난 사람처럼 퇴직하자마자 돌아가신 것도 안타까운데 어머니까지 함께 가셨으니 정신적인 충격이 얼마나 컸을지 짐작이 되고도 남았다.

"두 분 돌아가시고, 네 어머니가 집을 떠나신 것도 충격이었다."

"너의 숙모와 숙부가 오셨잖아. 어머니는 더 이상 너의 집에 머물 핑계가 없다고 하셨어."

"네 어머니 밥을 먹고 자란 후유증인지 한동안 아무것도 못 먹었어."

"나도 그랬어. 우리 식구들이 뿔뿔이 흩어진 게 그때였으니."

"왜 그렇게 갑자기 떠나셨지?"

"교장 선생님 돌아가시고 의지할 곳을 잃어버린 게 이유였어. 우리 어머니 교장 선생님을 진심으로 존경했잖아."

어머니는 더 살고 싶지 않다고 했다. 김 교장이 세상을 떠나며 어머니의 마음을 붙들어주던 버팀목이 사라졌다. 입주 간병인 일을 찾아가기 전날 밤에 어머니는 삼 남매를 모아놓고 고등학교라도 마쳤으니 이제부터는 알아서 살라고 했다. 그럴 때가 되었다고. 전화번호라도 가르쳐달라니까 가끔 연락하겠다며 어디 있는지 알려고도 하지 말라고 했다. 도둑질을 하든 식모살이를 하든 알아서 살겠다고. 어머니는 정말 삼 남매 결혼식에만 나타나서 분가를 도와주었다. 우리 삼 남매는 어머니의 마음을 이해하기 때문에 아무런 불만이 없었다.

　내색하지 않았지만 어머니에게 교장 선생님은 존경하는 마음 그 이상이었다. 책갈피에 간직한 낙엽처럼 어머니는 김 교장을 향한 지고지순한 사랑을 가슴 깊이 곱게 간직하고 있었다. 김 교장이 어머니에게는 첫사랑이었다. 태우와 나는 얼큰하게 취한 눈으로 천창을 올려 보았다. 둥근 유리에 비치는 그것은 반만 차오른 달이었다. 어린 시절, 달빛 아래서 술래잡기를 했던 것이 동화책에서 읽은 이야기 같았다. 달이 빠른 걸음으로 가고 있었다. 둔덕의 열차도 달도 바람을 헤치며 어딘가로 쉬지 않고 달렸다. 인생과 젊음, 사랑처럼 아름다운 것은 세상에 머무는 시간이 너무 짧다. 사랑과 그리움이 그러하듯이.

＊

　영빈관 손님들이 수제비를 끓여달라고 했다. 30분만 기다리라

이르고 육수 우려낼 물을 불에 올렸다. 큰 솥 가득 담은 물에 멸치와 무 토막, 양파, 대파를 넣고 휴대폰에 입력된 번호 하나를 꾹 눌렀다. 송수화기로 바이올린 선율이 흘러들었다. 바이올린 선율에 잠깐 귀를 기울였다. 신혜는 영애가 조금 전에 잠이 들었다며 목소리를 낮추었다. 깨어 있어도 자는 듯 고요한 식물 상태를 살고 있는 나의 아내. 자나 깨나 그게 그것 아닌가 하는 내 말에 신혜는 그렇게 말하면 안된다고 했다. 깨어 있는 동안엔 영애가 끊임없이 눈을 깜박이며 대화에 집중하려 애쓴다고. 책을 읽으면 귀를 기울이고, 음악을 틀어주면 눈동자의 움직임이 조용해진다는 말을 들으며 혼자 씁쓸하게 웃었다. 영애를 돌보는 동안 나 역시 그런 기대를 갖고 살았다. 오늘은 깨어날까 내일은 깨어날까. 나는 신혜가 나중에 실망할 것이 염려되어 아무렇지 않은 듯 헛말을 찔러댔다.

"7년 동안 줄곧 그랬어요."

신혜가 밖에서 전화를 받겠다며 잠깐 기다리라고 했다. 전화기로 문 닫는 소리가 들리고 이어 휴게실에 있다는 말소리가 들렸다.

"등대는 15초마다 깜박이며 바다를 지켜요."

"등대?"

"살아 있는 사람들이 영애 씨에게 등대가 되어줘야 한다는 말이에요."

신혜는 예전에 산속에서 길을 잃은 적이 있다며, 주위를 살피며 산길을 벗어나지 않고 꾸준히 걷다 보니 길이 나오더라고 했다. 목표가 있으니 열심히 걷게 되고 확신이 있으니 두렵지 않더라며 희망을 갖자고 다독였다. 영애의 침묵을 비관적으로 생각하는 자신이 사납게 꼬여 있다는 걸 알면서도 확신이 있으니 두렵지 않더라는 말에는 공감이 갔다. 오늘보다 내일은 조금 더 나아질 거란 기대에 부풀어 있는 동안엔 지루한 줄 모르고 기다렸다. 끝없는 기다림이 형벌처럼 여겨지는 순간 내가 미치도록 세상을 그리워한다는 걸 알았다. 신혜가 무슨 일로 전화를 했느냐고 물었다. 수제비를 맛있게 끓이는 법을 일러달라고 했다.

"식당에서 일해요?"

"비슷해요."

신혜가 더 캐묻지 않고 그녀만의 던지기 탕을 일러주었다. 이어폰을 끼고 가스레인지에 육수 끓일 물을 올리라는 게 첫 번째 지시였다. 육수를 끓이는 중이라고 했다. 다시마, 양파, 무, 대파, 멸치에 오감이 거부하는 모든 감정을 다 집어넣었다. 분노와 슬픔, 과오, 죄책감 등의 회색빛 색조에 매 순간 주체하기 어려운 성적 욕망까지 넣고 끓이면 어떤 육수가 될지. 내 마음을 엿보기라도 한 듯 신혜가 따끔하게 한마디 쏘아붙였다.

"맛있는 수제비를 끓이고 싶으면 좋은 기억을 떠올려야 해요."

"나쁜 감정을 집어넣으면 어떻게 될까요?"

"떫고 쓴맛이 나죠."

"설마?"

물은 100도에서 기체가 되지만 오감은 얼마나 오래 끓어야 기체로 승화할까? 다시마와 무가 끓는 육수에 둥둥 떠다녔다. 육수의 김에 얼굴을 대고 냄새를 맡으려니 울컥 비린내가 났다. 정액 냄새? 맛이 변질된 육수를 개수대에 쏟아버리고 새 물을 받았다. 육수가 뜨거운 김을 뿜으며 하수구로 빠져나갔다. 육수 끓느냐는 신혜의 물음에 방금 하수구로 다 빠져나갔다고 했다. 그녀가 깜짝 놀라며 "왜 버렸어요?" 하고 물었다. 비린내가 나더라니까 그녀가 딱하다는 듯 육수에 나쁜 것 넣었나보다고 넘겨짚었다. 그랬다니까 어이없다는 듯 웃었다. 이즈음 들어서 신혜와 통화하는 시간이 길어졌다. 손님들의 식사 레시피를 얻기 위한 통화지만 그 소소한 대화에 적잖은 위로를 받았다. 안도감에 더해서 미진하게 이는 욕망까지 합세해서 마음이 자꾸 그녀에게로 달려갔다. 나는 내면에서 일어나는 반응을 묵묵히 응시했다. 혼자가 아니라는 느낌이 기뻤다.

"둘째, 깨끗하게 거른 육수에 바지락과 새우가 있으면 넣어요."

다정하게 몸을 포개고 있는 새우 너댓 마리를 던져 넣었다. 여자의 등을 안는 방식은 내가 가장 좋아하는 체위였다. 등을 안으면 향이 짙은 머리칼 냄새를 맡을 수 있고, 귓불을 깨물기 좋으며, 심장의 박동을 손바닥으로 느낄 수 있는 체위가 된다. 나는 손가락을 유연하게 놀려 여자의 귓불처럼 도톰하게 반죽을 떼어 넣었다. 퐁당거리며 반죽이 들어갈 때마다 육수가 튀었다. 귓불을 깨물면 신혜가 소리를 지를까 어떨까 상상하는 동안 수줍게 간드러지는 여자의 교성이 그리워졌다. 어느 땐가 영애가 그렇게 소리를 지른 적이 있었다는 사실이 영화의 한 장면 같았다. 육수에 배어 있는 불륜의 냄새를 깊이 들이마셨다.

"셋째, 감자, 양파, 호박, 대파를 보기 좋게 썰어두세요."

감자는 반달, 양파는 초승달, 호박은 보름달로 썰었다. 가느다란 눈썹 같은 초승달, 한쪽 볼을 베어 먹은 열이렛날의 달. 초이렛날의 달까지, 여러 가지 달 모양의 호박과 감자를 그릇에 담아두었다. 천창을 올려보았다. 달이 보이지 않았다. 천창으로는 보이지 않지만 달이 높은 곳에서 밤하늘을 비추고 있으리라 믿었다.

"넷째, 반죽이 익을 때쯤 썰어놓은 야채를 넣어요."

국자로 반죽을 휘젓고 달 모양으로 썰어 놓은 야채를 넣었다. 수제비가 동동 떠올랐다. 불을 낮추었다. 모든 재료가 어우러진 수제비 특유의 깊고 담백한 국물 맛이 내가 끓인 것 같지 않게 맛있었다. 여러 가지 재료가 모여서 하나의 맛으로 완성되는 것이 인생살이의 한 단면 같았다. 몇 그릇을 떠야 할지, 영빈관으로 가서 머릿수를 헤아렸다. 큰 솥에 끓였기 때문에 한꺼번에 열다섯 그릇은 충분했다. 수제비만으로도 박봉의 신문지국장 하루 일당이 떨어진다. 민은 뜨개질을 하며 손님과 얘기를 하고 있었다. 스웨터의 뒤판을 완성하고 앞판을 뜨는 중이었다. 이어폰으로 신혜의 말이 들렸다.

"사랑과 인생은 뜨거울 때가 가장 맛있고……."

"수제비는 반죽이 조금 퍼질 때 맛있죠."

신혜는 음식도 사랑도 너무 뜨거우면 속 깊은 맛을 모르고 넘기기 일쑤라며 알맞게 식은 수제비의 진미를 역설했다. 신혜 말대로 수제비를 조금 식혀서 먹으면 속속들이 밴 야채의 깊은 맛을 음미할 수 있다. 나는 수제비의 맛을 보여주고 싶은데, 먹을 입이 너무 많아서 어렵겠다고 했다. 이어폰에서 신혜의 목소리가 들렸다.

"저녁에 끓여 먹으면 되죠. 생각 있으면 오세요."

일이 끝나려면 좀 늦을 것 같다 이르고 전화를 끊었다. 수제비를 그릇에 담아서 영빈관으로 들고 갔다.

"먹고 합시다."

각 방의 손님들에게 수제비 그릇을 나누어주었다. 강이 판을 접었다. 깍두기와 김치 그릇을 탁자에 널어놓았다. 테이블에서 멀찌감치 물러앉은 손님들이 수제비를 먹으며 담소를 즐겼다. 식사를 할 때만큼은 적도 아군도 아닌 평범한 친구였다. 수제비 먹으며 나누는 잡담이 평화로웠다. 수제비에 벌레가 있어도 못 집어내겠다고 찰스가 투덜거렸다. 그러고 보니 전등이 하나 꺼져 있었다. 갑자기 불이 어두워지면 신경이 예민해지기 때문에 얼른 전등부터 갈아주었다. 노름꾼들이야 저 좋아서 하는 고생이니 죽든 살든 알아서 할 일이라 쳐도, 스물네 시간 켜져 있는 전등이 못할 노릇이었다. 어디 밤낮도 모르고 보초를 서는 게 전등뿐이랴. 틈만 나면 병든 닭처럼 졸아대는 자판기나 영수 같은 안전요원은 말할 것도 없고, 아흔아홉 대의 게임기도 걸핏하면 고장이었다.

수제비를 먹은 사람들이 여기저기 방석을 베고 누웠다. 노름이 아무리 좋아도 그들 역시 사람인지라 식사 시간을 기준으로 한 시간씩 쉬어가며 달린다. 쉬는 동안 튀김 닭이나 몸에 좋은 홍삼, 상황버섯, 포도즙, 더덕술, 칡즙 등을 한 아름 챙겨서 들여놓으면 각자 취향대로 알아서 찾아먹고 돈도 박카스통에 알아서 넣어둔다. 찰스가 미간을 찌푸리며 커피가 물 같다고 투정을 부렸다. 연하게 내린 원두커피를 버리고 커피믹스를 풀어서 진하게 만들어주었다. 찰스가 종이컵을 받을 생각도 않고 건조하게 한마디 내뱉었다.

"난 믹스커피 안 마셔요."

믹스커피를 개수대에 버리고 원두커피를 진하게 내려주었다. 찰스가 한 모금 마시더니 너무 뜨거워서 싫다며 냉커피를 달라고 했다. 뜨거운 커피에 얼음을 가득 담아서 유리잔에 담아주었더니 그제야 군소리 않고 잔을 받았다. 찰스가 쓸데없이 까탈을 부리는 건 돈이 나갔기 때문이다. 남자들은 대충 해줘도 말이 없는데 여자들은 까다롭고 예민해서 비위를 잘 맞추어주어야 한다. 찰스는 남자지만 여장을 하고 있는 동안은 여자로 대해주기로 했다. 게임이 잘 풀리면 광대 승천하다 돈이 자꾸 나가면 금방 파랗게 날이 서는 것이 노름꾼이다. 나는 그들의 예리한 날에 수시로 베이면서도 움직임을 게을리 하지 않는다. 내 움직임이 그들을 심리적으로 안정시키고 그 노력은 돈이 되어 돌아온다.

"배가 불러서 그런가, 휴식이 달콤하네."

그들이 쉬는 동안 나는 쓰레기봉투를 들고 다니며 자리를 정리
했다. 임페리얼과 킹덤 12년산, 우유통, 오리훈제 요리와 육포,
메론, 수박 등의 과일 안주 접시와 플라스틱 잔이 뒤죽박죽으로
섞여 있었다. 맨홀에서는 유리잔을 쓰지 않는다. 상황에 따라서
살인도구가 될 수 있으니. 부엌칼도 나만 아는 곳에 숨겨둔다.
만약 내가 불시에 맨홀을 떠나게 된다면 다른 건 다 두고라도 칼
은 꼭 가져가려 한다. 환풍기가 힘차게 돌아가며 담배연기를 밖
으로 내보냈다. 철거덩거리며 열차가 지나갔다.

"저놈의 열차!"

찰스가 심란한 어조로 중얼거렸다. 바퀴 구르는 소리에 심장이
다 울렁거린다고 하자 마트 박이 심근경색으로 병원에 실려 간
친구 얘기를 꺼냈다. 그렇게 급히 갈 줄 몰랐다고 하자, 찰스는
죽기 전에 여행이나 실컷 다녔으면 좋겠다고 했다. 돈 번다고 외
국여행 한 번 다녀오지 못했다고. 마트 박이 놀라운 발견이라도
한 듯 벌떡 일어나더니 노름 끊고 외국 여행을 다니면 어떻겠느
냐고 물었다. 그러자 강이 수제비 국물을 마시며 말했다.

"돈 따면 가지 뭐."

마트 박은 죽기 전에 여행가기 글렀다며 도로 누웠다. 의미 없이 주고받는 말 사이로 코고는 소리가 들렸다.

7

쓰레기봉투를 들고 춘추관으로 들어갔다. 다이 혹은 첵, 첵-굿
의 단음절만 오고 갈 뿐, 한창 혈전이 벌어지는 참이었다. 어깨
너머로 구경만 하는 태우와 눈이 마주쳤다. 태우의 눈빛이 촛불
처럼 흔들렸다. 소장수가 잠시 쉬겠다며 물러앉자 최가 태우를
불렀다.

"김 형 구경만 할 거야?"

태우의 엉덩이가 들썩거렸다. 나는 엉덩이를 들썩이는 태우의
어깨를 꾹 눌러서 앉혀두었다. 최와 강, 영달, 조 사장, 물류센터
등, 큰손들의 게임이었다. 판돈이 커지기 시작하면 어디까지 갈
지 예측하기 어려운 판이었다. 본격적으로 레이스가 시작되면

나도 모르게 테이블을 넘겨볼 때가 있는데 그때마다 아버지의 손이 나타나서 아서라, 하며 나를 말리곤 했다.

찰스가 홀을 서성거렸다. 무릎까지 내려오는 카디건을 언제 벗어던졌는지 찰스의 어깨근육이 소매 없는 분홍빛 셔츠를 비집고 불거졌다. 여장을 하면 운이 따른다는 무당의 예언이 신빙성 없다는 걸 알아챈 모양이었다. 도박이 생각대로 풀려나가지 않는 것이 그의 조급증을 자극했다. 그는 지금 고민에 빠져 있었다. 어떻게 판을 뒤집어서 본전을 찾을까, 더 잃으면 어떻게 해야 하나, 그러한 고민은 부질없다. 너무 많이 잃어서 돌아설 수 없게 되었다고 생각될 때가 그나마 손실이 적은 때인 것을 깨달았다고 해도, 대박이나 본전에 대한 환상이 그를 붙잡고 놓아주지 않는다. '한 방이면⋯⋯.' 그는 한 방의 덫에 걸리고 말 테니.

나는 찰스의 뒷모습을 보며 식충식물에 갇힌 날벌레를 생각했다. 꽃집에서 처음 파리지옥을 발견했을 때 식충식물의 생기 있는 야만성에 반했다. 파리지옥의 화분을 주방 창가에 놓았다. 벌레를 너무 많이 잡아먹어서 단백질 과잉으로 죽은 잎사귀 사이에서 새잎이 돋아나고 있었다. 잎사귀들이 벌이는 죽음의 잔치가 내게는 맨홀을 다녀가는 손님들 같다. 의기양양하게 들어온 손님이 지갑을 털고 나간 뒤 또 다른 노름꾼이 들어와 그 자리를 메우는 벌레잡이 식물들. 깍지 낀 손처럼 맞물리게 되어 있는 파리지옥의 잎사귀는 벌레가 닿으면 끈적한 수액을 뿜는다. 벌레가 끈적거리는 수액에 발이 붙어 허우적거릴 때 두 개의 잎사귀를 닫는다. 벌레의 단백질을 흡수한 파리지옥은 요염하게 붉은 수액을 흘리며 잎사귀를 활짝 펼친다.

왕성한 식욕으로 벌레를 잡는 식충식물도 벌레를 무한정으로 잡을 수 있는 것이 아니다. 벌레 나름이지만 파리지옥은 운명적으로 벌레를 세 마리 이상 잡아먹으면 죽게 되어 있다. 그 지엄한 자연의 섭리에도 불구하고 식욕을 억누르지 못하면 단백질 과잉으로 죽게 된다. 노름꾼도 마찬가지다. 붉은 수액을 흘리며 죽어가는 파리지옥처럼 도박의 늪에 발을 빠뜨리는 순간 갇히고 만다.

춘희가 물어온 정보에 의하면 찰스가 낸 피자점이 전국에 백여 개쯤 된다고 했다. 가끔 여장을 하고 도박장을 돌아다니는 것이 유일한 낙이라지만 그가 계속 잃으면서도 그만두지 못하는 것은 노름 말고는 다른 취미가 없기 때문이다. 그에게는 노름이 유일한 취미생활이었다.

나는 거꾸로 붙여놓은 그림 아래 앉아서 운수떼기를 한다. 화장실에서 나온 찰스가 내 앞에 앉았다. 그에게서 찌든 니코틴 냄새가 났다. 목 따갑다고 짜증을 부리더니 쉬어갈 겸해서 담뱃갑을 들고 나온 것 같았다. 돈을 잃으면 잃는 대로 따면 따는 대로 예민하게 구는 걸 보면, 찰스도 노름을 즐기기는 글렀다. 담배를 못 피우는 줄 알았다니까 눈에 보이는 것만 믿느냐고 놀렸다. 맨 위의 카드를 아래로 보내는 작업을 여섯 번 한 다음, 찰스에게 일곱 번째 카드를 주었다.

"펼쳐보세요."

◆ 3이다. 구설수와 금전의 손실이 겹칠 수. 맨홀에 들어온 사람 치고 주머니를 채워간 사람이 없으니 재미로 보는 운수떼기도 영 틀린 건 아닌 것 같다. 피자점 하나 내려면 자본이 얼마나 드는지 물었다. 찰스는 내가 한다면 인테리어 비용을 반값으로 할인해주겠다며 어디든 가게만 얻으면 직접 나가서 매장 오픈을 도와주겠다고 했다. 백 개나 되는 지점을 일일이 돌아다니며 직접 가게를 보고 가게 주인을 만나봐서 잘 아는데, 장사를 할 사람은 각오와 자세가 벌써 남다르다고 했다. 그의 말에 의하면 내가 가게를 하면 손님들이 믿고 찾을 수 있는 가게로 꾸려갈 것 같다며 언제든 생각 있으면 말하라며 명함을 주었다. 대한민국에서 가장 인기 있는 가게가 통닭집이고 그 다음이 피자집인데, 살아남을 확률이 10%도 되지 않는 통계에도 불구하고 오픈을 할

수밖에 없는 것은 피자에 대한 청년소비자들의 신뢰가 높기 때문이라는 것이다. 메이커 피자의 맛과 명성에 기대는 창업도 따지고 보면 잃느냐 따느냐 하는 도박의 일종이라며 만약 내가 승부수를 던진다면 절대로 까먹지 않을 영업 비밀을 일러주겠다고 했다.

찰스는 카드점을 볼 사람은 자신이 아니라 나라며 한 장 뽑아보라고 했다. 가운데서 한 장을 뽑았다. 내가 뽑은 카드는 ♠ 2였다. 어려움을 혼자 해결하는 타입. 운도 따라주지 않고 집요한 구석이 있어서 완전히 잃거나 따기 전에는 손을 놓지 못한다는 패가 나온다. 꼭 아버지의 패다. 못 가게 붙잡는 사람도 없고 막는 사람도 없지만 가만히 내버려둬도 도망을 못 가는 노름꾼의 패.

"뭐라고 나와요?"

"시간을 두고 달리면 운이 따라줄 거라고 나오네요."

"그렇다니까. 당신은 성공할 수 있어."

오픈하기만 하면 성공한다고? 나는 찰스의 허풍에 싱겁게 웃고 말았다. 유능한 점쟁이처럼 좋은 패가 아녀도 고객이 들어서 기분 나쁜 말은 감춘다. 고객에게는 좋은 말만 들려주면 되지만 내 자신에게는 그게 안된다. 패를 알기 때문에 거짓말이 통하지 않는다. 나 역시 아버지와 패가 다르지 않아서 아홉 번 이기고 한

방에 다 잃을 운이다. 그걸 알기 때문에 노름을 하지 않는다.

찰스는 아홉 번 잃다 한방에 다 찾을 운인데 인내심이 부족해서 아홉 번의 상실을 견디지 못하니 결과는 나와 마찬가지다. 밑천이 많으면서도 그가 잃을 수밖에 없는 이유는 조급함과 불같은 성정 외에 기술이 부족하기 때문이다. 맨홀에는 최나 강처럼 민이 아끼며 관리하는 사람이 열 명쯤 된다. 노름도 먹고 살자고 벌인 일이어서 찰스처럼 번번이 다치면서도 달려드는 불나비가 많을수록 좋다.

그에게 두 번째 카드를 주었더니 손을 저어 마다했다. 다가올 운은 모르는 게 약이라며 점을 보면 위안이 되느냐고 물었다. 대답 대신에 어깨를 들었다 놓았다. 점집을 밥 먹듯이 드나들던 아버지의 말에 의하면, 좋은 말로 기운을 얻고 잘 될 것이라는 기대를 가지기 위해 점을 본다고 했다. 미래의 삶을 알기 위해서 간다기보다 운수가 다가왔다는 희망의 말을 듣기 위해서라고. 아버지는 점쟁이 말을 성경 말씀처럼 믿었다. 부적을 쓰라면 썼고, 도박장에서 서쪽에 앉으라면 앉고 빨간 내복을 입으라면 정말 빨간 내복을 찾아 입었다. 아마도 아버지는 길운을 위해서 머리에 꽃을 꽂으라고 해도 그 말에 따랐을 것이다.

운수패가 어떻게 나오건, 내게는 노름이 대변을 보는 것과 같다. 짧은 시간에 빨리 해치울수록 몸과 마음이 덜 해롭다. 노름판에 오래 머무는 사람 치고 패가망신하지 않은 사람 없고, 변기에 오래 앉아 있는 사람 치고 변비나 치질 아닌 사람이 드물다. 노름꾼의 말로가 그렇듯이, 아버지 역시 큰 거 한판을 노리다 망했다. 한자리에 너무 오래 앉아 있어서 휘어진 다리로 치질환자처럼 엉거주춤한 자세로 걷곤 했다. 민이 커피를 들고 왔다. 커피 잔보다 진홍빛 매니큐어의 손톱이 먼저 보였다.

"남의 것만 챙기지 말고 먹어가며 해."

"커피향이 좋네요."

"선물 받은 거."

지난밤에 503호에 갔었나 보다. 섹스로 몸을 풀고 온 날은 민의 전신에 활기가 넘친다. 근래에 만나기 시작한 남자를 직접 보지 못했지만 그녀를 위해서 커피까지 챙길 줄 아는 것으로 보아 꽤 섬세한 감성을 지녔거나 진심으로 그녀를 아끼는 사람이라고 판단했다. 민이 어떤 사람을 만나건 알고 싶지도 않고 알 필요도 없다. 내가 원하는 것은 민의 관심이 다른 남자에게 넘어간 동안에 슬쩍 이적을 감행하는 것이다. 새로 만난 남자가 어떤 목적으로 민을 챙기는지 모르지만 그녀도 한 번쯤은 진심으로 사랑이란 걸 해봤으면 하고 바랐다. 커피향이 가슴 가득 스며들었다.

상대가 누구든 한동안은 민의 끈적한 눈길을 받지 않아도 되겠다고 생각했다. 딱 한 번이다. 맨홀의 혼탁한 공기를 마시는 것도 치킨가게 얻을 돈을 건질 때까지다. 그 전에 그만둔다고 해도 아쉬울 건 없다. 돈을 벌고 싶다. 집도 사서 아이에게 멋진 방도 만들어주고 꽃도 심고 동물도 기르며 사람처럼 살고 싶다. 영애는 노름판에서 뚜쟁이 노릇을 하고 있다고 해도 아무런 반응이 없다. 이럴 때 누가 내게 그만둬, 라고 말해주면 얼마나 좋을까. 누가 말린다고 그만둘 나이가 지났지만 새삼스럽게 간섭이 그립다.

신혜는 내가 주방에서 일하는 줄 알고 있다. 동료들과 수제비도 함께 끓여먹는 건실한 사회인 정도로 짐작할 뿐, 구체적으로 무슨 일을 하는지 알려고 하지 않았다. 설령 물어본다 해도 바른 말을 해주지 않을 테지만 서로 감추어야 할 부분을 지켜줄 정도의 예의가 나를 편하게 한다. 말문 트기 게임으로 그녀의 남편이 노름으로 빈털터리가 되어버린 사실을 알고부터 그녀와 나 사이의 관계가 돈독해졌다. 내가 불법도박장에서 번 돈으로 간병인 월급을 주고, 밥을 먹고, 술을 마시고, 아내에게 꽃을 바치는 사람인 걸 알면, 모르긴 해도 신혜는 금방 마음의 문을 닫고 말 것이다. 영빈관에서 나온 영수가 에스프레소를 두 잔 내려달라고 했다. 진한 커피가 필요하다는 건 판돈이 장난 아니게 커졌다는 신호였다. 나는 진하게 내린 에스프레소를 들고 영빈관으로 들어갔다. 졸음을 참고 있는 영수를 자고 오라고 보냈다. 간이침대가 세 개 놓여 있어서 맨홀의 심부름꾼이나 손님들이 쉴 수 있다. 거기서 영수는 이어폰을 낀 채로 눈을 붙였다. 꿈이 있는 자의 당당함이 아름답다. 거액의 판돈이 어디로 흐르든 그의 관심은 온통 K팝의 오디션에 가 있었다.

영빈관은 한창 열기가 달아오르는 중이었다. 최가 손기술을 발휘하고 있었다. 셔플을 하는 최의 손이 매끄러웠다. 이번 타깃은 연예인 P였다. 영화 한 편으로 스타덤에 오르고 CF도 찍었다고 했다. 최가 강에게 K 석 장을 주었다. 연예인 P에게 텐 석 장을 주고 나머지 사람들은 졸패를 주었다. 최는 판돈이 커질수록 졸패를 서비스로 슬쩍 올려주었다. 그럴수록 연예인 P는 더 흥분한 기세로 레이스를 달렸다. 강이 조용히 콜을 불렀다. 여섯 번째 카드에서 최가 강과 연예인 P가 풀하우스가 되게 패를 주었다. 상황 끝이다. 텐 풀하우스를 쥔 연예인 P가 앞에 있는 돈을 몽땅 밀었다. 강이 여유롭게 미소를 띠며 콜을 외치고는 K 풀하우스라고 했다. 순간 연예인 P의 얼굴이 잿빛으로 변했다. '아, 이럴 수는 없어. 이게 무슨 경우야.' 간단명료한 최의 작품이었다.

강이나 연예인 P 모두 노름판에서 돈푼 꽤나 잃어본 노름꾼들이지만 최의 손기술을 읽을 만한 수준은 아녔다. 최가 판돈을 쓸어갔다. 멋모르고 따라갔다가 큰일 날 뻔했다고 설레발을 치면서도 최는 자신의 작품이 완성되는 것을 흐뭇해하는 눈치였다. 최가 잡겠다고 마음을 먹으면 잡히지 않을 위인이 없다. 지고 있는 상황에서 이길 확률이 많은 상대를 물리치는 것도 실력이다. 속임수의 실력.

노름으로 늙은 능구렁이인데도 무슨 일인지 큰 판에서는 맥을 못 쓴다. 최는 L 회장과 Y 사장의 지갑을 털어보는 게 소원이다. 딱 한 번만 따자는데 그게 안 된다며, 그 소원 한 번 이루려고 갖다 바친 돈만 수억이라니 꿈 값치고는 너무 비싸다. 그런데도 그는 그 꿈을 포기하지 못했다. 그 이유는 손기술이 절정에 이른 최라 할지라도 돈의 위력에는 당할 재간이 없어서 큰 게임에서 번번이 주저앉고 마는 것이다. 나는 최가 그들과의 게임에 왜 그렇게 집착하는지 알고 있다. 아버지가 그랬던 것처럼 최가 이기려 하는 것은 그들이 부리는 최고의 손 기술자들이 아니라 재력이다. 그들의 재력은 벽이 너무 두껍고 높은 철옹성이어서 최가 뚫고 들어갈 수가 없다. 그들의 세계에서는 최 역시 호구에 지나지 않는다. 최가 살아남을 길은 하루라도 빨리 자신의 한계를 인정하는 것뿐이다. 그렇지 않으면 그 역시 아버지처럼 한탕의 꿈을 좇다 허망하게 생을 마치게 된다. 저런 걸 보면 노름판에서는 애초에 승자가 존재하지 않는다는 아버지의 말이 진리인 모양이다.

최소 배팅 금액은 정해져 있지만 최대 금액은 정해져 있지 않기 때문에 재수가 없으면 한 방에 전 재산을 잃을 수 있는 게 그들의 노름이다. 맨홀에서는 생각도 해볼 수 없는 금액이다. 담배 연기가 찬 실내가 답답해서 문을 활짝 열었다. 열린 문으로 담배 연기가 안개처럼 밀려나왔다. 뒤따라 나온 태우에게 귓속말로 물었다.

"감이 좀 와?"

"다 잃고 나서 정신이 드는 게 노름인 건 알겠다."

당장이라도 카드를 잡으면 돈을 딸 수 있을 것처럼 패가 훤히 보이더라며 태우가 체머리를 흔들었다. 노름꾼들이 왜 노름에서 벗어나지 못하는지 알겠더라며, 나쁜 패를 가진 것처럼 뻥을 치며 판돈을 끌어내는 게 재미있더라고 했다. 나비의 날갯짓 같은 환상에 끌려가서 타죽는 게 노름꾼이고, 나비도 날개에 불이 붙기 전까지는 죽음을 생각지 못했을 거라니까, 태우의 표정이 금세 시무룩해졌다. 이미 지나간 열차니까 잊으라고 했다. 민이 미간을 찌푸리며 아스피린을 찾았다. 약을 영양제처럼 먹어대니 남아 있을 턱이 없다.

"열차소리 때문에 두통이 생겼어."

"담배연기 때문이에요."

열차소리와 담배연기 때문이라고 둘러댔지만 내가 보기에는 집단 우울증이다. 꽁지나 선수나, 노름꾼들이 모두 약에 취한 듯 옅은 두통에 시달리고 있다. 두통이 생길만했다. 사람은 적당량의 바람을 쐬며 햇볕을 쬐며 살아야 하는데 맨홀에 처박혀 있는 동안 햇빛을 보지 못했고, 담배연기를 너무 마셨고, 잠까지 설치니 귀에 이명이 들리고 우울증이 깊어지는 건 당연하다. 민을 비롯한 맨홀 식구들은 맨홀을 오픈하고부터 감옥살이를 하듯 어두운 밀실에 갇혀 살았다. 아무도 붙잡는 사람이 없는데도 스스로 돈의 노예가 되어 유형流刑의 시간을 보내며. 묶여 있는 방식이 다르긴 하지만 민이나 영달, 태우 모두 불을 찾아 파닥이는 나비 같다.

열차소리를 들으며 홀을 서성거리던 민이 어디 산장에 가서 일주일쯤 푹 쉬고 왔으면 좋겠다고 했다. 지난밤의 여독이 아직 풀리지 않았나 보다. 아니면 욕심대로 실컷 못했거나. 섹스도 노름

같아서 할수록 더 하고 싶어지는 중독성이 있다. 민은 색욕이 강한 사람이다. 그래서 남자들이 제 명대로 못 살고 죽어버렸는지도. 대답이 필요치 않은 말이어서 못 들은 척하고 자리를 비켰다. 자판기 보스가 나타나기 전에 딱 두 번 그녀에게 나를 팔았다. 나는 돈이 필요했고, 민은 남자가 필요했다. 내 젊은 육체를 갖고 싶다는 민에게 돈보다 더 솔직한 답변은 없다고 솔직하게 일러주었다. 그녀는 지갑을 열었고, 나는 거기서 내 몸값만큼의 지폐를 뽑았다. 그게 우리의 거래 방식이다. 그녀는 버튼을 누르듯이 나를 호출하고 싶어 하지만 이제는 상황이 달라졌다. 목숨이 두 개라면 모를까, 자판기의 심기를 건드릴 필요가 없다. 그래도 기회를 봐서 한 번은 만나야 할 것 같다. 태우의 자동차를 위해서. 그러려면 바다를 먼저 다녀와야 한다.

기적소리에 짜증을 부린다는 것은 민의 인내심이 한계에 이르렀다는 증거다. 민이 제아무리 밤과 낮을 바꾸어 사는 삶에 익숙하다 해도 맨홀 생활 반년이면 쉬고 싶을 때도 되었다. 그동안 도박장을 여러 번 옮기고 털리고 바지사장까지 바뀌었지만 맨홀은 끈질기게 살아남았다. 맨홀이 단속반을 피하며 오래 버티고 있었던 것도 전직 경찰 박과 자판기 보스의 힘에 더하여 민이 가진 돈이 트리오로 힘을 합친 덕분이다. 나는 하룻밤 정사와 목숨

값을 저울질해 보았다. 손닿는 곳에 남자를 두고 굳이 위험을 감수해가며 나를 찾는 이유가 무엇인지. 내가 좀 더 젊어서?

'태우 자동차를 걸고 숨바꼭질을 한 번 해봐?'

민이 돈 봉투를 만들어놓고 부를 때를 대비해서 작전을 짜야 했다. 자판기를 따돌리고 무사히 자동차 열쇠를 빼내기 위한 작전. 아마도 민과 나 사이의 마지막 거래가 될 터였다. 이번 찬스를 놓치면 태우의 자동차는 멀리 날아간다. 내게는 마음의 빚을 갚는 일이어서 기필코 해내야 했다. 감옥에 들어간 아버지를 빼내기 위해 가장 애쓴 사람이 태우의 아버지 김 교장이었다. 삼남매가 고등학교라도 마칠 수 있었던 것도 그분의 배려가 컸다. 그런데도 나는 그분의 은혜를 잊고 태우를 맨홀로 끌어들였다. 왜 그랬냐고 물으면 열등감 때문이라고 대답하는 편이 옳겠다.

"술 있어?"

술잔에 얼음을 띄워 민의 손에 쥐어주었다. 피로할 때는 술이 약이다.

"드시고 주무세요."

구름이 벗겨지고 달빛이 서치라이트 불빛처럼 천창을 비추었다. 음력 열이틀 달은 한쪽 볼을 베먹은 듯 모양이 이지러졌다. 달빛을 온몸으로 받는 순간 목욕하는 느낌을 받았다. 찰스가 실내를 서성거렸다. 세수라도 했는지 얼굴에 두껍게 발랐던 화장이 지워졌다. 여장을 포기한 얼굴에 다크 서클이 검게 드리워져 있었다. 전략을 짜느라 미간에 주름이 깊었다. 내실을 서성이며 고민에 빠져 있던 찰스가 뿔테안경에게 다가앉으며 말했다.

"부탁이 있어요."

"날 언제 봤다고 부탁이오?"

찰스는 카지노에서 만 원짜리 두 장 빌려간 적이 있지 않느냐고 농담 같은 얘기를 끄집어냈다. 뿔테안경이 엉, 하며 안경을 벗고 찰스를 골똘히 쳐다보았다. 그의 표정으로 보아 찰스가 없는 얘기를 만들어낸 건 아닌가 보았다. 차비하라고 빌려준 돈을 슬롯 머신에 집어넣지 않았느냐는 말에 뿔테안경이 알 듯 말 듯 고개를 갸웃거렸다.

"생각이 안 나네. 부탁이 뭐요."

"우리 동업합시다."

"무슨 동업?"

"대신 좀 놀아주소."

뿔테안경은 어처구니없다는 표정으로 찰스를 바라보았다. 그는 민에게 빌린 돈을 뿔테안경의 무릎에 놓았다. 뿔테안경의 눈이 튀어나올 것처럼 커졌다. 자기 능력으로는 강과 최를 못 이기겠다고 털어놓았다. 두 사람이 한패 같은데 딱 꼬집어서 증거를 잡지도 못하겠고, 잃은 돈이 아까워서 발도 못 빼겠다며 한 번만 시원하게 이겨달라고 했다. 이대로 물러서면 뒤가 땡겨서 또 올 것 같다고 했다. 뿔테안경이 난감하다는 듯 고개를 저었다.

"털리고 깨지고 마누라까지 달아난 사람한테 대타라니."

"돈 대주는데도 못 놀아?"

"그랬다가 잃으면?"

"그만이지, 남자가 그런 배짱도 없어?"

하기 싫음 그만두라며 찰스가 돌아서자 뿔테안경이 얼른 그를 잡았다. 찰스는 재미있게 놀고 싶은데 본전 생각이 나서 편하게 놀아지지가 않는다고 털어놓았다. 게임에서 질 때마다 이성을 잃는 게 싫어서 노름과 이별할 참이라고 너스레를 떨었다. 한 번만 이겨주면 깔끔하게 은퇴하겠다니까 뿔테안경이 정계 은퇴하는 사람 같다고 빈정거렸다.

"노름 은퇴는 쉬운 줄 알고."

찰스가 돈뭉치를 밀자 뿔테안경이 마지못한 듯 물었다.

"건져주마 얼마나 줄랑교?"

"반."

찰스는 당하고 물러서면 미련이 남는다며 사기든 공갈이든 한

번이라도 역주행을 해보는 게 목표라고 했다. 뿔테안경이 돈을
부채처럼 펼치며 다 잃으면 어떻게 되느냐고 물었다.

"노름이 순전히 운수떼기인데 그럴 수 있잖소."

"그럼 손모가지 잘라야지"

"예끼 여보슈, 이까짓 노름이 뭐라고 손모가지를 잘라."

"농담이오. 사람 나고 돈 났지."

"동업만큼 뒤끝 길고 시끄러븐 게 없는데."

"딴소리 않겠다고 약속하겠소."

찰스는 돈이라면 만져볼 만큼 만져봤는데 이상하게 노름판에
서는 이기는 게 안된다고 했다. 오늘 여자 옷을 입고 온 것도 무
당이 일러준 양밥이라며 여자 옷을 입고 가면 돈을 딴다고 해서
입었단다. 효과가 있더냐는 뿔테안경의 물음에 찰스는 그랬으면
쓸데없이 동업을 제의하겠느냐며 괜히 옷값만 버렸다고 했다.

뿔테안경은 남의 돈이 생각지 않은 운을 가져다줄지 모른다며,
꼭 성공시켜서 누이 좋고 매부 좋은 일석이조의 효과를 거두겠
다고 의지를 불태웠다. 돈을 따면 반반으로 나누자고 했지만 그
건 어디까지나 이겼을 때의 얘기였다. 운은 속임수와 눈치, 유혹
을 능가하는 신의 영역이니 이길지도 모르지. 그렇다고 해도 차
떼고 포 떼고, 뭐가 남을지.

두 사람은 영빈관으로 들어갔다. 찰스가 뿔테안경을 타짜로 쓰겠다고 하자 생각지도 않은 대타기용에 항의가 빗발쳤다.

"게임 중에 대타기용이 어딨어?"

찰스가 마트 박과 강의 말을 막으며 대들었다.

"손 한 번 바꿔보겠다는데 무슨 트집이요. 빨리 패나 돌려요."

찰스의 등등한 기세 때문인지 썩은 동아줄이라도 잡겠다는 그의 청을 받아들이기로 했다. 한바탕 소동을 벌일 기세에 눌린 것 같지만 사실은 바다이야기나 하는 건달이 뭘 하겠느냐는 멸시가 더 컸다. 뿔테안경은 어떤 결정을 내리든 따르겠다는 듯 태평스레 양팔을 지르고 있었다. 노름은 여유가 반을 이기고 들어가는 게임이어서, 어쩌면 판도가 좀 바뀔지 모른다는 기대가 생기기도 했다. 노름이나 운동이나 한편만 계속 이기면 게임이 식상해진다. 뿔테안경의 실력을 모르니 강과 최가 함부로 술수를 쓰지 않을 것 같았다. 찰스가 뭘 믿고 뿔테안경을 미는지, 남의 도움으로 이기는 게 무슨 의미가 있는지. 노름꾼들의 세계가 만화경으로 본 풍경 같았다.

"분위기가 좀 바뀌려나?"

여러 명의 노름꾼들은 새 인물로 인한 긴장을 감추며 농담을 주고받았다. 마트 박과 강의 기대를 배반하듯 뿔테안경이 새 카드를 꺼내며 분위기를 이끌었다.

"자, 선수가 바뀌었으니 카드도 바꿉시다."

뿔테안경은 맨홀에 준비되어 있는 여러 벌의 카드 중에서 하나를 골랐다. 속임수를 위한 공장목이 아니라 일반 카드였다. 옆에서 구경만 하던 찰스가 판에 뛰어들 기세로 뿔테안경 가까이 바투 앉았다. 최가 카드를 돌렸다. 뿔테안경이 '다이'를 외치며 카드를 엎었다. 영빈관 귀빈들이 어떻게 노는지 구경하러 온 태우가 허리를 곧추세우고 판세를 지켜보았다. 자기 돈이 어처구니없이 새나간 비밀을 샅샅이 캐내려는 기세였다. 제아무리 두 눈을 부라려봐야 오래 단련된 속임수와 눈치, 암호 주고받기 등의 일급비밀을 알아채기나 할지. 판이 재미있게 되어 가고 있었다. 승부와 상관없이 구경만 하면 노름보다 흥미롭고 재미있는 게임이 없다. 뿔테안경이 거듭해서 패를 엎고 물러나자 태우는 '뭐지?' 하는 표정으로 나를 돌아보았다. 자꾸 죽으면 언제 돈을 따느냐고 선수들이 야유를 보내지만 뿔테안경은 들은 척도 않고 돈이 될 패를 기다리며 물러앉곤 했다. 그러다 한 번 가자, 하면 끝까지 밀고 가서 판돈을 쓸어 담았다. 내가 밖으로 나오자 태우가 뒤따라 나오며 물었다.

"죽고 또 죽고. 저것도 작전이야?"

"봤잖아. 그러고도 돈 따잖아."

"글쎄, 그게 뭐냐고."

"고도의 심리전이지. 카지노에서는 저걸 방지하기 위해."

"재밌네. 저렇게 얄팍한 전략이 숨어 있으리라곤 꿈에도 짐작 못했다."

"모르는 게 좋은 거다. 다 안다고 돈을 끌어 모을 수 있는 것도 아니고."

속임수로 서로를 속이면서도 아닌 척 능청을 떠는 것이 노름이다. 뿔테안경이 다섯 번째 카드를 엎자 강이 참지 못하고 그렇게 매너 없이 할 거면 빠지라고 소리를 질렀다. 마트 박과 강이 뭐라거나 말거나 뿔테안경은 간밤에 똥꿈을 꾸었다고 허풍을 떠는가 하면, 자리도 사람 따라 운이 바뀌는가 보다고 능청을 떨었다. 찰스가 바투 다가앉자 뿔테안경이 게임장을 가리키며 말했다.

"사장님, 조게 가서 고래나 잡으마 안되겠능교?"

거기, 손가락이 가리키는 곳에 아흔아홉 대의 바다이야기가 있었다. 찰스는 저게 언제부터 거기 놓여 있었나, 하는 표정으로 게임기를 쳐다보다 소파로 가서 털썩 주저앉았다.

"고래는 무슨, 잠이나 자지."

기역자로 놓인 아이보리색 소파는 민이 중고가구점에서 사들인 것이다. 부드러운 물소가죽으로 되어 있어서 기대면 안아주듯이 포근했다. 민은 잠시 앉아도 소파가 편해야 한다며 그녀 특유의 높은 안목으로 중고품을 헐값에 사들였다. 그 소파에서 지천명에 이른 최가 무호흡증으로 숨을 멈추어가며 자곤 했다. 하늘의 뜻을 알 나이에 이르고도 노름 말고는 아는 것이 없는 사람이었다. 부잣집 별장에나 어울릴만한 고급 소파가 어떤 우여곡절 끝에 맨홀까지 흘러들었는지 모르지만 노름꾼들은 우스갯소리로 몰락한 공작부인이라고 놀려댔다. 소파로 밀려난 찰스의 얼굴이 수치심으로 붉어졌다.

　"젠장, 끈 떨어진 연이 따로 없네."

　사느냐 죽느냐 궁시렁대면서도 찰스는 순순히 물러났다. 조 사장이 맥주캔을 건네며 찰스 옆에 앉았다.

　"오늘은 구경이나 합시다."

　"술맛도 안 나요."

　"인생만사 새옹지마요. 질 때도 있고 이길 때도 있는 거지."

　"조 사장님의 그 여유가 부럽습니다."

　"다 즐기자고 하는 짓 아뇨."

　"노름이 즐겨져요?"

"설마 그 실력으로 돈 따러 왔다고 할 셈이우?"

조 사장이 사업가답지 않게 엉뚱하다고 놀렸다. 노름방에 돈 따러 온 거 아니면 왜 왔겠느냐는 대거리가 있을 법한데 찰스는 말없이 맥주만 마셨다. 돈 따려고 왔다고 하기엔 손기술이 너무 젬병이었다. 조 사장은 화제를 바꾸어 찰스에게 피자 분점이 모두 몇 개냐고 물었다. 전국에 분점이 백여 개쯤 된다고 했다. 처음 피자집을 시작한 계기가 뭐냐는 조 사장의 질문에 찰스는 할머니 얘기를 끄집어냈다. 할머니가 시골에서 양계장을 했는데 손님이 오면 닭을 삶아주곤 했단다. 그것도 자주 먹다보니 닭 냄새가 나서 그만 먹겠다고 했다. 그러자 할머니는 손자에게 닭을 먹이려고 얇게 빚은 밀전병 위에 잘게 찢은 닭고기와 갖가지 야채를 얹고 하얀 치즈까지 덮어서 전을 붙이듯 화려하게 피자를 구워냈다. 마을선교사 부인에게 배웠다며 할머니는 피자 맛이 어떠냐고 물었다. 나는 엄지손가락을 치켜들며 세상에 이보다 더 맛있는 건 없을 거라고 했다. 나중에 제대를 하고 복학을 해야 하는데 밀린 학자금이 부담스러워서 골목길에 등을 대고 있는 안방 벽을 뚫어 피자집을 열었다고 했다. 찰스는 자신의 먹성이 크다보니 가마솥 뚜껑에 크기별로 구워내고는 매운 닭고기 피자를 만들어서 저렴한 가격으로 팔았는데 그게 대박을 치더라는 것이다. 사업 얘기를 하며 찰스의 얼굴이 눈에 띄게 밝아졌다.

"세상이 다 내 맘대로 되는 줄 알았어요."

"나도 그랬지. 언제 뒤집어질지 모르는 손바닥 같은 것입디다, 인생이."

두 사람은 맥주캔을 줄줄이 늘어놓고 사업 얘기로 시간 가는 줄 몰랐다. 달이 어디론가 바삐 달려가고, 열차는 오 분마다 한 대씩 지나갔다. 뒤늦게 나타난 눈물한방울이 두 사람 사이에 끼어들며 동네 술집인 듯 분위기가 어우러졌다. 피자 얘기를 할 때의 찰스 표정은 며칠 동안 봐온 중에 가장 활기차고 자유분방했다. 그게 뭘까 생각해보니, 사업은 그가 해온 일 중에 가장 자신 있는 것이었다.

＊

영수와 내가 두 대의 차에 손님을 나누어 싣고 나갔다. 밤새 달린 레이스가 새벽에 끝났다. 창문도 없고 시계도 없는 곳이지만 노름방에도 출퇴근 시간이 있어서 새벽이면 밤샘을 한 조가 퇴근한다. 그들을 싣고 나가서 은행에 들러 입금하고 장을 보았다.

민은 은행에 가기 전에 송금과 입금을 구별해서 돈을 나누고 거기서 내 일당, 반찬값을 따로 챙겨주었다. 은행에 들러 하루 번 돈을 입금시키고 나면 일과가 끝난 느낌이 든다. 교대로 틈틈이 자둬야 홀을 지킬 수 있어서 영수와 자판기도 손님들이 쉴 때 어디든 자리를 잡는다.

사흘간 코빼기도 보이지 않던 태우가 은행 앞에서 기다리고 있었다. 돈을 찾았느냐고 물었더니 빈주머니를 털어보였다. 그냥 놀러가는 것도 안되느냐고 묻기에 얼마든지, 라고 했다. 실은 녀석이 보고 싶었다. 태우가 없는 줄 알면서도 어느 구석에서 코를 골고 있지 않을까, 하고 주위를 두리번거렸다. 포커판도 바다이야기도 모든 것이 그대로인데, 태우가 없으니 사방이 휑뎅그렁했다. 지하 동굴에 혼자 갇혀 있는 느낌이 들어서 나도 모르게 휴대폰을 열어보곤 했다. 사람이 든 자리는 표가 없어도 난 자리에는 공허가 남는다. 사흘 전에 아틀리에로 가서 태우와 함께 잤다. 집에서 잔 것도 오랜만이고 태우와 잔 것도 오랜만이었다. 그날 밤 잔뜩 취한 채로 태우는 플라모델 회사를 운영하는 선배와 통화했다. 태우가 비행기 표를 샀다고 하자, 선배가 자리가 나면 연락하겠다고 했다.

"형, 한 번만 믿어줘요."

태우는 실망시키지 않겠다고 몇 번이나 다짐했다. 태우를 울린 것은 술이지만 선배의 나무람 역시 만만치 않아서 얼른 오라고 하지 않은 것이 강한 채찍이 되었다. 그럴수록 태우는 더 안타깝게 매달렸다. 귀공자로 자란 태우가 누군가에게 매달리는 걸 처음 보았다. 친구에게 덫을 놓은 내가 원망스러웠다. 그날 밤 태우와 많은 얘기를 나누었다. 속 깊은 얘기까지 나눌 정도로 서로 할 말이 많았고 무엇보다 둘 다 취해 있었다. 속에 있는 걸 다 끄집어냈다고 여길 정도로 많은 얘기를 나누었는데 자고 나니 무슨 말을 했는지 기억이 횅했다. 아침에 태우가 자는 것을 보고 집을 나왔다. 태우가 아틀리에에 얼마나 있다 갔는지 모르지만 그가 내 집에서 잤다는 사실이 기쁘고 가슴 뿌듯했다.

영빈관 춘추관 손님들이 해가 기울고 난 이후에 다시 모였다. 노름꾼들의 출근 시간은 해질녘이다. 밤이 그들을 달리게 한다. 춘추관이 먼저 판을 벌였다. 강이 영빈관을 두고 춘추관에 자리를 잡자 불고기집 사장과 청과물 도매상이 오고 나중에 최가 춘추관으로 모였다. 세 개의 마호가니 테이블에 많게는 여섯 명, 적게는 세 명이 둘러앉았다. 영달이 담배를 물고 50만원을 지르고 가져온 카드가 Q 트리플이었다. 강이 콜을 외쳤고 최가 일찌감치 패를 내려놓았다. 영달이 다시 돈을 지르자 강이 지폐를 쥐다 말고 다이를 불렀다. 그다지 실속 없는 승리였다.

나는 노름판이 산으로 가든 바다로 가든 버려두고, 닭을 튀겨서 일당을 벌기로 했다. 튀김 닭은 인기 품목이어서 주문생산으로 열 마리쯤 튀긴다. 그 중에 태우와 내 몫도 섞여 있다. 태우와 소주를 마시기 위한 안주감이지만 냄새를 맡고 달려들 사람들을 위해 넉넉하게 장만한다. 찰스는 냄새만 맡고도 반죽에 카레가 들어갔느냐, 반죽이 두꺼우면 맛이 없으니 얇게 입혀라 하는 등, 요식업 전문가다운 조언을 해주었다. 닭 튀김이나 피자나, 요식업을 오래 한 사람은 입이 예민하고 정확해서 재료의 성분까지 알아낸다. 찰스는 남이 튀겨주는 치킨을 먹어본 게 얼마만인지 모르겠다며 두고 볼수록 내가 마음에 든다며 빨리 가게 얻을 돈을 모르라고 재촉이다. 만약 월급사장이라도 괜찮다면 자신이 투자를 하겠다며 피자집을 해보겠느냐고 물었다.

"생각해볼게요."

챙겨주려는 마음은 고맙지만 늦더라도 내 돈으로 가게를 오픈할 생각이다. 뱃속의 허기진 짐승이 튀김 냄새를 맡고 요동친다. 내 영혼의 허기는 지극히 단순하다. 식구들이 빙 둘러앉은 밥상에서 아내와 도란도란 얘기를 나누며 밥을 먹고 싶다. 둥근 나무 밥상이 떠올랐다. 영애는 자리를 많이 차지하는 식탁 대신 둥근 나무 밥상을 샀다. 옻칠이 반짝이는 밥상에 둘러앉아 밥을 먹었다. 주연이 아직 뱃속에 있을 때였다. 그때는 밥상에 둘러앉는 평범한 일이 이리도 절실한 바람이 될 줄 몰랐다. 이제는 내 밥을 스스로 해먹고 돈을 벌기 위해 노름꾼들의 식사까지 해결해주고 있지만 '밥 먹는 기쁨'이 사라진 지 오래다. 예전에 어머니는 아버지가 돈을 잃고 오는 날이면 포기김치를 꺼내어 김치찌개를 끓이고 푸짐하게 밥을 했다. 배부르게 밥을 먹고 난 아버지는 거짓말처럼 순해졌다. 어머니는 밥보다 더한 진정제가 없다고 했다. 끝없이 속을 썩이는 노름꾼에게 더운밥을 해 먹이는 어머니를 보며 속도 좋다고 김 교장이 밉지 않게 나무랐다. 어머니는 아버지의 인생이 불쌍해서 먹인다고 했다. 어느 땐가는 정신이 드는 날이 올 거라고 했지만 어머니의 바람과 달리 아버지는 고장 난 테이프처럼 같은 자리를 맴돌며 같은 말을 반복할 뿐이었다.

열 마리나 되는 닭을 튀겨서 먹어치우는데 불과 한 시간밖에 걸리지 않았다. 구수한 냄새를 맡은 이들이 코를 벌름거리며 모여들었다. 노는 것만큼 먹는 것도 중요하지만 게임 진행 중에는 음식도 방해가 되기 때문에 게임의 진행 상황을 봐가며 닭을 튀긴다. 처음 민과 손을 잡을 때 결심한 것이 가게 하나 얻을 때까지만 심부름꾼이 되기로 했다. 누가 흥하건 망하건 동요되지 않을 자신이 있었고 그 결심은 변함이 없다.

노름꾼들을 보며 아버지를 조금 이해하게 된 것이 다르다고 할까. 제 삶의 감옥에 갇혀 먹지도 자지도 못하고 피를 말리는 그들을 보며 '아버지도 저랬겠구나.' 하는 처연함이 생겼다. 자신의 감옥에 갇혀 피를 말리는 그들을 위해 밥을 짓고 반찬을 했다. 밥값을 받기도 하고 공짜로 주기도 했다. 커피 한 잔도 공짜가 없는 도박장이지만 어머니 말대로 노름꾼도 먹어야 산다. 맨홀을 떠나면 두 번 다시 만날 일이 없는 사람들이지만 내가 지은 밥 한 그릇은 배려가 없는 세상을 향해 던지는 항변이라고 해도 좋았다. 야채실에서 나물을 꺼내어 태우에게 다듬어달라고 했다. 뿌리와 시든 잎을 자르며 다듬는 법을 가르쳐주자 태우가 나물을 집었다 놓으며 한숨을 쉬었다.

"또 밥이야? 온종일 이러고 살면 답답하지 않아?"

"난 요리하는 게 좋아."

"차라리 밖에 나가서 식당을 하든지."

"그럴 거야. 나중에."

"모르겠다. 너나 나나 멀쩡한 놈들이 왜 이러고 사는지."

태우가 나물을 다듬을 동안 나는 쌀을 씻어서 밥솥에 넣고 취사버튼을 눌렀다. 큰 냄비에 된장을 풀었다. 된장물이 펄펄 끓는 것을 보고, 돼지고기를 덩어리째로 넣었다. 불을 낮추고 고기가 익을 동안 내버려두었다. 칼집을 넣었기 때문에 고기가 빨리 익을 것이다. 주로 씀바귀와 고등어조림처럼 영양가 있고 토속적인 음식을 장만했다. '요리는 변화무쌍한 예술이에요. 다듬은 씀바귀를 끓는 물에 데쳐내고 물을 몇 번 갈아주면서 쓴맛을 우려내요. 나물을 데쳤으면 양념장을 만들어야죠. 새콤달콤한 양념장을 넣고 조물조물 무치면 끝이에요. 요리도 과학이나 수학처럼 엄연한 공식이 있어요.' 씀바귀는 겨우내 차가운 땅 기운을 마시고 자란 식물이어서 찬 기운으로 열을 내리고, 잠을 몰아내어 춘곤증을 예방한다던가. 예전에는 씀바귀가 봄에만 먹는 나물이었지만 이젠 하우스 재배 덕분에 사철 없이 먹을 수 있는 식품이 되었다. 참기름과 깨소금을 넣고 씀바귀를 조물조물 무쳐서 태우의 입에 넣어주었다. 태우는 엄지손가락을 치켜세웠다.

"꼭 너의 어머니 손맛이다."

"아직도 기억하고 있어?"

"그 밥을 먹고 자랐는데 어떻게 잊어. 아직도 여전하시지?"

"몰라. 어머니 얼굴 본 지도 꽤 되었어."

"밥하는 거 보니 넌 마누라 없어도 살겠다."

"마누라가 밥만 하는 사람이면 그렇지."

두 번째 요리는 고등어조림이다. 영애가 날카로운 칼로 등 푸른 생선의 살을 저미면 나는 무를 나박나박 썰었다. 영애가 양파를 까면 옆에서 대파와 청양고추를 어슷썰기로 썰어놓았고, 영애가 속을 털어낸 김치 잎으로 고등어를 돌돌 말아서 보쌈을 싸면 나는 냄비에 굵은 무를 깔고, 김치로 싼 고등어를 담았다. 그녀가 멸치육수와 김칫국물로 양념장을 만들면 채로 썬 양파를 얹고 청양고추와 대파를 넣었다. 은근한 불에서 졸은 고등어조림은 양념 냄새와 김치 냄새가 어우러져 깊은 맛을 내곤 했다. 그때는 식사시간이 즐거운 유희였다.

뜸이 든 밥을 그릇에 담고 찌개 냄비를 탁자에 올려놓았다. 전기오븐에 구운 오리고기를 죽죽 찢어서 접시에 담고, 김이 술술 피어오르는 편육을 썰어서 접시에 가지런히 담아놓자 태우가 코를 벌름거리며 다가앉았다. 냄새가 죽여준다며 수저를 들던 그가 대뜸 헛구역질을 해댔다. 담배를 너무 많이 피운 탓이었다. 태우가 생수병을 들고 서성거리며 말했다.

"주식 남은 거 팔아야겠어."

"뭐하게?"

"울프 찾아야지. 그놈에게 들인 돈이 얼만데."

"찾아서 팔게?"

"배에 싣고 가려고."

냄새를 맡고 온 영달과 자판기가 밥 먹을 수 있느냐고 물었다. 밥을 두 공기 담아주었다. 온종일 청소하고 밥하고, 밥하고 청소하는 내게서 의심할 여지가 없어 보이던지, 자판기가 잘 먹었다며 꾸벅 절까지 하고 갔다. 그들에 이어 영빈관 귀빈들이 번갈아 드나들며 밥을 먹고 갔다. 잔치를 하듯이 한차례 쓸고 가자 개수대에 빈 그릇이 산더미 같고 큰 냄비 가득 끓인 찌개가 바닥을 보였다.

8

　모처럼만에 외출을 했다. 하루쯤 다 잊을 생각으로 영수와 자판기에게 일을 맡기고 나왔다. 상담 예약이 되어 있고 주연의 유치원에 '아버지 참여수업'이 있었다. 오랜만에 보는 아이가 생각했던 것보다 더 많이 자라 있어서 깜짝 놀랐다. 부모의 관심이 필요할 때인데 아이를 가까이 두고 살피지 못한 죄책감으로 마음이 아팠다. 삶은 수많은 과정이 모여서 이루어지는 결과물인데 가족들을 너무 내 경계 밖으로 내몰았다는 생각이 들었다.

　유치원 입구에 '아빠와 함께 하는 행복한 시간'이라는 플래카드가 붙어 있었다. 세계문화체험 놀이를 하는 시간이었다. 해님반의 아버지 열대여섯 명이 모여 있었다. 그 속에서 맨홀의 식구를 만나게 될까봐 마음을 졸였다. 다행히 아는 얼굴이 없어서 가슴을 쓸어내렸다. 죄 짓고 못 산다는 말을 실감했다. 준비된 할로윈 복장을 갈아입고 소형 텐트 속에 들어가서 인디언 소리를 지르기도 하고 아이와 함께 인디언 모자를 만들기도 했다. 세계 각 나라의 민속의상을 입고 사진도 찍었다. 내가 알기로 그날은 주연이 가장 많이 웃은 날이었다. 날마다 웃게 만들어줬어야 했는데 그러지 못했다. 마지막으로 아이들의 단체 무용을 보는 것으로 아버지 참여수업이 끝났다.

돌아오는 길에 초등학교 앞으로 가서 솜사탕도 사고 국자에 설탕을 녹여서 과자를 만드는 놀이도 했다. 주연과 마주앉아서 설탕을 녹이며 아이가 엄마와 해본 일이 아무것도 없다는데 생각이 닿았다. 함께 해본 일이 없으면 기억할 것도 없다. 추억이 없는 것보다 더 슬픈 일이 없다는 것을 처음 알았다. 내가 엄마 몫까지 주연에게 추억을 만들어주겠다고 마음먹었다. 비록 엄마가 병석에 누워 있지만 주연이 결핍 없는 아이로 자라주길 진심으로 빌었다. 놀이터에서 아이와 함께 모래성도 쌓고 그네도 타며 주연을 맘껏 웃게 해주었다. 주연은 피자를 먹으며 아빠와 함께 살았으면 좋겠다고 했다. 조금만 더 기다려달라고 했다. 우리 식구가 함께 모여 살기 위해 아빠가 열심히 일을 하고 있다니까 주연이 알겠다며 고개를 끄덕였다. 딸을 속였다. 집으로 돌아가는 것이 아니라 나는 날마다 멀리 떠날 궁리에 바쁘다. 떠나기 전까지라도 함께 있어주기 위해 딸을 업고 집으로 갔다. 등에 업혀 잠든 딸을 어머니 무릎에 내려놓고 태우에게로 갔다. 아파트 놀이터에서 그를 기다렸다. 가을 찬바람이 쌀쌀했다.

"여기까지 웬일이냐?"

"오랜만에 술도 한잔하고 산성에도 가보고."

"갑자기 웬 산성?"

"곧 떠나잖아. 이별식이라고 해두자."

"내가 죽으러 가냐?"

"잘 다녀오라는 인사라고 해두자."

새로운 일을 시작한다는 기대 때문인지 태우의 얼굴에 덮여 있던 그늘이 싹 가셨다. 반복되는 일상이 지겹지만 일보다 사람을 희망에 부풀게 하는 것이 없다. 태우를 재개발지역으로 데려갔다. 빈집이 반 이상이었다. 대문이 떨어져나가고, 담이 무너지고, 버리고 간 가구가 멋대로 나뒹구는 폐허 속을 걸어 다녔다. 3가 일대 주민들이 어디론가 이주를 하고 동네가 텅텅 비었다. 태우가 이런 곳에 왜 왔느냐고 물었다. 주위를 잘 살펴보라고 했다. 동네를 한 바퀴 돌아서 봉제공장이 보이는 곳에서 걸음을 멈추었다. 아직 이사를 가지 않은 이웃집 노인이 마당에 앉아서 사진과 옷을 태우고 있었다. 마당에 짐이 나와 있는 것으로 보아 이제 이사를 가려나 보았다. 나는 허름한 봉제공장을 가리키며 저것이 맨홀이고 우리가 놀았던 곳이라고 했다. 태우가 믿지 못하겠다는 표정을 지었다.

"내가 저런 곳에서 놀았다고?"

그가 어이없다는 듯 허탈하게 웃었다. 단속반의 허를 찌르는 곳을 찾다 보니 곳곳을 헤집고 다니게 되더라니까 태우는 완전히 꿈에서 깬 얼굴이었다. 창을 가린 차에 태워서 골목을 미로처럼 돌아서 데려고 가니 은신처를 알아챌 도리가 없었을 것이다. 골목 구석구석 맴돌았다. 예전에는 골목까지 택시가 들어왔지만 빈집이 하나씩 늘어나며 택시가 일체 들어오지 않았다. 사람들이 떠나고 없어서 밤이 되어도 불빛이 들어오지 않는 곳이었다. 휘황찬란한 라스베이거스의 화려함도 햇빛 아래 드러나는 초라함은 어쩌지 못한다. 인생의 뒷면도 그와 다르지 않다. 대문이 떨어져 나간 빈집 마당에 단풍잎이 붉게 타고, 고양이가 어슬렁거리고 있었다. 등나무 줄기가 치렁하게 얽혀 있는 집 마당에 오디가 조롱조롱 달려 있었다. 빈집 마당에 서 있는 열매를 카메라에 담아서 신혜에게 보내주었다. 태우와 오디를 따먹었다. 주인이 떠나건 말건 나무는 제 할 일을 하고 있었다. 포클레인이 밀고 들어오면 나무도 집도 부서진 벽돌더미에 실려 갈 것이다.

"빈집을 왜 밀지 않지?"

"아직 떠나지 못한 사람이 있으니까."

"깨끗이 밀고 아파트를 지으면 여기 살았던 사람들 몇 명이나 입주할까?"

"원주민은 거의 없을 걸. 입주 가격이 웬만해야지."

"여기 살던 사람들 모두 어디 가서 살까?"

"손수건만 한 집으로 보상금 받아봐야 아파트 기둥 한 뿌리도 못 사지."

"재개발이 좋은 것만은 아니네."

"빈익빈부익부를 부추길 따름이지."

원주민들이 밀려난 땅에 아파트를 지으면 있는 자들이 몰려와 땅값 집값 듬뿍 올려놓는다. 손바닥만한 땅을 가지고 있던 원주민들은 전세 가격도 안되는 땅값을 들고 도시의 외곽으로 밀려나고, 그들이 살았던 땅은 천정부지로 뛰어올라 있는 자들의 재산을 불려준다. 성실한 부모와 넉넉한 생활환경 덕분에 어려움을 모르고 자란 태우는 머잖아 헐리게 될 빈촌의 낡은 몰골을 심란한 얼굴로 바라보았다. 저 귀공자를 바닥까지 끌어내리고 싶었던 목적이 달성된 지금, 그와 나란히 걷고 있는 나는 친구일까 적일까.

CCTV에 비치던 청년과 꼬마가 모형비행기를 날리고 있었다. 청년 뒤에 흰색 미니호스가 졸졸 따라다녔다. 미니호스는 청년이 뭘 하고 놀건 저 혼자 골목을 또각또각 뛰어다녔다. 태우도 그들이 눈에 익은지 '아, 쟤들!' 하고 그들에게로 걸음을 옮겼다. 흰색 미니호스가 검은 눈을 들어 우리를 바라보았다. 모형비행기를 날리던 청년이 흰둥이를 부르며 길 저쪽으로 달려갔다. 주인을 따라 흰둥이가 또각또각 말굽소리를 울리며 달려갔다. 동네를 벗어나 산성으로 갔다. 태우가 출국을 앞두고 있었다. 이제 헤어지면 또 언제 만나게 될지. 하루 앞도 예측할 수 없는 삶이 서글펐다. 예전에 김 교장을 따라 진달래로 뒤덮인 산길을 오르던 생각이 났다. 나는 태우의 형제나 되는 듯 김 교장을 따라다녔다. 아버지의 정이 특별히 그립지 않았던 것도 김 교장이 많은 부분을 채워준 덕분이었다. 김 교장은 아들을 챙기며 내 것도 함께 챙겨주었다. 산성에 이르는 자드락길을 걸으며 그 얘기를 했다.

"교장 선생님에 관한 추억이 아버지 것인 듯 헷갈릴 때가 많아."

"잘됐네. 아버지를 좋게 추억할 수 있으니."

"교장 선생님이 그걸 예상하고 나를 데리고 다녔던 것 같아. 추억이 없으면 슬프다는 걸 아시니까."

둘이서 한가하게 걸어본 것이 얼마만인지. 어릴 때처럼 서로의 어깨에 팔을 두르고 걸었다. 타임머신을 타고 시간을 거스른 듯 공감각이 모호해졌다. 태우도 그걸 느꼈는지 나를 돌아보며 말했다.

"이러고 다니니까 이십 년 전으로 되돌아간 것 같다."

"한바탕 악몽을 꾼 것 같지 않아?"

"지독하게 나쁜 꿈이었어."

이대로 발길을 돌려 맨홀을 영영 등지고 싶었다. 새삼스레 어둠 속의 삶에 염증이 나고 진저리가 쳐졌다. 무슨 생각으로 맨홀에 들어갔는지 알 수 없었다. 돈을 벌자고 선택한 일이었는지, 출구 없는 삶의 끝을 보자는 배짱이었는지. 열심히 달렸다고 하나 나는 여전히 굶주린 늑대처럼 춥고 배가 고프다. 그동안 무엇을 위해 뛰었나 하는, 헛된 생각이 들었다. 산성을 걷던 중 태우에게 물었다.

"집세를 십 년치 한꺼번에 줄까?"

"돈 많나 보네."

"생빚을 내서라도 줘야지. 새 출발 하려면 돈이 들잖아."

"집세 준다 생각하고 틈틈이 쥐구멍이나 막아줘."

"교장 선생님 따라다니며 쥐구멍 막던 생각나네. 참 부지런하 셨는데."

"그 집을 많이 아끼셨어."

"집 사려는 사람도 있었다며. 궁금해서 물어보는데, 혹시 집을 팔고 싶었던 적 없었어?"

"펜션 짓는다고 팔라는 걸 말도 못 꺼내게 했어."

"덕분에 내가 살게 됐네. 필요할 때 얘기하면 비워줄게."

"시골 가서 살려고?"

"우리 어머니가 사실 거야. 나무마다 노란 리본을 가득 달아놓 고."

"그게 무슨 소리야?"

얼른 대답을 못하고 산 아래 펼쳐져 있는 풍경만 바라보았다. 하늘이 맑아서 멀리까지 보였다. 바위에 붙은 따개비처럼 오종 종 붙어 있는 집들이 평화로이 햇빛을 받고 있었다. 가끔 자동차 유리창에 반사된 빛이 지구의 틈새인 듯 날카롭게 반짝거렸다. 산성을 돌아다니는 개가 겁먹은 얼굴로 쳐다보았다. 누군가 이사 가며 버린 개가 산에서 산다. 호주머니에 있던 견과류 봉지를 꺼냈다. 호두를 던졌더니 개가 얼른 집어먹었다. 또 달라며 처다보는 개에게 땅콩과 아몬드와 건포도를 하나씩 던져주었다. 태우가 노란 리본이 무슨 소리냐고 물었다.

"기다리는 사람이 있어서 그런다."

"제수씨 집 나갔구나."

"병원에…… 누워 있어."

"왜?"

아내가 아프다는 말을 어느 누구에게도 한 적이 없다. 다른 사람들에게는 아내의 병을 비밀에 붙였다 하더라도 태우에게는 말해야 할 것 같았다. 귀공자처럼 잘난 척을 많이 하지만 우리는 형제나 다름없고, 어릴 때에도 태우와 보낸 시간이 가장 많았다. 차마 못한 말을 꺼내려니 목이 잠기는 느낌이 들어서 꿀꺽 침을 삼켰다.

"7년째 식물인간 상태야."

"맙소사!"

"코마환자와 조금 달라. 코마환자는 의식이 없는 혼수상태이지만 식물인간 상태의 환자는 자신이나 주변상황을 인식하지 못할 뿐이지 의식은 있다 하더라."

"그게 그거 아냐?"

"식물인간 상태의 환자도 엄연히 살아 있는 사람이어서 그들도 산소와 영양공급과 같은 기본적인 치료와 돌봄을 받을 권리가 있고, 실제로 그런 상태에서 깨어난 사람도 있어."

태우가 할 말을 잃은 얼굴로 나를 쳐다보았다.

"어떻게든 살려야 하는데 잘 안 깨어나네."

"얼마나 됐다고?"

"7년."

"사는 게 아녔겠다."

뭐라고 대꾸할 말이 없어서 주인 잃은 개에게 아몬드와 땅콩을 던져주었다. 간병인을 구할 때 말고는 아내가 아프다는 말을 어느 누구에게도 하지 않았다. 어디가 어떻게 아프냐고 캐묻는 것도 싫고 똑같은 대답을 반복하는 것도 싫었다. 지금껏 아내를 세상에 없는 사람처럼 숨기고 산 게 미안해서 있는 그대로 말하기로 했다. 슬프면 슬프다고, 아프면 아프다고. 가슴에 쌓인 말이 비어져 나와 나도 모르게 주절대는 습관이 생겼다. '오늘은 깨어나겠지' '괜찮아, 괜찮아질 거야.' 태우가 바위에 걸터앉으며 말했다.

"세상 참 불공평하네. 벼락을 맞아 마땅한 놈들은 잘만 살더구

먼."

"내게 미운털이 박혔나 봐."

태우 옆에 앉아서 산 아래의 재개발 지역을 바라보았다. 산에서 보면 폐허도 아름답다. 멀리 보이는 풍경은 더하고 덜 할 것 없이 고만고만하게 평화롭고 정겹다. 사람살이도 그런 것이 아닐지. 집집마다 걱정을 켜켜이 안고 살지만 산 위에서는 큰 그림만 보일 뿐, 사람은 없다. 인간이 괴로운 것은 너무 가까이, 너무 깊은 곳을 바라보기 때문이다. 서로에게서 한 걸음 떨어지면 걱정의 반이 사라지고 삶도 그만큼 여유롭다. 내가 산을 오르는 이유는 큰 그림을 보며 삶이 던지는 농담을 이해하기 위해서다. 산을 내려갈 때는 자잘하게 상처 입은 마음을 산에 내려두고 간다. 그러면 한동안은 건조한 상태로 견딜만하다.

"힘내라는 말 밖에 해줄 말이 없네."

"밖에서는 잊고 산다."

"마음을 분리해야 살지, 볶여서 어쩌려고."

"늘 혼자였어. 외로웠다고 해야 하나."

"네가 왜 그렇게 일에 매달리는지 알겠다."

외로웠다고 말을 뱉고 나니 명치에 걸린 것이 쑥 내려가는 기분이었다. 그게 무슨 대단한 비밀이라고 감추고 살았는지. 그 말을 입 밖으로 꺼내기 전에는 내가 사람을 얼마나 그리워하는지도 몰랐다. 주연을 어머니에게 보낸 후로는 혼자 밥 먹고 혼자 자는 날에 익숙해졌다. 아무와도 말하기 싫었고, 말을 듣기 싫었고, 만나기도 싫었다. 나는 따돌림 당한 아이처럼 사람들의 관심과 사랑을 목마르게 그리워하면서도 한사코 그들을 밀어냈다. 차창으로 가로수가 비켜가듯 나도 모르는 시간이 지나갈 동안 높은 산정의 바위처럼 혼자 우두커니 서 있었다. 태우가 나를 쳐다보며 새삼스러운 듯 말했다.

"생각할수록 신기하다. 우리가 다시 만난 게."

"나 때문에 망했는데도 그런 소리가 나오냐?"

"미안하지만 후회는 그만할란다. 나날이 새로운 시간인데."

"집 빌려줘서 고마워."

"팔아봐야 똥값인 걸."

태우는 우리 어머니에게 집을 맡길 수 있어서 안심이라고 했다. 집 가까운 곳에 가시연꽃이 자라던 늪이 있었다. 지금은 그 늪이 메워져 펜션이 서 있지만 예전에는 대청마루에서도 하늘과 땅이 맞닿는 곳까지 들이 넓게 펼쳐진 풍광이 아름다웠다. 이제 시골로 내려가면 어머니와 주연이 이웃사람들과 즐겁게 지내기를 바랐다. 언젠가는 영애가 깨어나겠지만 영영 못 깨어난다 하더라도……. 그 불쌍한 여자를 한 번쯤 어머니와 아버지와 형제들이 모여 살았던 고향집으로 데려가고 싶었다. 그것이 내가 사랑하는 세 사람에게 해줄 수 있는 최선의 노력이었다. 그 집이라면 굳이 문서가 없어도 내 집이나 마찬가지로 편하게 살 수 있으니 아내에게 '여기가 우리 집이야.' 하고 소개해도 괜찮았다.

태우는 내 삶이 좀 편해졌으면 좋겠다고 했다. 그의 얼굴에 서려 있던 원망과 반목이 씻은 듯 사라져서 다행이었다. 태우의 마음에 구김살이 없고 감정을 거르는 속도가 빠른 것은 부모의 올바른 관심을 받으며 건강하게 자랐기 때문이다. 그것은 사랑을 듬뿍 받으며 자란 사람 특유의 건강함이자 장점이었다. 병원 앞에서 태우와 헤어졌다.

아내에게 먼저 갈까 심리상담소에 먼저 갈까 망설였다. 아내에게로 가는 발길이 자꾸 움츠려들었다. 기억보다 잔인하고 질긴 것이 있을지. 아내에게 가려니 문득에 손이 끼던 날의 나쁜 기억이 불쑥 고개를 쳐들었다. '저에게 맡겨주세요.' 신혜에게 맡기고 아내에 대한 걱정을 내려놓았다. 아내를 신혜에게 완전히 맡기겠다고 자신과 약속했다. 들어서 나쁜 말은 듣지 않고, 하지 않아도 될 말은 하지 않기로 했다. 괜히 불안에 휩싸여 밤잠을 설치고, 부정맥으로 가슴이 두근거려 온종일 서성거리며 밥도 못 먹는 불안의 징후에 다시는 휘말리지 않을 생각이었다.

엘리베이터를 타고 심리상담소로 올라갔다. 문을 열고 들어가자 류 원장이 방금 진료를 마치고 쉬는 중이라며 잠시만 기다리라고 했다. 대기실 창으로 하모니카 소리가 들렸다. 상담실과 등을 맞댄 방에 문이 열려 있고, 하모니카 소리가 흘러나왔다. '꽃밭에서' '클레멘타인' '에델바이스' 딸을 무릎에 앉히고 불러주었던 동요들이었다. 흥얼흥얼 노래를 따라하는 동안 불안이 가라앉았다. 아내가 그렇게 되기 전에, 아이와 나란히 누워서 동요를 부르는 상상으로 나날이 즐거웠다. 아이는 하루가 다르게 자라는데 버팀목이 되어줘야 할 아내가 아직도 저러고 있다, 세 사람이 함께 동요를 부르는 꿈은 끝내 이루지 못하려는지. 잠시 후 하모니카 소리가 멎고 류 원장이 옆방에서 나왔다. 류 원장이 탁자에 하모니카를 내려놓으며 물었다.

"하모니카 불 줄 압니까?"

"모릅니다."

"따로 취미 활동을 하는 거 없어요?"

"없습니다."

"꿈이나 이상은 어때요?"

"그런 건 생각해본 적도 없어요."

"보통사람으로 사는 게 어떤 거라고 생각해요?"

"세 식구가 함께 모여 살고, 밥상에 둘러앉아 밥을 먹고, 딸의 뺨에 뽀뽀를 하고 출근하는 것이 보통 사람들의 삶이 아닐까요?"

"늘 가족들과 함께 하는 것만 생각하는군요. 가족들과 잘 지내는 사람도 때때로 외로움을 느껴요."

류 원장은 자기 속의 근원적인 외로움을 이겨내기 위해서 모두들 하모니카를 불고 사람을 만나고 노래교실에도 다니는 거라며, 뭔가 몰두할 만한 취미활동을 해보는 게 어떻겠느냐고 했다. 고향을 떠난 이후 취미활동을 해본 적이 없다. 한때 기타를 배운 적이 있지만 치다 말다 바빠서 잊었다. 태우와 어울려 다닐 때는 축구팀에 끼어들기도 하고 고등학생 보컬을 만든다면서 주말마다 모여서 기타를 치며 놀았는데 어째서 자신을 즐겁게 해주는 일을 까맣게 잊고 살았는지 모를 일이었다.

"혹시 닮고 싶은 사람이 있었어요?"

"초등학교에 들어가기 전까지 아버지를 닮고 싶었어요."

아버지는 카드를 가장 잘 만지는 사람이었다. 카드 셔플을 아버지만큼 멋있게 하는 사람이 없었고, 카드를 보지 않고도 어떤 것인지 척척 알아맞히는가 하면 카드마술로 사람들을 놀라게 하는 아버지가 카드의 신으로 여겨졌다. 아버지 같은 사람이 되고 싶어서 날마다 카드를 만지고 놀았다. 그러다 어머니에게 들켜서 눕지도 못할 만큼 매를 맞았다. 아버지의 카드를 꺼냈다.

"이게 아버지의 유일한 장난감이었어요."

네 귀가 나달나달하게 닳은 그 카드는 어느 카지노 딜러가 아버지에게 선물로 준 것이었다. 아버지는 그 카드가 부적이나 되는 것처럼 소중하게 호주머니에 넣고 다녔다. 류 원장이 그 얘기를 더 해보라고 했다. 아버지 얘기를 하며 텔레비전에 나오는 마술사처럼 카드를 현란하게 펼치는 기술을 보여주었다. 늘 해오던 손장난이었다.

"세븐카드가 돈을 만들어준다는 말을 듣고 자랐습니다."

"돈을 만들어주었나요?"

"주는 것보다 더 많이 빼앗아갔어요."

아버지는 세븐카드에 관심이 많았다. 아르헨티나 작가 보르헤스가 마음에 드는 책을 발견하면 똑같은 책이 있는데도 다시 사고 싶다고 한 것처럼 아버지는 세상 모든 종류의 카드를 다 갖고 싶어 했다. 서랍에는 아버지가 외국에서 사들인 갖가지 종류의 세븐카드가 수북하게 쌓여 있었다. 아버지가 돌아가시고 난 후, 어머니는 서랍 가득 쌓여 있는 카드를 불 속에 던져 넣었다. 지금 내가 갖고 있는 카드도 따로 숨겨두지 않았으면 진작 불 속에 들어갔을 것이다. 아버지의 유물이 하나쯤 있는 것도 나쁘지 않았다. 우리 가족을 괴로움에 빠뜨린 물건이라고 할망정.

"아버지를 많이 좋아했군요."

"폐인이 된 아버지가 보기 싫어서 독립했어요. 고교 졸업하던 해에."

"눈에 안 보이니까 어떻던가요?"

"까맣게 잊었어요. 술병으로 죽을 때까지."

사랑과 미움은 샴쌍둥이 같은 거라고 했다. 정반대의 감정 같지만 오늘은 사랑이었다 내일은 미움이 되고 다시 사랑으로 돌아서기도 하는, 두 개의 감정은 언제나 하나였고 함께 존재한다고 했다. 어머니 아버지가 다투는 게 싫어서 독립했다. 어머니와 내가 떠나고 형제들이 일터를 찾아서 한 사람씩 집을 떠났다. 가족들이 도시로 뿔뿔이 흩어지고 아버지 혼자 태우의 행랑채를 지키고 살았다. 태우가 숙부와 숙모 댁으로 가고 그 집에 아버지 혼자 남았다. 사람의 명은 알 수 없는 것이어서 화병으로 금방 죽을 것 같던 어머니는 팔십이 넘도록 살고, 아버지는 우리가 떠나고 십 년 동안 혼자 골골거리다 죽었다. 류 원장이 이명이 사라졌느냐 밤잠을 잘 자느냐고 캐물었다.

"개구리 울음소리가 들려서 잠을 못 잤어요."

"갑자기 웬 개구리 울음소리?"

"고향집 가까운 곳에 큰 늪이 있었는데 개구리가 많았어요."

류 원장은 언제부터 개구리 울음소리가 들렸는지 자세히 말해 보라고 했다. 아내의 몸에서 성교의 흔적 같은 분비물을 발견한 그날 밤 꿈을 꾸었다. 자동차를 끌고 어딘가로 향하던 중에 엇길로 새버렸다. 어딘지도 모르는 길에서 자동차를 버리고 먼지 풀 썩이는 길을 걸었다. 걷다보니 고향집 마당이었다. 이미 매립되어 펜션이 즐비하게 들어선 곳에서 개구리가 울고 있었다. 꿈에 고향집을 다녀왔을 뿐인데 그때부터 개구리 울음소리가 들리기 시작했다. 처음에는 이명이라고 생각했는데 시간이 갈수록 개구리 울음소리가 분명하게 들렸다.

"고향을 다녀온 게 언제죠?"

"고등학교 입학하며 집을 떠난 후 딱 한 번 갔었어요."

"왜 그렇게 멀리했어요? 거기 아버지가 살았다면서."

"그래서 못 갔어요. 아버지가 싫어서."

"개구리가 많았어요?"

"개구리 울음소리가 매미소리보다 시끄러웠어요."

"그립기도 하겠네요."

"늪이 없어진 지 오랜데 개구리 울음소리가 왜 들릴까요?"

"고향이 그리운가 보죠. 거기 가서 살고 싶거나."

"가보고 싶은데 아버지 기억이 너무 강해서 마음이 머뭇거려요."

"마음의 병에는 근본적인 이유가 있기 마련이죠. 오래 쌓아둔 그리움이 개구리 울음으로 변했다거나."

류 원장은 밤잠을 못 드는 게 아버지에 대한 그리움이 아닌지, 이성으로 누르고 있는 욕망을 밖으로 불러내라고 했다. 나는 개구리 울음소리 같은 이명에 귀를 기울였다. 한참을 그러고 있으니 거짓말처럼 조용해졌다. 그 침묵의 순간에 내가 원하는 게 무엇인지 진심으로 깨달았다. 어릴 적에 친구들과 뛰어놀던 산과 들, 정겨운 골목길, 여름밤에 모깃불을 피워놓고 평상에 누워 밤하늘을 올려보던 일, 아버지와 고기를 잡으러 다니던 일이 떠오르며 고향집 넓은 마당이 너무나 그리웠다.

내 불면과 개구리 울음소리 같은 환청이 귀향에 대한 강한 욕구일지 모른다는 류 원장의 말에 귀가 솔깃했다. 딸을 무릎에 앉히고 하모니카를 불어주는 아빠가 되고 싶었다. 어머니와 딸을 행복하게 해줄 방법을 찾기로 했다. 예전처럼 기타를 다시 치든지 하모니카를 불든지. 지금 아무것도 하지 않으면 나중에 주연은 아빠와 엄마에 관해서 추억할 게 없을 것 같았다. 딸에게 아무 추억도 심어주지 못한 아빠가 되지 않으려면 딸을 아빠의 고향으로 데려가고, 옛날 애기도 들려주고, 하모니카 부는 법도 가르치고, 연도 날리고, 시골길을 걸으며 풀벌레소리를 들려주어야 한다.

류 원장은 내 말을 꼼꼼하게 기록했다. 프로이트가 임상기록을 통해서 무의식의 영역을 밝혀냈듯이, 내 기록 역시 잠 못 드는 다른 신경중 환자의 무의식을 끌어내는데 도움이 될지 모른다고 생각했다. 류 원장이 아내에게 친구를 찾아주었느냐고 물었다.

"케어복지 교육받으러 온 요양사들 사이에서 찾아냈어요."

"마음에 들어요?"

"일단 마음이 편해요."

"적극적이시군요. 생각하던 바를 곧장 실천에 옮기는 걸 보니."

"병실을 지키는 게 쉽지 않아서요."

마음이 원하는 대로 하는 것보다 좋은 치료가 없다며 류 원장은 귀향을 적극적으로 검토해보라고 권했다. 어쩌면 부담스러운 숙제처럼 너무 미루고 있었는지도 모른다고. 면담을 마치고 아내의 병원으로 갔다. 병원 입구에서 걸음을 멈추었다. 속이 쓰렸

9

다. 뭐든 뜨거운 국물로 쓰린 속을 달래고 싶은데, 눈이 먼저 두리번거리며 약국을 찾았다. 들쑥날쑥한 식사에 위가 반란을 일으키나 보았다. 명치를 문지르며 약국 문을 밀었다. 미음 같은 액즙이 입안에 시원한 박하향을 남겼다. 쓰린 속이 주저앉기를 기다리며 병원 통로를 오가는 사람들을 바라보았다. 음료수 통을 들고 환자 문병을 오는 사람, 갓 태어난 아기를 안고 퇴원을 하는 사람, 다리에 깁스를 한 사람, 머리에 흰색 비니를 쓴 사람, 희끄무레한 환자복을 입어서 더욱 창백한 사람들을 보고 있으려니 세상이 온통 아픈 사람으로만 이루어진 듯싶었다.

갑자기 뭘 해야 할지 몰라서 길에 무연히 서 있었다. 나는 지나가는 사람들의 손을 살폈다. 가늘고 긴 손, 도톰해서 부지런해 뵈는 손, 희고 아름다운 손. 제각기 바빠 보이는 사람들이 손을 흔들며 지나갔다. 내 빈손을 내려다보았다. 마음먹은 대로 카드를 바꿔치기 할 줄 아는 마술 같은 손. 그러고 보니 아내를 맡겨두고도 간병인에게 커피 한 잔 사다주지 않았다. 의무만 강요한 손. 허탈하게 비어 있는 내 손이 부끄러웠다. 신혜에게 커피를 사다주면 좋아할까? 캄캄한 동굴 속에 서 있는 것 같은 공허함이 나를 덮쳤다. 어떻게 살아야 할까?

'말해줘. 내가 뭘 하고 살면 좋은지.'

내 물음에 응답을 하듯 어떤 따사로운 손길이 어깨를 짚었다.

"여기 왜 이러고 있어요?"

신혜가 거기 서 있었다.

9

마주앉아서 얘기를 나누던 찰스와 조 사장이 소파에 기대어 잠들었다. 돈 나간다고 안달할 땐 언제고 찰스는 다 잊은 듯 걱정 없는 얼굴로 잘 자는 걸 보며 그게 사업하는 사람들의 다른 면모인가 싶었다. 화장실을 다녀오던 영달이 잠든 두 사람을 물끄러미 쳐다보았다.

"방에서는 뿔테안경이 피 터지게 싸우고 있구만, 코까지 골며 자네."

"다 내려놓은 저 여유가 부럽다."

"큰 사업하는 사람들은 우리와 다른 게 뭔가 궁금했는데 저거였네."

손님을 너무 가까이 하지 말라던 민도 잠든 두 사람을 보며 웃었다. 민이 부엌을 기웃거렸다. 냉장고 문을 열었다 닫았다 하는 품이 배가 고픈 듯했다. 모른 척 내버려두었다. 배가 고프면 밥 냄새 날 때 얼른 달려와서 먹을 일이지, 괜한 체면 차리다 때를 놓친 게 한두 번인가. 찰스의 여유를 배우라고 말해주고 싶다. 민이 내 어깨에 손을 얹으며 말했다.

"먹을 거 없어?"

"라면 끓일까요?"

"밥 없으면 그거라도……."

찌개를 데우고 따로 담아두었던 밥을 내주었다. 내숭 떨며 버텨봐야 저만 손해지. 민은 챙겨주는 걸 좋아한다. 아닌 척 내숭을 떨어도 내가 자신을 위해 밥 한 그릇 정도는 챙겨두는 걸 알고 있는 여자다. 사람을 너그럽게 만드는 것으로 음식보다 더한 처방이 없다. 내가 요리를 즐기는 이유 중 하나다. 구수하게 끓인 누룽지탕까지 주었다. 민이 밥을 맛있게 먹고 숭늉 한 그릇까지 깨끗이 먹어치우는 것을 쳐다보고 있으려니 가슴 한구석이 따뜻해지는 느낌이었다. '외롭고 추운 사람에게는 밥을 주라!' 그래서 나는 사람을 만날 때마다 밥 한 그릇 하자는 말을 입버릇처럼 해댄다. 화색이 도는 민의 곁에 슬쩍 다가앉았다.

"태우 차를 제가 살게요."

"꼭 그래야겠니?"

"제가 저 녀석에게 큰 빚을 졌어요."

"그러니 차를 사서 돌려주겠다고?"

사람이 사는 곳에는 언제나 이런 밀거래가 있다. 조직이 크면 큰 대로 작으면 작은 대로. 태우를 도와주는 척하지만 결과만 놓고 보면 그의 집을 빌리기 위한 밑밥에 다름 아니다. 그게 순전히 내 이익을 위한 것이라고 손가락질을 해도 상관없다. 지금은 시골집을 안전하게 보관하는 것과 태우를 본래 자리로 돌려보내는 것이 가장 큰 목적이다. 그래야 김 교장에 대한 죄책감을 덜수 있으니.

"차값을 깎아달라고 부탁하진 않을게요."

"다른 데 팔면 값을 제대로 받을 수 있는 건 사실이지."

"알아요."

"우리가 군이 이런 거래를 해야 한다는 사실이 슬프다."

"맨홀 자체가 부당한 거래인 걸요."

"만약 거절한다면?"

"그러지 말았으면 좋겠어요."

"내 사업에 도움이 안되는 새끼야, 너는."

'맘껏 욕해라! 철저히 나쁜 놈이 되어주마.'

예전에 아내가 읽어준 글귀가 생각났다. '착한 사람만큼 나쁜 사람이 없다.' 그 말을 듣고 착한 것이 왜 나쁘냐고 물었다. 아내는 니체가 말한 착한 사람이란 우리가 알고 있는 선하고 어질고 마음결이 고운 사람과 다른 뜻이라고 했다. 나쁜 의미로서의 착함, 허약하고 비겁한 의식이 착함으로 가장한 것이라는 말을 듣고 고개를 끄덕인 적이 있다. 수긍이 가는 말이었다. 일이 잘 안 풀린다고 징징대고 눈앞의 이익에 눈이 멀어 불의와 손 잡아봐야 그 불화의 후유증은 제게 다 돌아오게 되어 있다. 맨홀에 살게 된 이후, 아내의 그 설명을 깊이 이해했다. 좋은 게 좋다며 혀에 발린 소리로 다 이해하는 척 남의 말에 쉽게 동조하고, 어설픈 연민에 사로잡혀 그릇된 판단을 하는 것이 착함이라면 나는 과감히 착함을 버리겠다고 마음먹었다. 착한 것이 나쁠 리 없지만 운명에 순응을 잘 하고, 불합리한 삶을 너무 쉽게 받아들이며, 굴복하기 쉬운 비겁함과 약함, 우유부단은 착함을 가장한 위선 중에서 가장 나쁜 것임을 알기에 그게 나 자신의 일이라 해도 용서하기가 어렵다.

아내가 아프고부터 착한 사람으로 살기를 포기했다. 운명은 그저 착하기만 한 사람보다 쟁취하는 자, 적극적으로 움직이는 자,

악착스레 재산을 긁어모으는 자들에게 더 호의적이다. 역설적인 말이 되겠으나 나는 아내를 포기하지 않기 위해 병실을 떠났다. 그런 나는 착함을 포기한 걸까 비겁한 걸까. 모르겠다. 내가 분명히 아는 것은 그대로 병실을 지키고 있다가는 아내가 깨어나기 전에 내가 먼저 미쳐버릴 것 같다는 것이다. 한때 우리가 서로의 숨결까지 사랑한 적이 있다 해도 그것은 지난 시간일 뿐이고, 돌아오지 않는 그녀를 기다리다 지쳐서 간병인을 붙인 게 현실의 나였다. 병실을 떠나긴 했지만 나는 매 순간 그녀의 영혼과 대화를 나누고 있으며 여전히 사랑하고 있다. 이건 위선도 변명도 아니다.

나는 착한 사람이 아니다. 아내를 포기하지 않기 위해 병실을 떠났다지만 사실은 출구가 보이지 않는 삶을 박차고 나갈 핑계가 필요했다. 세상으로 나가기 전에 내 마지막 남은 선함을 총동원해서 태우를 본래의 자리로 돌려놓고 맨홀을 떠나기로 했다. 더 이상 김 교장이 내 꿈속에 나타나지 않기를 바라며. 설령 민에게 손을 내미는 것이 나를 겨누는 총구가 된다 해도 지금은 그렇게 할 수밖에 없다.

인간의 마음을 이용하는 것보다 나쁜 것이 없지만 먼저 손을 내민 쪽은 민이었다. 태우를 건드리지 말라고 사정할 때 내 말을 들었어야 했다. 태우에게는 통장을 털어서라도 자동차를 찾아주겠다고 큰소리쳤지만 내게 그만한 돈이 있을 리 만무하다. 지금까지 그래왔듯이 내가 믿는 건 몸뚱어리뿐이다. 나는 대답을 미루고 있는 민의 붉은 입술을 바라보았다. 달콤하고 감미롭게 때로는 잔혹하고 싸늘하게, 돈의 부피에 따라 변화를 거듭하며 권태로운 성을 지키는 그 입술. 그 입술이 내 몸 어딘가에 닿는다는 생각만으로도 온몸의 피가 멈추는 느낌이지만 딱 한 번만 눈을 질끈 감기로 했다.

"이런 부탁 처음이고 마지막이에요."

이런 부탁이 나를 어디로 끌고 갈지 알 수 없지만 태우를 위해 딱 한 번만 정면 돌파할 생각이었다. 그를 맨홀에 끌어들일 때 이미 시작된 거래였다. 민이 검지를 까닥이며 나를 가까이 불렀다. 그녀의 입술에 귀를 댔다. 그녀는 더운 숨을 불어넣듯이 긴 숨을 내쉬며 말했다.

"나중에 문자 넣을게."

"기다릴게요."

룸에서의 접선은 각오하고 있던 조건이었다. 숭늉을 꿀물처럼 달게 마시던 민의 얼굴에 발갛게 홍조가 들었다. 그런 민을 보고 있으면 섹스도 음식이라는 생각이 든다. 만약 섹스가 음식의 일

종이라면, 지금 그녀는 머잖은 날에 맞게 될 진미를 두고 맛을 상상하는 미식가와 다를 바 없다.

"우울할 때는 잘 먹고 잘 자는 것보다 더한 행복이 없지."

"그럼요. 잘 먹는 게 최고죠."

민이 의뭉스러운 미소를 띠며 나갔다. 찰스가 들어와서 숭늉 냄새가 나더라고 했다. 어느새 잠을 깨서 숭늉을 찾는 사람들이 하나씩 늘어났다. 남은 밥으로 누룽지를 만들어 펄펄 끓여주었다. 구수한 누룽지탕을 큰 대접에 담아냈더니 찰스는 조 사장을 불러들여 마주앉았다. 친구를 챙기는 그 오지랖이 귀여웠다. 노름 친구도 친구다. 찰스가 누룽지탕을 먹으며 물었다.

"숭늉값 많이 받아야겠소. 먹어본 중에 최고네."

찰스와 조 사장은 숭늉 그릇을 다 비울 때쯤 전화가 빗발치듯 울려댔다. 뒤로 젖혀서 느긋하게 전화를 받던 찰스가 뜨거운 솥뚜껑에 앉은 듯 벌떡 일어섰다. 그러다 금세 평정을 유지하고는 돌아가는 상황을 빠짐없이 보고하라고 했다. 슬쩍 엿들은 통화 내용을 정리하면, 누가 제보했는지 여장을 한 찰스가 닭 팔아서 번 돈을 노름판에 몽땅 쏟았다는 기사로 매장이 시끌벅적하다는 것이다. 그 기사를 보고 메이커 이미지 떨어뜨린다는 분점 점주들의 항의가 빗발친다고. 찰스는 전화에 대고 머리를 조아려 변명하고는 지금 당장 가겠다고 했다. 나는 특실을 가리키며 곧 끝날 것 같은데 결과를 안 봐도 되겠느냐고 물었다.

"그까짓 것 봐서 뭘 해. 사업이 망하게 생겼는데."

그렇지 않아도 나가려던 참이라 방으로 다니며 밖으로 나갈 사람은 주차장에 모이라고 했다. 누가 가고 누가 머물건 방에서는 카드가 부지런히 돌아가고 판돈이 쌓인다. 네 시간째 이어진 게임이 막바지에 이르러 한창 돈이 마술을 부리는 중이었다. 돈이 아니라 장난감 같은 칩이 노름꾼들을 멋대로 끌고 다녔다. 판이 커질수록 현실감이 떨어지고 장난감인지 돈인지 모를 착각이 심해진다. 칩은 더 이상 돈이 아녔다. 아이의 학자금이 되고, 밥이 되고, 최소한의 인격을 유지하게 만드는, 그 잘난 돈이 장난감 칩으로 돌변해서 노름꾼들의 의식을 마비시켰다. 노름꾼들은 칩을 한 움큼씩 집어던지면서도 아무런 고통을 느끼지 못했다. 돈이 사람을 지배하고, 돈이 주인 노릇을 하는 데도 사람들은 돈의 장난을 전혀 알아채지 못했다. 따지고 보면 잃고 따는 그들 모두 개미들을 털기 위해 결성된 개미지옥이었다.

셔터를 나서는 순간 펑, 하는 폭발음이 들렸다. 그 울림이 어찌나 요란하던지 양철 셔터와 건물이 한꺼번에 뜨르르 울리며 흔들렸다. 차를 몰고 펑 소리가 난 곳으로 갔다. 그 사이 거리에 인파가 빼곡하게 모여 있었다. 목욕탕에서 검은 연기가 치솟고 있었다. 보일러가 터졌다는 말이 들리고, 미용사와 추어탕 집에서 밥을 먹던 손님이 죽었고, 보일러실에 있던 목욕탕 주인 내외가 참변을 당했다고 했다.

소방차와 경찰차가 달려오고 사방에 사이렌 소리가 요란했다. 검은 연기가 하늘을 가렸다. 목욕탕을 중심으로 소방차와 앰불런스가 빈틈없이 메워졌다. 이층 삼층의 목욕탕 창에 사다리차가 걸쳐져 있고 발가벗은 사람들이 수건으로 앞을 가린 채 탈출하고 있었다. 소방대원은 벌거벗은 여자들을 받아서 알몸을 가려주었다. 소방차의 물줄기에도 아랑곳없이 불길은 점점 거세지고 건물 안에서 연신 펑, 하는 소리로 소방대원들의 접근을 막았다. 집집마다 유리창이 다 깨졌다고 아우성이었다.

목욕탕 건물 주인은 재개발 보상금을 받아서 진작 이사를 갔고, 건물이 헐릴 때까지 몇 푼 벌어먹겠다고 세를 든 사람이 변을 당했다. 보일러에 기름을 넣던 중에 폭발했다던가. 시커멓게 치솟는 연기를 보며 혼자 중얼거렸다.

"항상 없는 놈만 밟히고 깨지고 죽는구나."

운명은 언제나 가진 자의 편이었다. 운이 좋은 사람은 눈을 감고 달려도 발톱 하나 다치지 않고, 운이 나쁜 사람은 미리 두드려본 징검다리에서도 발이 미끄러진다. 어째서 운이 나쁜 사람은 해로운 곳만 골라서 발을 딛는 것일까. 난데없는 폭발사고로 맨홀까지 불똥이 튀지 말라는 법이 없어서 어디로든 이사를 해야 할 것 같았다. 이참에 동네 전체를 밀어버릴 확률이 80%였다. 그렇지 않아도 시공사에서 아직 이사를 가지 않은 주민들에게 빨리 집을 비우라고 독촉하던 참이었다.

이사를 밥 먹듯이 하는 터라 새삼스러울 것도 없지만 여기만한 데가 또 있을까 싶었다. 새 둥지를 찾기 전에 일을 그만두겠다고 하면 민이 놔주려고 할지. 노름꾼이든지 심부름꾼이든지, 스스로 그 세계에서 발을 빼고 싶다고 느낄 때가 조직을 이탈하기에 가장 적절한 시기다. 그 시기를 놓치면 안주하고 싶은 심리가 작용하기 때문에 발 빼기가 점점 어려워진다.

'낸들 노름에서 손 떼려는 결심을 안 했것냐.'

아버지는 몇 번이나 그만두려고 했는데 그때마다 돈을 따더라는 것이다. '딱 한 번만 더' 하다 끝까지 가고 말았다며, 맨 처음 어머니가 세 아이를 두고 친정으로 가버렸을 때 노름을 그만두지 못한 게 가장 후회된다고 했다. 아버지는 자신의 우유부단함 때문에 어머니에게 준 괴로움은 말할 것도 없고 세 아이까지 기를 못 펴게 해서 미안하다고 했다. 아버지의 눈물은 악어의 눈물

214

처럼 단 하룻밤의 효력도 지니지 못했고 그의 반성은 아무도 귀 담아 듣지 않았다. 아버지는 미안하다는 말을 잘했다. 사과도 잘 하고 거짓말도 잘했다. 백만 원을 따면 천만 원을 땄다고 부풀렸 고 돈을 따기보다 잃는데 더 능숙했다. 그렇다고 그가 노름에서 늘 잃기만 한 것도 아녀서, 가끔 주머니에 돈을 가득 담아오는 날도 있었다. 그런 날은 식구들을 마당으로 불러내서 고기를 굽 고 구성진 옛 노래까지 불러가며 기분을 냈다. 그러나 운이 돌아 왔다고 믿어도 좋은 날은 벼락이 떨어지는 것만큼 드문 일이어 서 어머니가 그만 살겠다는 말을 입에 달고 산 것처럼 아버지는 하루가 멀다 하고 공수표를 남발하고 다녔다.

'한 번만 더 속아봐라. 진짜 마지막이다.'

밤새 잃고 온 아버지가 돈 내놓으라고 어머니를 닦달했다. 어 머니는 더 이상 돈을 빌릴 곳이 없다고 버텼다. '김 교장 있잖 아.' 아버지는 집안에 돈줄을 두고 딴소리냐며 어머니 머리채를 쥐었다.

"그 늙은이가 당신 말이라면 꾸뻑하잖아."

"교장 선생님, 여행가셨어."

아버지는 거짓말한다며 어머니를 때렸다. 차라리 죽이라고 소 리를 지르는 어머니의 목을 틀어쥔 것은 김 교장 내외가 생애 마지막 여행을 간 날이었다. 보다 못한 내가 아버지 손목을 비틀어서 땅바닥에 패대기쳤다. 아버지는 아들이 아비를 죽이려든다며 행패를 부렸다. 아버지가 몽둥이를 휘두르던 그날 김 교장 내외분이 탄 버스가 빗길에 미끄러져 벼랑을 굴렀다. 버스에 탔던 사람의 반 이상이 생명을 잃었고, 김 교장 내외가 사망자 명단에 포함되었다는 비보가 날아들었다. 어머니는 너무 기가 막혀서 울지도 못했다. 김 교장 내외분의 장례를 치른 후, 나는 서둘러 도시로 나갔다. 어머니 아버지의 말다툼이나 신세한탄을 듣는 것이 지겨웠다.

원룸을 얻고 아르바이트로 연명하다 대학교에 진학을 했다. 어머니는 새로운 일자리를 찾아서 집을 떠났다. 아무도 잡지 않았다. 어머니가 찾은 새 직장은 치매할머니를 돌보는 재가환자 간병이었다. 어머니가 집을 떠나고 형제들이 내 원룸에 합류를 하거나 입대로 제각각 집을 떠났기 때문에 아래채에 아버지 혼자 남아 있었다. 어머니가 주소나 전화번호 같은 것을 남기지 않았기 때문에 한동안 서로 연락이 끊겼다.

"갈 테면 가라지."

아버지는 간섭할 사람이 없어서 편한지 집을 지키며 혼자 잘 놀았다. 아버지를 이해하려던 생각을 완전히 버렸다. 어머니를 찾아서 죽이고 말겠다고 날뛰었지만 말뿐이었다. 어디 숨었는지 알 길 없는 어머니를 우리 형제들도 가만히 내버려두었다. 어머니도 아버지나 우리 형제들과 상관없는 삶을 살 권리가 있었다. 가끔 공중전화로 통화할 때가 있는데, 어머니는 열 살쯤 젊어진 목소리로 돈 많이 벌어서 집부터 사자고 했다. 내 집을 갖는 것은 어머니의 가장 큰 꿈이었다. 수화기로 동전 떨어지는 소리가 들렸다. 어머니는 어디 있는지 묻지도 말고 궁금해 하지도 말라며, 정말 사랑한다면 모른 척 내버려두라고 했다. 어디에 있든지 잘 살고 있으면 된다는 말 때문에, 나는 아버지가 죽을 때까지 어머니를 찾지 않고 내버려두었다.

  호주머니에 쟁여놓은 문서를 쓰다듬었다. 고향집으로 돌아갈 수 있게 된 것이 꿈같았다. 어릴 때는 교회종탑처럼 천장이 높고 웅장했던 집이었다. 남의 집이긴 하지만 나는 김 교장 곁에서 자란 걸 다행으로 여겼다. 어린 시절의 추억과 상처가 담긴 그 집이 고물자동차 한 대 값도 안 되는 몇 푼에 사라지게 내버려둘 수 없었다. 그것은 어린 시절을 쓰레기통에 버리는 것이나 마찬가지였다. 그건 태우의 아버지 김 교장에게도 못할 짓이었다. 노름에 빠진 아버지를 대신해서 우리 삼 남매의 수업료를 대주고, 쌀을 주고, 어머니를 어디로도 달아나지 못하게 잡아준 분이셨다. 김 교장은 어머니가 평생 마음에 담고 산 첫사랑이기도 했다. 김 교장이 서울로 진학을 하며 헤어졌지만 두 사람이 다시 만났을 때 어머니는 노름꾼의 아내로 불행한 삶을 살고 있었다. 아버지는 걸핏하면 잉여자본을 들먹거렸다.

'부자들이 벽 속에 숨겨둔 달러나 금괴처럼 노름판에 쏟아지는 판돈 역시 잉여자본이지. 노름꾼들이 겁 없이 던지는 그 돈이 가족의 생명을 위협할 만큼 중요하다면, 그 돈이 없어서 당장 가족들이 길거리에 나앉게 된다면, 그렇게 중요한 돈이면 제아무리 간이 배 밖에 나온 노름꾼이라 해도 함부로 내던질 수 없거든. 미쳐서 아무것도 눈에 뵈지 않는다지만 노름꾼도 사람이라서 자리를 봐가며 똥을 싸고, 누울 자리를 보고 다리를 뻗게 되어 있거든. 잉여자본도 생명력이 있어서 곰팡이가 그늘에서 꽃을 피우듯 더 많이 부풀어 오르려는 욕망을 갖고 있어. 그 강한 욕망이 인간을 흔드는 거야.'

그럼 아버지가 가져간 돈도 잉여자본인가? 형이 빈정거리듯 대들자 아버지는 노름판에 물처럼 흘러 다니는 잉여자본을 주워오기만 왔지 집에 있는 돈은 한 푼도 가져가지 않았다고 우겼다. 그게 노름꾼들의 전형적인 거짓말이다. 아버지가 가져간 돈은 잉여자본이 아니라 어머니나 우리 형제들의 피나 다름없는 돈이었다. 아버지는 가족들의 피를 팔아서 노름을 했고, 어머니는 그가 빼간 피를 채우기 위해 전전긍긍하며 살았다. 아버지가 잉여자본이라고 한 그 피를 채우기 위해 손이 짓무르도록 일을 하며. 나는 아버지가 잉여자본이란 말을 뱉는 순간 그를 버렸다.

10

모니터를 살폈다. 3가 골목마다 인적이 끊기고 자동차의 왕래 조차 뜸해졌다. 흐린 날은 날이 빨리 어두워지고 밤도 더 어둡 다. 밀물에 들어온 바다처럼 골목마다 어둠이 고였다. 밤은 어둠 을 낳고, 어둠은 혼돈을 낳고, 혼돈은 과잉된 열기와 낙망을 낳 았다. 주말이라서 그런지 유난히 콜이 많은 날이었다. 월드컵경 기장 주차장에서 기다린다는 연락이 여러 번 들어왔다. 모르는 번호가 세 개였다. 손님으로 위장해서 잠입하는 경우가 있을까 해서 모르는 번호가 뜨면 일단 번호를 바꾼다. 연락이 안되면 다 른 곳에서 놀면 되는데 굳이 주말 황금시간을 골라서 불법도박 장에 들어오려는 의도가 미심쩍다. 민이 갓 잡아온 활어처럼 생기 있는 모습으로 홀을 활보하고 다녔다. 현금을 칩으로 바꾸어 주라, 게임머니를 다시 현금으로 환전해주라, 멤버십 카드에 머니를 심어주라, 딴에는 바빴다. 민에게 낮은 소리로 말했다.

"오늘따라 콜이 많네요."

"그럼 실으러 가야지."

"모르는 번호가 자꾸 뜨니까 말이죠."

"여기 손님들 대포폰 쓰는 사람 많잖아."

"괜찮을까요?"

"그렇게 소심해서 언제 돈 벌어. 조짐이 있으면 박이 연락을 했겠지."

손님을 오는 대로 다 받아봐야 자리도 없지만 머리수만큼 소리와 흔적이 남기 때문에 조심스럽다. 민은 남의 속도 모르고 손님이 많을 때 돈을 벌어야 한다며, 빨리 실어오라고 재촉이었다. 부르는 사람이 많은 게 좋은 현상인지 나쁜 현상인지 모르겠다. 콜을 받고, 손님 실어 나르고, 차 몰고, 단속반을 피해 다녀야 하는 위험지수로 따지면 내가 최상급이다. 지금까지는 운 좋게 피해 다녔다 해도 그 운이 언제까지 지탱할지. 이즈음에 들어서 걱정이 많아졌다. 조심하느라 콜을 받지 않으면 민은 또 지나치게 소심하다고 타박이다. 카지노라면 손님이 아무리 몰려온들 무슨 걱정이랴. 손님이 많으면 수입은 오를지 모르지만 위험부담이 그만큼 늘어난다. 손님을 관리하고 픽업하는 게 전적으로 내 소관이니 염려가 되는 건 당연하다. 대포폰이라 해도 번호가 자주 노출되면 추적이 들어올 수 있다. 초저녁부터 빗방울이 토닥였다. 바람에 흩날린 빗방울이 모니터를 흐려놓았다. 축축한 쥐색 어둠이 유난히 스산해 보이는 걸 흐린 날씨 탓으로 여겼다. 이런 날은 맥주 마시고 오징어를 뜯으며 영화나 보는 게 최고다. 예전에는 주말마다 아내와 나란히 누워서 영화를 보았다.

'또다시 그런 날이 올까.'

흰둥이가 골목을 어슬렁거리고 있었다. 어둠 속에서 빛나는 말의 흰 잔등이 먹이를 구하러 온 늑대로 보였다. 수일 전부터 흰둥이가 혼자 다녔다. 환상의 커플처럼 붙어 다니던 쥐색비니가 보이지 않는 것이 이상해서 낮에 혼자 동네를 돌아다녔다. 쥐색비니의 집 앞을 맴돌다 옆집 노인을 찾아갔다. 이삿짐을 챙기던 노인이 깜짝 놀라며 나를 반겼다. 노인은 내가 시공사 직원인 줄 알고 내일 집을 비울 거라고 했다. 아들이 와서 짐을 싣고 갈 거라고. 나는 시공사 직원이 아니라고 말하는 대신 흰둥이와 다니던 쥐색비니가 보이지 않는다고 말했다. 그러자 노인이 혀를 차며 말했다. 지붕에서 떨어져 병원에 실려 갔는데 어찌되었는지 모르겠다고. 말이 혼자 다니더라고 하니까 주인에게 버림받은 말을 쥐색비니가 거두었는데 또 버려졌다며, 노인은 말 신세나 자기 신세나 쓸모없기는 매한가지라고 혀를 찼다. 흰둥이는 주인을 잃은 후 이른 아침에도 늦은 밤에도 홀로 떠돌아다녔다.

모형비행기를 날리며 행복해하던 쥐색비니의 영혼은 지금 어디에 있을까. 그가 돌아오기 전에 포클레인이 동네를 다 밀어버리면 그는 또 어디서 모형비행기를 띄우게 될지. 어둠에 잠긴 길목이 불길해 보일 정도로 고요했다. 흰둥이가 길 저쪽으로 뛰어갔다. 어쩌면 흰둥이도 골목의 적막이 두려웠는지도 모른다. 간간이 빗방울이 흩날렸다. 떨어지는 빗방울로 CCTV에 얼룩이 졌다.

방금 판을 끝낸 한 팀이 자리를 걷었다. 길고 긴 달음박질이 끝났다. 누구든 알거지가 될 때까지 물고 늘어지는 한판 게임. 죽이기 아니면 죽기. 레이스가 끝난 자리에 여남 벌의 카드만 남았다. 어깨 너머로 구경만 하던 눈물한방울은 사랑방에서 만화책을 보는 중이고, 게임에 몰두해 있던 다섯 명이 손을 털고 물러앉았다. 노름의 끝은 빈 지갑이다. 지갑에 돈이 떨어지면 노름은 저절로 멈춘다. 축구 선수는 게임을 한 번 뛰고 나면 여러 날을 쉬며 에너지를 충전하면 되지만 노름꾼의 에너지는 충전될 가망성이 희박하다. 그들에게는 지갑에 가득 찬 돈만큼 파워 강한 에너지가 없다.

맥주와 소주가 바닥나고 음료수, 반찬거리도 떨어졌다. 돌아오는 길에 시장에 들러서 장을 봐와야 했다. 모니터를 살폈다. 세 개의 모니터가 잠잠한 것을 확인하고 집으로 갈 사람은 다 나오라고 했다. 눈물한방울을 포함한 여덟 명이 부스스 일어나 홀로 나왔다. 민에게 나간 김에 두 시간만 자고 오겠다고 했다. 저녁 뉴스 끝나기 전에 들어올 수 있을지 모르겠다니까 배고프니까 빨리 오라고 재촉이었다.

어두운 골목으로 차가 한 대씩 지나갈 뿐, 여느 날과 조금도 다를 게 없었다. 재개발보상금을 받은 사람들이 새 둥지를 찾아 떠났다고 해도 아직은 남아 있는 사람이 있어서 간간이 차도 다니고, 밤늦게 귀가하는 사람도 있고, 빈 집을 돌아다니는 개와 아기 울음소리를 내지르는 암고양이도 살고 있었다. 달도 별도 없는 날은 골목이 더 어둡다. 어둠을 타고 단속반이 떼를 지어 몰려와도 알아채지 못할 것 같은 날씨였다.

전등이 나간 골목은 암막을 친 것처럼 캄캄하다. 거꾸로 걸린 그림을 떼고 밖을 내다보았다. 맨홀의 유일한 비상구였다. 불이 꺼진 가로등과 길목을 지키는 은행나무, 이웃사람들이 버리고 간 장롱이 보이고 주인 잃은 미니호스가 후다닥 뛰어갔다. 심심한가 보았다. 빗방울이 제법 굵어지고 있었다. 나는 의자 시트 아래 돈을 감추고 비품 상자를 올려놓았다. 문을 열면 단속반이 기다릴지도 모른다는 우려가 나를 치밀하게 만든다. 들켜서 중거물로 빼앗기기 전에 한 푼이라도 잘 감추는 게 상책이었다. 무슨 영화를 볼까. 멜로영화나 액션 스릴러, 무엇을 봐도 맨홀에 앉아 있기보다 값진 시간이 될 거라는 확신이 있었다. 영화를 보다 잠들지만 않으면. 발소리를 죽여 조용히 걸으라고 주의를 주었다.

"고양이처럼 가볍게."

"돈 잃고 쪼다 되고. 살기 싫다, 씨바."

"마찬가지다. 우짠 일로 돈을 다 따더라."

소장수의 말에 불고기집 사장이 말을 받았다.

"그놈의 뜬구름에 녹는 거야. 땄을 때 날름 주워 먹고 떠나야 대박이지."

"엉덩이가 바닥에 붙었는지 일어날 수가 있어야 말이지."

헐헐 웃는 석달의 웃음소리가 허탈하게 들렸다. 지난번처럼 두 번 다시 이런 곳에 오면 '개아들 놈'이라는 말은 하지 않았다. 그를 '개아들 놈'으로 만드는 것은 밑 빠진 독에서 건져야 할 '본전'이었다. 그 본전이 매번 그를 맨홀로 이끈다. 소장수가 풀이 죽은 목소리로 말했다.

"소도 다 팔아먹고. 웃을 처지가 아닌데 웃는다."

"운다고 떠난 본전이 돌아오남?"

"내 말이 그 말이다."

석달은 교통사고로 다리를 다쳐 불과 석 달 만에 공익요원 근무를 끝냈다고 '석달'이란 별명을 얻었다. 그는 간밤에 놓친 대박이 족발집 석 달 매상이라고 뻥을 쳤다. 주차장에 손님을 실어 나르기 위해 준비한 닭차가 서 있다. 창이 있지만 검은 것으로 가려놓아서 창 구실을 못하는 차. 손님들은 그 차를 닭차라고 부른다. '어이쿠!' 석달이 헛발을 딛고 계단을 굴렀다. 발목 부러졌다고 소리를 지르자 바지사장이 단속반을 다 부를 셈이냐며 입 좀 다물라고 소리쳤다.

"엄살이 아이다카이."

석달은 접질린 다리를 잡고 뒹굴었다.

"아, 씨펄! 돈 잃고 몸 버리고."

"국 쏟고 꾸중 듣고."

바지사장이 주둥아리 살아 있는 것을 보니 다들 살만한가 보다고 빈정거리자, 소장수는 접질린 다리 핑계 삼아 석달이 한동안

조신하게 살겠다고 놀렸다. 그러자 석달은 손가락이 없으면 발가락으로 하는 게 노름이라고 했다. 소장수가 석달을 부축해서 계단을 내려갔다. 싸우며 정든다고 했던가. 석달과 소장수가 티격태격하며 밴에 올랐다. 소장수가 차에 한 발을 걸치고는 맨홀 바닥에 퉤, 퉤, 퉤 침을 세 번 뱉었다.

"인자 고마 올란다. 내가 또 여기 들어오마 사람 아들이 아닌기라."

"지랄한다. 지키지도 못할 약속을 와 하노."

소장수가 석달을 부축해서 자리에 앉혔다. 아버지가 그랬던 것처럼 노름꾼은 맹세가 입버릇이다. 시끄럽게 떠들던 사람들이 밴의 뒷자리에 올라앉았다. 밴의 시동을 걸고 헤드라이터를 밝혔다. 어둠에 잠겨 있던 주차장의 모습이 드러났다. 빨간 자동차와 밴, 검정 자동차 등 자동차 몇 대가 서 있는 아래층도 을씨년스럽기는 마찬가지였다. 봉제인형이 든 박스 뒤로 야광처럼 빛나는 것이 꼬리를 감추었다. 동네 사람들이 버리고 간 강아지인지 고양이인지, 간혹 나타났다가 사라지는 그것이 드나드는 구멍이 따로 있나 보다. 바지사장이 셔터를 올렸다. 훤히 밝힌 라이터에 시커멓게 서 있는 무리들의 모습이 비쳤다. 늘 우려하던 단속반이었다. 바지사장이 "떴다!" 하고 외쳤다.

"뭐라고? 단속반이 떴다고?"

우당탕거리며 비상구를 찾아다니는 사람들의 소란으로 맨홀에 적잖은 소란이 일었다. 낡은 셔터쯤 발로 차면 망그러지고 마는 것을 그들이 굳이 비를 맞아가며 기다린 것은, 노름꾼을 궁지로 몰아넣는 긴장과 스릴을 더하기 위한 방책일지도 모른다는 생각이 들었다. 자판기가 홀로 올라가 단속반이 떴다고 알렸다. 기계 사이에 숨는 자, 화장실로 뛰어가는 자, 인형 봉제 박스에 숨는 자, 돈을 감추는 자가 있는가 하면 망연자실 손을 놓고 게임기 앞에 그대로 앉아 있는 사람도 있었다. 마침내 올 것이 왔다고 해도 도망갈 곳이 없으니 독 안에 든 쥐나 마찬가지였다. 민은 단속반이 떴는데 어째서 박이 아무 말도 하지 않았는지 모르겠다고 궁시렁거렸다. 어쩌면 박의 정체가 드러났는지도 모르겠다니까, 그 능구렁이 속을 누가 알겠느냐며 민이 입을 삐죽였다. 속 모르기로 따지면 민도 만만찮다. 될 대로 되라고 체념을 했는지 담담한 표정이 예상 밖이었다.

불을 켜라는 단속반 대장의 명령이 들렸다. 자판기가 전등을 켰다. 팔이 굵직굵직하고 어깨가 벌어진 자들이 계단을 쿵쿵 밟으며 홀로 몰려가고, 빨간 불빛의 곤봉을 든 단속반 대장이 밴을 가로막고 소리쳤다.

"차에서 다 내려."

소장수와 석달이 짧은 탄식을 뱉었다.

"씨바, 조짓다."

단속반이라는 증거를 보자고 대들고 싶은데, 곤봉이 날아올 것 같아서 입을 다물었다. 누가 잡혀가고 누가 얼마를 빼앗기든, 지금은 제 신변의 안전을 먼저 걱정해야 할 때였다. 그저 입 다물고 죽은 듯이 있으면 매를 버는 일은 피할 수 있다. 새로운 일을 찾아야 하는 것이 조금 염려스럽긴 하지만 처음부터 빈손이어서 더 잃을 것도 없다.

단속반에 쫓긴 손님들이 홀 중앙에 모였다. 색색의 릴이 떠있던 '바다이야기'의 머신이 저 혼자 움직였다. 고래가 나타나며 음악을 흘려보내는 기계가 있는가 하면 충전된 금액이 떨어져 그냥 쉬고 있는 기계도 있었다. 불빛에 드러난 홀의 모습은 참혹하다 할 정도로 초라하고 을씨년스러웠다. 노란 불빛에 가라앉아 있을 때는 지하요새처럼 은밀하고 비밀스러워 보이던 곳이었다. 누군가 식탁 밑으로 숨으며 화분을 건드렸는지, 흙이 쏟아지고 생기 있게 자라던 잎사귀가 낱낱이 떨어져 바닥에 참담하게 뒹굴고 있었다.

단속반이 영빈관과 춘추관을 뒤지며 도박 증거물을 압수하는 동안 손님들은 죄인처럼 두 손을 모으고 서서 자신이 가지고 놀던 머신을 쳐다보았다. 머신에 코인이 둥둥 떠다녔다. 물속에 떠다니던 코인이 스핀을 치고 떨어질 때마다 머신에 천연색의 숫자와 그림이 힘차게 돌아갔다.

"아, 저거 내 건데."

그 탄식은 소용없는 것이었다. 단속반이 다니며 게임기의 전기 코드를 뽑았다. 화면이 까맣게 죽었다. 단속반 대장은 책상서랍과 테이블에 놓여 있던 칩과 현금을 빼앗아 '압수'라는 이름을 붙였다. 게임기에도 압수영장이 붙었다. 압수된 현금의 운명이 어떻게 될지 궁금했다. 딴 사람과 잃은 사람이 공평하게 빈손이 되었다. 아흔아홉 대의 게임기가 움직임을 멈출 때쯤 비명이 들렸다. 소리가 난 곳으로 간 단속반이 외쳤다.

"화장실 창으로 사람이 떨어졌다."

화장실의 손수건만한 창으로 사람이 떨어졌다는 소리에 온통 소란이 들끓었다. "악, 내 다리!" 창 아래 시커먼 사내가 비명을 지르고 있었다. 땅바닥에 드러누운 나 씨의 모습은 실수로 떨어진 옷가지 같았다. 앰뷸런스가 숨 가쁘게 달려왔다. 한때 지역출신의 국회의원을 따라다녔다던가. 국회의원이 대선에서 떨어지며 선거운동한 수고비도 못 받았다고 뻥을 치지만 사실은 요식업을 하다 경기부진으로 부도를 낸 사람이다. 나 씨처럼 간혹 기소 중지된 사람이 맨홀에 숨어드는 경우가 있다. 사람들이 놀란 목소리로 수군거렸다. '어, 거기 창이 있었어?' 나 씨를 창으로 뛰어내리게 한 것은 돈이었다. 어쩐 일로 돈을 좀 딴다 했더니 그게 화를 부르고 말았다. 다른 날처럼 돈을 잃었으면 창 아래로 뛰어내릴 생각을 했을까.

단속반이 나 씨의 주머니에서 지갑을 꺼냈다. 이렇게 될 줄 알고 빼놓은 것처럼 그의 지갑에는 아이들 사진만 들어 있을 뿐 신분을 확인할만한 것이 아무것도 없었다. 나 씨는 단속대장의 물음을 듣는 둥 마는 둥 연신 비명만 지르고, 그의 호주머니에서 주민등록증 대신 막판에 긁어모은 지폐가 비어져 나왔다. 마구 구겨 넣은 돈이 휴지조각처럼 비어져 나오자 단속반이 돈을 차곡차곡 챙겨서 다시 넣어주며 중얼거렸다. "이까짓 돈이 뭐라고 뛰어내려요." 돈 몇 푼에 탈출을 시도한 것이 가엾어 보였는지 단속반 대장이 단속대원 중 한 사람에게 따라가라고 일렀다. 나 씨는 비명을 지르며 앰뷸런스에 실려 가고, 단속반 대장이 홀을 둘러보며 윽박지르듯 말했다.

"뛰어내릴 생각은 꿈에도 마슈."

경찰이 나 씨의 신원을 확인해 달라고 했다. 그와 함께 세븐카드를 돌리던 사람들이 보수당 선거위원 또는 요리사라며 각각 다른 대답을 하자 단속반 대장이 어느 게 진짜 직업이냐고 물었고, 손님들은 자기 얘기를 잘 하지 않아서 모른다고 했다. 오종종 모여 선 사람들이 물었다.

"많이 다쳤어요?"

"다리가 부러졌답니다."

화장실 창문은 뛰어내려서 탈출하기에 너무 높았다. '카드놀이 하는 사람'을 홀이 아니라 화장실 창에 걸었어야 했다. 앰뷸런스가 나씨를 싣고 경광등을 번쩍이며 달려갔다.

바지사장은 대표자 자격으로 구속되고, 호출된 전직 경찰 박과 민은 늦도록 조서를 받았다. 전직일망정 한때 경찰관이었던 사람이 불법도박에 개입한 것이 생활 질서 계장의 심기를 건드린 모양이었다.

"나라의 녹을 먹은 사람이 이런 짓을 해도 됩니까?"

"누가 나를 밀고했는지 모르지만 난 모르는 일이오."

"어디서 거짓말을 합니까."

"한때 민중의 지팡이였던 사람이 어떻게 그런 일을 하겠습니까."

"중인과 증거가 다 있는데도 발뺌입니까?"

"증인과 증거라니, 누가 그런 짓을?"

서장의 호통에 박이 황당한 표정을 지었다. 두 사람을 구속 처리하라는 생활 질서 계장의 명령에 민과 박이 서장의 소맷자락을 잡고 매달렸다. 따지고 보면 바지사장이 가장 큰 피해자였다. 노름방에서 돈을 가장 많이 번 사람은 민인데 그녀는 손가락 하나 다치지 않고 석방되었다. 생활 질서 계장이 제보자가 있다고 했다. 맨홀을 고발한 사람이 누굴까. 오래 고민할 것도 없이 나는 얼른 민을 떠올렸다. 민 아니면 자판기 보스 중 한 사람이 틀림없을 것 같았다. 만약 민이 고발한 거라면 그것은 다름 아닌 밤의 괴변일 터였다. 민은 소원대로 푹 쉬게 되었다. 아무도 예측하지 못한 반란으로 종지부를 찍으며.

*

"밥이나 먹읍시다."

맨홀이 털리고 한 달 만에 눈물한방울을 만났다. 만나고 싶어서 만난 게 아니라 백화점에 들렀다 길에서 우연히 만났다. 맨홀이 털린 이후 그는 조용한 카페를 찾아다니며 시를 쓴다고 했다. 맨홀의 어둠만큼 영감을 자극하는 곳이 없어서 시 작업이 지지

부진하다고 했다. 여느 날과 다름없이 그는 검은 가방을 들고 왔다. 가방을 두드리며 아직도 운우를 가지고 다니느냐고 물었더니 맨홀처럼 열정과 술을 동시에 부르는 곳이 없어서 술을 끊었다고 했다.

"그 참, 시원섭섭하시겠수."

그는 어깨를 들었다 놓았다. 맨홀에서 쓴 시로 책을 내고 강의도 다닌다며 홍콩 느와르 영화 같았던 나날을 잊지 못할 거라고 했다. 눈물한방울은 오래 기억에 남을 시간을 만들어줘서 고맙다며 그의 사인이 든 시집을 주었다. 아내에게 읽어주겠다고 했다. 눈물한방울은 또다시 그런 날을 살 기회가 온다면 서슴지 않고 달려가겠노라며, 어디서든 자리 잡으면 불러달라고 했다. 빈털터리 시인이 꽤 귀찮았을 텐데 노름하라고 강요하지 않고, 그만 오라고 막지 않고, 사랑방을 작업실로 내주어서 어려운 시간을 견딜 수 있었다며 눈시울을 붉혔다. 집에 똑같은 간이침대를 사두었는데 맨홀에서 샘솟던 영감이 일지 않아서 슬프다고 했다.

그가 앞장서서 호텔 뷔페식당으로 안내했다. 식사시간이 지난 때여서 외국인 네 명과 여자들 세 명, 노부부 두 쌍이 손님의 전부였다. 눈물한방울과 접시를 하나씩 들고 요리를 담았다. 눈물한방울은 육류 위주로 담아왔고, 나는 베이컨과 갯가재초밥을 가져왔다. 두 사람은 창가의 전망 좋은 자리에 앉았다. 아스라이 뻗은 강줄기를 따라 아파트가 밀집되어 있고, 길 아래의 산책로에 코스모스가 한들거렸다. 자전거를 탄 남녀가 코스모스 한들거리는 산책로를 달렸다. 남자의 자전거 뒤에서 털이 누런 개가 힘차게 뛰고 있었다. 개는 남자의 자전거에 줄이 묶여 있어 조금만 걸음을 늦추어도 줄이 목을 죄었다. 개는 줄에 끌려가기 싫어서인지 부지런히 뛰었다.

눈물한방울과 식사를 하며 카지노 노름왕들에 관한 얘기를 나누었다. 눈물한방울은 노름으로 딴 롤스로이스 승용차를 홍콩에 처음 들여온 예한의 얘기를 했고, 나는 마카오의 카지노 독점권을 가졌던 스탠리 호가 카지노 사업으로 벌어들인 재산의 양을 말했다. 타이풍 닭고기 요리와 쇠고기 찜 요리를 담아왔다. 노름을 대신할 쾌락이 세상에는 없다는 말이 있지만 눈물한방울은 노름이 매혹적이긴 해도 지나치게 격정적이어서 놀이판이 아니라 전쟁터 같더라고 맨홀에서 느낀 감회를 털어놓았다. 폴 세잔의 '카드놀이를 하는 사람들'이 명작인 것은 그림 속의 인물들이 이웃사람을 만나서 담소를 나누듯 편안한 얼굴로 게임을 즐기기 때문인데 맨홀에는 그런 풍류가 없더라고. 그렇다 해도 너무 달아서 질리는 음식 같던 맨홀이 어느 땐가는 그리울지도 모르겠다고 했다.

"그래도 그 긴장과 불순한 향기는 꽤 매력적이었어요."

스탠리 호가 정부에 바치는 노름세가 마카오 총 재정수입의 50%를 차지하고, 보유 재산이 한화로 약 3조800억 원이라던가. 뇌출혈로 수술을 받은 스탠리 호의 재산을 두고, 세상에 없는 첫번째 부인을 뺀 3명의 부인과 17명의 자녀들이 재산분쟁을 벌인다는 얘기를 나누며 청포도젤리와 초코푸딩으로 입가심을 했다. 카지노 도박으로 삼천삼백억 원을 벌은 예한이 사망 직전 경마에 거액을 걸어 약 1억 1천만 원을 땄다는 얘기는 바닐라아이스크림보다 개운했다. 샐러드와 파이, 과일, 아이스크림까지 빠짐없이 다 챙겨먹고 호텔 커피숍에서 눈물한방울과 헤어졌다.

영수가 나타나기를 기다리며 구석자리에서 눈을 붙였다. 뒤늦게 나타난 영수가 '그땐 미처 알지 못했지'라는 곡으로 슈스케 본선에 진출하게 되었다고 들뜬 목소리로 떠들었다. 방금 연락을 받고 축하인사 받느라 늦었다는 영수를 힘껏 안아주었다. 때맞춰 맨홀까지 털렸으니 이젠 최종 우승을 위해 노래만 부르라고 했다. 그날도 노래 연습하러 가지 않았으면 꼼짝없이 잡혔을 것이다. 결과를 궁금해하는 영수에게 바지사장이 구속되고 박과 민은 벌금을 물고 풀려났다고 뒷사정을 들려주었다. 박이 내부 고발자로 나를 찍었다는 말까지.

"형이 내부고발자라고?"

"내가 단속반을 불러들였단다."

"말도 안돼. 박을 만나서 얘기해보지."

"만날 필요 없어. 덜미를 잡아서 노예로 부려먹자는 수작인 걸."

"그렇다고 아무 말 않고 있으면 시인하는 꼴이 되잖아."

"박은 내 발로 나가서 아니라고 말하기를 기다리고 있어."

"왜?"

"왜겠어. 때맞춰 나타나서 구해주고 내 발목을 잡으려는 거지."

이럴 때는 모른 척하고 있는 게 좋다. 박이 가게 보러 다닌다는 소문을 들었다. 지금 박에게는 손님 픽업을 맡아줄 발 빠른 기동력이 가장 필요했다. 단속반이 밀어닥치기 수일 전 박에게서 전화가 왔다. 아무래도 맨홀이 들통난 것 같다며 만약 무슨 일이 생기면 털고 자기와 일해보자고 제안했다. '내 말만 잘 들으면 먹고 사는 문제는 걱정 없어.' 둘러댈 말이 없어서 어머니 모시고 시골 가서 하우스 재배를 하게 될 거라고 했다. 나를 두고 내

부고발자 어쩌고 하는 것도 내 거절에 앙심을 품은 계획된 덫이었다. 잘못 엮이면 어디로 끌려들어갈지 모르는 덫. 박이 무슨 수를 쓸지 알 수 없어서 나는 통화 직후에 사용 중이던 휴대폰 번호를 해지했다. 민과 박이 모두 나를 주목했다는 사실이 부담스러웠다. 그들이 설마하니 나를 편하게 해주려고 손을 뻗을까. 그들에게는 마음대로 부릴 개가 필요했을 뿐이다.

민이나 박, 자판기 보스 같은 이들과 엮이지 않기 위해서라도 하루빨리 살 길을 찾아야 했다. 바지사장은 구속되었고, 박은 내 부고발자 어쩌고 하며 으르렁대고 있으니. 맨홀이 정말 고발 때문에 털린 거라면 내 추측대로 민의 짓일지도 모른다는 생각이 굳어지고 있다. 민과 박이 상납금 문제로 실랑이를 벌였다. 박이 상납금의 단위를 높이고 있다는 말을 들었을 때 어느 정도 결과를 예측했다. 민이 곱게 당하고 있지 않을 거란 사실을.

고래 싸움에 새우 등 터진다고, 연예인 생활 편안하게 하려면 여기서 알던 사람부터 멀리하라고 영수에게 일렀다. 언젠가 이것이 발목을 잡을 수 있다고. 영수는 소속사가 생겼다며 이제는 다른 생각을 할 수 없도록 회사생활에 바쁠 거라고 했다. 살아남기 위해서라도 노래연습만 착실히 하라고 격려해주었다. 소속사에서 뭘 하느냐고 물었더니 노래연습하고 청소하고 밥까지 하는 심부름꾼이라며 멋쩍게 웃었다.

"오나가나 말단은 몸이 고달프구나."

"맨홀에서 단련된 몸인데 뭘 못하겠어."

"빨리 잊어라, 흑역사는."

영수는 선배가수들의 지도를 받으며 깨달았는데 자신은 발라
드보다 록음악이 체질에 맞더라고 했다. 록 음악을 연구 중이라
고 했다. 나중에 정식가수가 되면 자신이 쓴 곡을 듣게 될 거라
고 야심을 드러냈다.

자동차 골목에서 자동차 전시회가 열리고 있었다. 구경꾼들이
와글와글 몰려들었다. 레이싱모델이 람보르기니에 기대어 포즈
를 취하고 있었다. 자동차 가격만 5억 5천만에 이르는 슈퍼카를
둘러싸고 사람들이 사진을 찍는가 하면 차체를 살피기도 하고,
몇몇 사람은 자동차 딜러의 설명에 귀를 기울이기도 했다. 그 외
에 캠핑카와 카라반까지 전시되어 있어서 자동차를 구입하는 사
람도 있었다. 중년 커플이 은색 벤츠를 계약하는 걸 보고 태우의
울프를 생각했다. 태우는 잘 있는지. 중년 남자는 할부 기한을
최대한 길게 해달라고 부탁했다. 차 값이 모두 외상. 대학시절에
해본 짓이었다.

"외상으로 차를 사서 일 년 만에 빼앗겼다. 대학시절에."

"무슨 차?"

"파란색 엘란. 일 년 동안 감자탕 알바해서 선수금 치르고 삼년 할부로 차를 산 뒤 '엘란 클럽'에 가입해서 주말마다 음악 쾅쾅 울리고 다녔어."

"대단한 학생이었네."

"할부금을 못 갚아서 아홉 달 만에 빼앗겼어."

이미 꿈을 깨고 난 후라서 본전 아까운 줄도 몰랐다니까 영수는 와하하, 웃음을 터뜨렸다. 그때를 생각하면 웃음이 절로 났다. 매달 들어가는 할부금이 꿈속까지 따라와서 목을 졸라대는 바람에 나중에는 차만 보면 패닉 상태에 빠질 지경이었다. 그런데도 미련이 남아서 자동차 딜러에게 차를 뺏기고 동아리방에서 혼자 소주를 마셨다. 돌이켜 생각을 해보니 무모하게 일을 저지를 수 있었던 그 젊음의 순간이야말로 사는 것처럼 살았던 시간이었다는 생각이 들었다.

"형, 이제 어쩔 거야?"

"망설이지 말고 떠나라는 계시인지, 알맞게 터져주네."

"잘된 거 맞지?"

"언제까지 어둠 속에서 살 수 없으니 잘된 거지."

호주머니에서 화보를 꺼냈다. 우람한 원양어선 사진을 영수에게 보여주었다. 대학생 시절에 탔던 배라고 했더니 정말이냐며 놀라는 표정을 지었다. 그 배에서 일급 셰프의 조수였다니까 영수는 딱 어울린다고 했다. 이제는 누가 뭐라고 해도 요리사로 살겠다니까 꿈이 생긴 걸 축하한다고 했다. 생각해보니 내가 가장 좋아하는 일이고, 내 주위의 사람을 행복하게 해주는 일이었다. 음식이 사람을 행복하게 해주는 일임을 맨홀에서 요리를 하며 충분히 경험했다. 복학을 기다리던 그때 사십 대의 멋진 마도로스였던 지남호의 선장이 얼마나 변했는지 몹시 궁금했다. 휴대폰으로 열차표를 예매했다.

"술 마시러 가자, 내가 살게."

"짜식, 돈이나 있고?"

"볼래?" 영수는 지갑에서 꺼낸 지폐를 팔랑팔랑 흔들었다.

"칠순잔치에서 노래 부르고 번 돈이야."

"오, 일급수잖아."

"미래의 가수가 노인들 즐겁게 해주고 번 돈이니 일급수지."

"어디 영수가 사는 술 마셔볼까?"

가로수길 술집 '유리창'으로 들어갔다. 맑은 물, 더러운 물, 탁한 물, 시궁창 물 등 물이 용도에 따라 성질이 다르듯 돈도 물처럼 엄연히 급수가 있다. 정치인들이 사과상자로 주고받는 돈, 보이스피싱으로 남을 속이고 끌어 모은 돈, 도둑질 강도질로 훔친 돈, 노름판에서 끌어 모은 돈은 물 중에서도 5급수에 해당하는 가장 더러운 돈이다. 돈 세탁이란 말이 있지만 5급수는 정화가 되지 않는 돈이다. 깨끗한 척 위선을 떨어봐야 5급수는 언제까지나 5급수다. 영수처럼 노래를 부르고 벌은 돈이야 말로 열목어 산천어가 사는 일급수여서 소주라고 할망정 술이 달고 맛있었다. 오랜만에 어깨 힘 풀고 술을 마시고 있으려니 제대로 쉬고 있다는 느낌이 들었다. 눈썹 휘날리며 달려갈 일도 없고 해서 긴장을 풀고 마셨다.

"형이 잘 되었으면 좋겠어."

"너도 좋은 가수가 될 거야."

영수와 술집 앞에서 헤어졌다. 나는 영수의 청재킷이 보이지 않을 때까지 쳐다보았다. 음악이 있고 춤만 출 수 있으면 세상에 부러울 게 없는 녀석이었다. 영수와 헤어져 거리를 맴돌았다. 밤은 다급하게 찾아왔다. 술집에서 취객들이 몰려 나왔다. 한 사람이 다리를 꺾으며 주저앉자 그를 택시에 태워 보내고 나머지가 3차를 간다며 다른 술집으로 몰려갔다. 떼 지어 몰려다니는 그들이 부러웠다. 나는 배를 타고 떠나야 한다는 사실과 머물러야 한다는 생각 사이에서 갈등을 느꼈다. 마 선장이 당장 오라고 한 것도 아닌데, 내 마음은 벌써 바다로 나갈 날을 받아놓은 듯 심란했다. 배를 탄다고 당장 부자가 되는 건 아니지만 앞도 보이지 않는 현실에서 잠시 비껴 앉는 계기가 되지 않을지.

'그냥 한 걸음 물러서는 것뿐이야.'

이 나라를 떠나는 것 말고는 뾰족한 방법이 없다는 사실이 화가 나서 갓길에 세워져 있는 차를 냅다 걷어찼다. 빨간 차 지프는 뺨을 맞은 아이처럼 경보를 웽웽 울려댔다. 지프의 대시보드에 노란색의 고양이 인형이 있다. 태평스럽게 고개를 까딱이며 생선을 파먹는 인형. 그 인형은 빨간 지프가 거친 들판이나 사막을 달려도 그렇게 고개를 끄덕일 것이다.

'배를 타는 것 말고는 방법이 없을까? 정말 그것뿐일까…….'

처음 맨홀을 오픈하던 날, 카지노 주인이 되는 상상을 해보았다. 카지노에 전 재산을 털어 넣은 자들을 카지노 전용 실버타운에서 여생을 보내게 해주고, 죽어서도 카지노를 떠나지 못한 아버지 같은 사람들을 위해 음악회를 열고……. 생각해보니 그건 아버지의 꿈이었지 내 꿈이 아녔다. 여태 꿈다운 꿈도 갖지 않고 살았다니, 괜히 울화가 치밀어서 빨간 차를 또 한 번 걷어찼다. 자동차는 겨우 그쳤던 울음을 다시 시작했다.

'빌어먹을! 난 왜 이 모양이야. 어째서 나는 쓰레기처럼 살아야

하느냐고.'

차 앞유리에 흰 깨를 뿌린 듯 입자가 고운 빗방울이 맺혔다. 이슬비가 곱게 내리고 있었다. 나중에 돈을 많이 벌면 옛날처럼 파란색 스포츠카를 사서 아내를 태우고 태안반도의 바닷가 드라이브 길을 달리고 싶다.

11

　달이 구름 속으로 모습을 감추었다. 구름이 긴 드레스 자락을 끌며 천천히 걸음을 옮길 때, 숨바꼭질을 하듯 달무리까지 드리운 달이 얼굴을 반짝 내밀었다. 멀리 어둠 속에서 반짝이는 불빛이 호텔을 별세계 같아 보이게 했다. 온통 별 부스러기를 흩어놓은 듯 나무마다 작은 전구로 장식되어 있었다. 산딸나무 가로수가 비바람을 흩뿌렸다. 구름이 몰려오며 햇빛이 힘없이 스러지고 바람이 스산하게 불었다. 주말에 비가 올 거라는 예보가 있었다. 밴을 유료주차장에 세워두고 택시를 탔다. 휴대폰을 개통하지 않았기 때문에 누구와도 연락이 되지 않았다. 꼭 연락을 해야 할 사람에게는 공중전화를 이용했다. 민은 다섯 개의 동전이 떨어지도록 전화를 끊지 않았다. 그녀는 원망과 사랑과 호소로 나를 호텔로 불러내는데 성공했다. 호텔을 내가 정했다.

호텔의 회전문을 밀고 들어갔다. 엘리베이터를 타고 15층으로 곧장 올라갔다. 엘리베이터의 유리벽으로 호텔 마당을 내려다보았다. 장난감처럼 총총 서 있는 자동차의 대열 위로 나뭇가지에 감긴 전선에서 불빛이 소금별처럼 빛났다. 호텔 주위로 강이 긴 띠를 이루며 흐르고 수은등이 산책길을 비추고 있었다. 붉은 카펫이 깔린 복도에 괴괴한 정적이 감돌고 있었다. 발바닥에 닿는 카펫의 감촉이 포근했다. 누가 들어오고 나가는 것에 철저히 입을 다물 줄 아는 장치. 붉은 카펫은 비밀을 갖고 싶은 사람들의 소리를 고스란히 먹어주었다.

1508호의 문을 두드렸다. 민은 실크로 된 나이트가운을 걸친 모습으로 문을 열었다. 방안에 오렌지색 불빛이 은은하게 깔려 있었다. 민의 목덜미에 매달린 오팔이 우윳빛 섬광을 뿌렸다. 신이 은하계를 물들이는 별 중에서 적색과 녹색, 청색의 아름답고 영롱한 별을 따서 우유에 넣고 흔들었다는 보석, 그게 바로 오팔이었다. 주인의 마음에 따라 색이 변한다는 오팔을, 로마에서는 힘의 상징으로 여겼고, 그리스에서는 예지의 상징으로 여겼다. 그러고 보니 10주년 결혼기념일이 다가왔다. 올해는 어떻게든 아내의 흰 목에 오팔을 걸어주자고 마음먹었다. 깨어 있는 듯 자고 있는 여자도 아름다워지고 싶은 염원은 갖고 있을 것이다. 민이 걸치고 있는 푸른색 나이트가운 탓일까. 민이 정교하게 깎은 얼음같이 느껴졌다. 그녀가 전화로 룸서비스를 부탁했다. 웨이터가 식사가 담긴 수레를 밀고 왔다.

셋째 금요일의 메인 요리는 코끼리 30마리를 끌고 알프스 산을 정복한 한니발 장군의 마지막 식사였다. 웨이터가 탁자에 요리를 옮겨놓으며 시대를 초월해서 교감을 나누는 세기적인 식단이라고 했다. 추억의 음식은 역사적 인물과 조우하는 재미와 그들이 즐겨 먹는 음식으로 꾸며진 별스러운 식사에 와인이 곁들여져 있었다. 세 번째 금요일이 지난 다음에 마시라는 글귀에 이슬이 송알송알 맺혀 있었다. 신선한 과일향을 자랑으로 여기는 보졸로 누보는 보관용이 아니기 때문에 정해진 날짜에 마시지 않으면 식초가 되어버린다고 했다.

민은 카르타고의 수장, 한니발 장군이 전쟁터에서 병사들과 나눠먹었던 닭고기 요리, 양념 농어 요리, 이집트 콩 수프, 양배추 경단이 곁들여진 요리를 우리들의 마지막 성찬으로 선택했다. 한니발은 전쟁터에서 먹던 고향의 음식으로 마지막 성찬을 들며 치욕과 굴욕을 버리고, 그를 명장으로 살게 해준 전쟁터의 시간으로 돌아갔다. 식사를 마친 그는 '내 도피생활은 끝났다.' 고 말한 뒤, 목이 긴 병에 든 보졸로 누보를 잔에 따랐다. 로마의 전리품이 되어 짐승처럼 끌려다니고 싶지 않았던 한니발 장군은 포도주에 독약을 타서 마시고 장엄한 생을 마쳤다. 죽음을 앞둔 사람의 마지막 식사라는 사실이 의미심장했다.

"불륜의 현장에서 먹기 미안한 식단이군요."

"누구나 조금씩은 사디즘을 즐겨."

"그런가요?"

와인을 따르려던 민이 크리스털 잔을 들어서 전등 불빛에 비추었다. 손자국인지 입술자국인지 분간하기 어려운 얼룩이 유리잔 테두리에 남아 있었다. 웨이터가 유리잔을 다시 가져왔다. 두 개의 유리잔에 와인을 따랐다. 민의 손에 술잔을 건넸다. 손도 얼굴처럼 나이를 먹는다. 손은 그 사람이 살아온 날을 보여준다. 맑은 색 매니큐어에 손톱 끝만 흰색을 발라서 깨끗하게 처리한 터라 손의 나이가 더욱 선명하게 드러났다. 와인에 입술을 적시며 그녀가 말했다.

"그대로 사라진 줄 알았어."

"제가 갈 데가 어딨어요."

"정말 그랬음 좋겠어."

서로 입장이 다르니 어쩔 수 없다는 대답 대신 나는 보졸로 누보를 시원하게 들이켰다. 지금쯤 자판기가 전화를 두드리고 야단일 것이다. 그의 보스에게 연락이 가고, 보스는 민의 전화기를 두드리고. 빨리 끝내고 자리를 뜨는 것이 상책이었다. 이런 날이 오기를 기다렸다. 한 번은 치르고 넘어가야 할 홍역 같은 과정이 남아 있었다. 그것은 민과 나 사이에 남아 있는 마지막 계산이었다. 오늘이 마지막 만남이고 수일 후에 내가 바다로 나간다는 사실을 민이 끝까지 몰라야 했다. 집어삼킬 듯이 바라보는 민의 눈을 응시하며 술잔을 들었다. 그녀의 커다란 눈에 담긴 어둡고 쓸쓸한 그림자가 촛불처럼 흔들렸다. 그녀의 젖은 눈빛에 불안이 가득했다. 문득에 손이 끼던 날의 내 눈빛처럼. 그녀에게 내가 일 년 동안 만나온 류 원장을 소개하고 싶다. 영혼도 감기를 앓고 폐렴을 앓는다. 영혼도 아프면 치료를 받아야 한다.

　"요즘 네 번째 결혼을 생각하고 있어."

　"외로운 것보다 낫겠네요."

　"정말 그렇게 생각해?"

　"그럼요. 행복을 찾는 일인데."

　"그 상대가 너라면, 내 청혼을 들어줄 수 있니?"

　대답 대신에 그녀의 술잔을 채워주었다. 아내가 있다고 했으면 그녀가 술잔을 날렸을지도 모른다. 민은 아는 얘기를 읊어대는 걸 가장 싫어한다. 민이 급하게 술잔을 비웠다. 양배추 경단을 집어 그녀의 입에 넣어주었다. 창백한 얼굴에 떠오른 낙망이 술잔에 부질없이 흔들렸다. 그녀의 잔을 채워주었다. 거푸 술잔을 비웠다. 닭고기 찹쌀구이를 먹여주었다. 입은 요리를 먹고 눈은 나를 향한 채로 반눈을 감았다. 차라리 취해서 잠들어버리는 게 낫겠다 싶어서 또다시 술잔을 채웠다. 눈여겨보지 않아도 어떤 상태인지 알 듯했다. 까칠하고 창백한 안색과 충혈된 눈빛이 극심한 우울증과 불면의 상태를 말해주었다. 내가 도와줄 일은 없는 듯싶었다. 내 우울증과 불면을 스스로 감당 못해서 심리상담소를 찾은 것처럼. 지금 많이 아프다고 소리를 치고 있는 그녀의 영혼을 구해줄 사람은 나도 아니고 자판기 보스도 아니고 돈도 아닌 심리상담연구소 원장뿐이다.

카지노에서 처음 만났을 때, 민은 내게 아이를 재워 봤느냐고 물었다. 잠투정이 심한 아이를 재워봤고, 자장가도 두 곡은 외운다니까 민이 잘 됐다며 자신을 위해 시간을 좀 내달라고 했다. 어쩌면 지금이야말로 민이 자장가를 가장 필요로 하는 때가 아닌가 싶다.

'사흘 동안 잠을 못 잤어요.'

'그러니 재워달라고요?'

'약도 안 듣고, 운동도 안 들어요.'

민은 눈을 감으면 죽은 남편이 나타나서 꿈자리를 어지럽힌다며 자신이 잠들 때까지 곁에 있어주면 일당을 주겠다고 했다. 목사를 불러서 안수기도를 받고, 굿도 해보고, 집안일을 하는 아줌마와 같이 자기도 했는데 아무 소용이 없더라며, 귀신들을 누를 만큼 기氣가 센 남자의 도움이 필요하다고 했다. 그녀는 재워주는 일당으로 조금 많다 싶은 돈을 내밀었다.

'일당을 아무리 많이 줘도 동반자살은 안됩니다.'

'그래주면 고맙지만 억지로 끌고 갈 생각은 없어요.'

자장가를 부르는 특별한 주문은 처음이어서 렌탈 가격이 좀 비싸다고 하자 여자는 하루만 같이 자보고 팀워크가 좋으면 피트니스 클럽에 등록을 하듯이 나를 사겠다고 했다. 선불을 준다는 조건으로 여자의 제안을 받아들였다. 돈 되는 일이면 무엇이든지 해야 할 때였다.

돈을 호주머니에 넣고 그녀를 등에 업었다. 너무 무겁지도 가볍지도 않은 무게였다. 여자의 속내를 모르지 않지만 돈을 버는 일인데 아무러면 어떠냐 하는 심정이었다. 업고 방을 맴도는 동안 그녀는 정말 잠이 들었다. 자리에 눕힐 때 깨는 듯싶었는데 옆에 누워서 아기를 재울 때처럼 토닥토닥 두드려주자 다시 잠들었다. 잠들 때까지 곁에서 지켜달라는 말은 생전 처음 들어본 부탁이었다. 어차피 잠은 자는 것이고, 영애가 아니라면 어디서 누구와 자든 상관없었다.

민을 그렇게 만났다. 섹스를 할 때는 발정이 난 준마가 되었고, 쇼핑할 때는 짐꾼이 되었고, 여행할 때는 모범기사가 되어 온몸으로 봉사했다. 내가 민의 부름에 고분고분했던 건 그녀가 적당한 시기에 알아서 지갑을 열어주었기 때문이다. 자판기의 보스가 나타나기 전까지는 그런 대로 원만한 관계였다. 취기가 도는 그녀의 곁에 누워서 팔베개를 해주었다. 그녀가 원하는 게 정신적인 안정인 것을 알기에. 지금 그녀는 내가 죽고 싶도록 외로웠던 것처럼 사랑받고 있다는 느낌이 절실히 필요했는지도 모른다.

그녀의 눈에 갈망이 떠올랐다. 눈자위가 발갛게 익은 그녀를 보고 있는 동안 희미하게 연민의 불씨가 일었다. 넘치지도 부족하지도 않게, 하룻밤 사랑에 알맞은 감정이었다. 이제 내가 바다로 나가버리면 누구에게 이런 부탁을 할까 하는 터무니없는 연민, 정이 든다는 게 이런 것인가 하는 생각이 들었다. 돈으로 만난 관계여서 등을 보이고 돌아서도 마음에 남을 것이 없을 줄 알았는데, 거기 설명하기 어려운 뭔가가 꿈틀거리고 있었다. 그녀가 입술을 가져왔다. 그녀의 입에서 와인 향에 어우러진 양배추 냄새가 났다.

"사흘만 같이 지내자."

민의 제의에 어처구니없다는 듯 웃고 말았다.

"왜 사흘이에요?"

"하루는 나를 위해, 하루는 너를 위해, 나머지 하루는 나의 신을 위해."

내가 웃음을 참지 못하고 키득거리자 여자가 농담 아니라며 정색했다.

"사흘만 내 것이 되어줘."

"남자를 울에 가두려 하시네요."

"서로에게 소속감이 생기니까."

"가둬놓고 뭘 하시려고요."

민은 그냥 곁에 있어주면 된다고 했다. 잠들기를 기다려주고, 아침에 눈뜰 때 서로의 얼굴을 볼 수 있고, 침대에서 함께 식사를 하며 사흘 동안 침대에서 내려오지 않고 뒹굴었으면 좋겠다고, 민이 내 목에 팔을 감으며 말했다.

"그래줄 수 있지?"

평생 돈 걱정하지 않게 해준다는 약속 같은 건 못 들은 척하는
게 낫다. 독 사과 같은 그 말은 그녀 자신에게 들려주는 것일 뿐,
나와 아무 상관이 없으니. 민에게 맨홀 식탁에서 자라던 식충식
물 생각나느냐고 물었다.

"파리지옥은 한 생애에 벌레를 세 마리만 잡아먹어야 해요."

"더 먹으면 어떻게 돼?"

"붉은 잎이 새카맣게 변해서 죽게 돼요."

"어째서?"

"단백질 과잉 때문에."

"신이 참 짓궂네. 고기 맛을 아는데 어떻게 서너 마리로 그칠
수 있어?"

그러니까 슬픈 식물이라니까 그녀는 자기 얘기 같다며, 세 남
자와 살아봤으니 결혼을 한 번 더 하면 죽는 거냐고 물었다. 죽
는 게 무서워서 먹이를 보고도 모른 척하는 건 욕망에 대한 배반
이 아니냐고.

"네 마리든 다섯 마리든 생겨먹은 대로 잡아먹어야 식충식물
이지. 신은 왜 파리지옥을 욕망덩어리로 만들어놓고 거세를 강
요하느냐고."

"신이 장난기가 많나 보죠."

민이 팔을 뻗어 셔츠의 첫 단추를 열었다. 오렌지색 불빛으로 방안은 알맞게 밝았고, 햇볕을 쬐는 듯 불빛이 조금 따사롭게 느껴졌다. 눈을 감았다. 마지막으로 영애와 자본 것이 언제였지? 그녀를 씻어준 것은?

아내의 어깨에서 슬립 끈을 내린다. 가녀린 목에 입술이 닿으면 아내는 풋내기 소녀처럼 몸을 움츠린다. 아내를 번쩍 들어 안고 욕조로 간다. 그녀가 깔깔대고 웃는다. 물방울이 보글거리는 스파에 그녀를 집어넣고 발뒤꿈치부터 깨끗이 씻어준다. 두 장의 꽃잎에 손이 닿자 파리지옥이 얼른 입을 다문다. 그녀와 첫날밤을 보낸 건 창밖으로 바다가 보이는 호텔이었다. 8년 전 그날, 그녀는 내 여자가 되었고, 나는 그녀의 남자가 되었다. 그 호텔 그 방에서 아이를 가졌다. 일 년에 한 번씩 그 호텔을 찾아가자고 약속했지만 지키지 못했다.

"눈 뜨고 나를 봐."

여자가 말했다. 아내는 간 곳 없고 초라한 내 손이 비누거품을 휘젓고 있었다. 여자가 나를 가까이 당겼다.

'이건 어디까지나 일이야.'

손이 하는 말을 가슴이 못 알아듣고, 가슴이 하는 말을 손이 못 알아듣는 날이 있다. 몸과 마음이 서로 다른 꿈을 꾸는 날은 타인인 것처럼 서로 외면하며 눈을 감는다. 그녀의 요구대로 좁은 상자 속에 든 구두 같은 자세로 누웠기 때문에 여자의 깊은 골짜기를 자세히 관찰할 수 있었다. 검은 숲에 가려진 두 장의 꽃잎은 뽕나무나 말오줌나무에서 자라는 목이버섯처럼 검은 빛이 많은 적갈색으로 탈색되어 있었다. 손가락으로 만질 때마다 입을 다물었다 열렸다 하는 적갈색의 탈색된 잎이 벌레를 삼키기 직전의 파리지옥을 연상시켰다. 축축하고 이끼가 낀 지역에서 자라는 식충식물. 파리지옥은 잎사귀에 벌레가 앉으면 가시처럼 톱니가 돋은 잎을 오므려 문을 닫는다. 영국 왕실의 귀부인이 식사를 하듯이 잎을 꼭 다물고 벌레를 천천히 녹여서 잡아먹는데, 햇빛이 많을수록 잎이 닫히는 속도가 빨랐다. 벌레를 잡아먹으면 표면의 침샘에서 곤충을 소화하는 붉은 수액이 분비되기 때문에 잎 전체가 붉은색을 띠게 된다. 파리지옥의 잎사귀는 운명적으로 한 생애에 벌레를 딱 세 마리만 잡아먹을 수 있게 되어 있다. 만약 벌레를 세 마리 이상 삼키면 단백질 과잉섭취로 시커멓게 빛을 잃다 죽고 만다. 자연의 법칙은 지엄하고도 오묘하다. 철저히 절제의 미덕을 가르치고 욕심이 과할 때는 서슴없이 죽음을 안겨준다. 물론 죽고 난 잎사귀 옆에 새로운 잎이 움트며 끊임없이 개체가 번식하기 때문에 파리지옥은 죽어도 죽는 것이 아니다. 여자의 꽃잎을 바라보며 내 자신이 벌레가 된 것을 느낀다. 파리지옥은 수액을 흘리며 벌레를 천천히 녹여서 단백질을 빨아먹는다. 여자가 콧노래를 흥얼거렸다.

"이대로 죽어버렸으면."

"오늘은 안돼요."

"책임지는 일이 생길까봐 무서워?"

"제가 사장님을 감당할 그릇이나 되어야 말이죠."

그녀의 이마에 입술을 댔다. 마지막 만남을 그르치지 않기 위해 최선을 다했다. 사내의 목에 올가미를 걸고 죄었다 풀었다 하는 것이 그녀가 살아가는 방법이라고 해도, 섹스 하는 순간만은 욕망에 충실하기로 했다. 민이 목소리를 낮추어 말했다.

"절벽에서 뛰어내리는 기분이겠지?"

"그만 하세요."

"정말 그런 순간이 온다면 너를 껴안고 뛰어내리고 싶어."

섹스 하는 순간만이라도 순수하기를 바란 건 내 이상이었던가 보다. 난 어느 누구를 위해서도 죽을 생각이 없는데 그녀는 나를 재물로 쓰고 싶어 한다. 날마다 따뜻한 밥을 지어서 식탁에 마주 앉고, 하얀 생크림 케이크를 나눠먹고 저장 탱크에서 묵은 오래된 와인을 마시며, 우리가 누구인지를 잊어도 좋은 시간을 보내고 싶다며, 그녀는 환상 어린 유희를 그치지 못한다. 민은 술에 취하면 말이 많아진다. 했던 소리를 또 하고 술이 깨면 또 마시며 밤을 새운다. 그런 민을 재우기 위해 준비해온 것이 마리화나다. 적당히 취한 상태에서의 섹스는 그녀를 최고도의 상태로 떠밀고 간다. 그녀가 원하는 게 그것이다. 죽음 직전까지 가보는 것. 설마하니 둘이서 나누어 피운 마리화나 한 대로 죽을 턱이 없지만 그래도 염려가 되어 평온한 숨을 내쉬는 그녀 곁에서 고른 숨결이 이어지는지 확인을 해본다.

잠든 그녀를 지켜보며 옷을 입었다. 소리를 무음으로 틀어놓은 텔레비전에 어딘지 모를 섬 하나가 떠올랐다. 사방이 바다와 하늘이 맞닿아 있는 무인도에 두 명의 아이와 나이든 어른 한 명이 갇혔다. 한 달, 두 달, 일 년이 지나도 섬 주위로 배 한 척 지나가지 않는다. 어른 남자가 죽고, 두 아이가 자라서 사랑을 하고 아이를 낳았다. 그래도 그들을 구해줄 배는 오지 않는다. 에메랄드빛 바다가 화면을 가득 채운다. 물새가 한가로이 날아다닌다. 세 사람에게는 섬이 거대한 함정이고 신세계라는 얘기. 다행히 숨이 떨어지기 전에 구조되고 아기를 포함한 세 사람은 마침내 무인도를 벗어난다.

이 세상에 벗어나기 어려운 함정이 어디 무인도뿐일까. 도심

곳곳에 뚜껑 열린 맨홀이 도사리고 있는 것을. 영애처럼 운 나쁘게 구덩이에 발을 빠뜨려 언제까지나 거기 머무는 사람이 수도 없이 많다. 끊임없이 밀려가고 밀려오는 파도가 방을 섬으로 만들어놓았다. 사방에 파도가 철썩이고 갈매기 울음소리가 들리는가 하면, 바닷물을 금빛으로 물들이는 햇빛조차 투명하다.

그녀의 팔을 살며시 내려놓고 목까지 이불을 덮어주었다. 다크서클의 음영이 눈자위에 짙은 그늘을 드리우고 있었다. 여자의 나이는 잠든 얼굴에 나타난다던가. 취기에 힘입어 아침까지 푹 잠들어 있을 것이다. 자장가 따위는 필요 없다. 그녀의 베네통 가방을 열어 태우의 자동차 열쇠를 꺼냈다. 자고 나면 아무것도 기억하지 못하는 시간의 제단에 사위어가는 욕정을 바치고, 시시각각 물기를 잃은 꽃처럼 여자의 나날은 그렇게 퇴색되어 갈 것이다. 잠든 민의 모습은 욕망에 굶주린 도시의 얼굴이었다. 늘 허기가 지지만 그나마 돈의 힘을 빌려서라도 사랑을 희롱할 줄 아는 지혜라도 가졌으니 다행이랄 수밖에. 푸르죽죽하게 뜬 기미와 마스카라가 덜 지워진 눈자위에 우수가 서려 있었다.

"사람은 식충식물이 아니니까 걱정 말고 푹 주무세요."

따라다녀야 하는 사람 말고, 따라오는 사람을 붙잡으라고 일러주었다. 전등을 끄고 방을 나섰다. 내 뒤에서 생의 한 단락이 닫

했다. 뭔가 잘 될 것이란 기대를 걸고 있는 동안엔 세상이 살만
하다. 설령 그게 돈의 힘이라 해도. 날이 밝으면 음모와 야합, 간
음, 협잡으로 물든 도시의 퇴폐적인 얼굴 위로 찬란하게 해가 비
칠 것이다. 잠을 깨고서도 꿈을 깨지 못하고, 그 꿈 때문에 일상
이 괴롭다면 심리 상담을 받아보는 게 좋다. 영혼이 비명을 지르
게 내버려두는 것도 자신에게 죄를 짓는 것이다. 아프면 의사에
게 치료를 받는 게 옳다. 내 스스로 목숨을 끊고 싶지 않아서 내
발로 상담소를 찾아갔다.

　이별이라는 느낌도 없이 치른 이별식을 뒤로 하고 거리로 나왔
다. 택시를 타고 유료주차장으로 갔다. 주차비를 치르고 태우의
은색 울프를 몰고 나왔다. 그 녀석을 찾기 위해 내가 어떤 노력
을 했는지 태우가 안다면……. 그런 건 영원히 비밀이어야 한다.
내 마지막 자존심을 위해서. 태우의 아파트 주차장에 차를 세우
고 전화번호를 눌렀다. 창을 내다보라고 했다. 캄캄하게 불이 꺼
져 있는 아파트를 올려보며 자동차의 잠금 키를 눌렀다. 찰칵하
며 네 개의 문이 잠기고 노란 불이 꺼지며 좌우 사이드미러가 얌
전하게 접혔다. 태우가 베란다로 얼굴을 내밀었다. 키를 눌러 자
동차 문을 다시 열었다. 찰칵, 하는 소리와 함께 울프가 노란 불
을 밝혔다. 파자마 바람으로 뛰어나온 태우에게 열쇠를 건넸다.

그가 자동차 문을 열어보며 말했다.

"나의 울프가 돌아온 거야?"

"그래, 마침내 돌아왔어."

태우가 나를 와락 껴안았다. 돌아온 애마를 만지고 또 만지는 그에게 유료주차장까지 태워달라고 했다. 밴이 거기 있었다. 태우는 파자마 차림으로 울프에 올랐다. 이십 대 청년들처럼 음악을 쾅쾅 울리며 달리는 그를 보며 나는 목에 걸려 있던 가시를 뽑아 던졌다. 속이 후련했다.

태우의 휴대폰을 빌려 신혜에게 전화했다. 오늘은 그녀가 쉬는 날이고 함께 수제비를 빚어먹기로 한 날이었다. 그녀에게 미안하다며 오늘은 급한 일이 있어서 못 가겠다고 했다. 똥개 잡종이 된 것 같은 이런 마음으로는 어느 누구의 곁에도 얼씬거리지 않는 게 옳다. 파리지옥도 벌레를 잡아먹고 나서는 일주일 동안 잎을 다물고 지낸다. 내게도 영혼을 씻어낼 시간이 필요하다. 내 영혼의 혼탁함이 가실 동안 마 선장에게 다녀오기로 했다. 주인이 있건 없건 가을은 햇빛을 듬뿍 받으며 열매의 단맛을 올리기에 충실하고, 산천은 곱게 물든 나뭇잎을 떨어뜨리며 겨울을 준비한다. 전화를 끊고 나자 태우가 옆구리를 쿡 찔렀다.

"짜식, 연애하는구나."

"연애야 날마다 하지. 나를 찾는 사람이 좀 많아야지."

"그런 거 말고. 진짜 연애, 사랑 말이야."

"모르겠어, 이게 사랑인지."

태우는 나무도 돌도 쥐도 벌도 지렁이도 잠자리도 하늘의 구름도 연애를 한다면서 아내에게 들키지만 말라고 했다. 진짜 바람둥이는 냄새도 피우지 않고 바람을 피운다며, 배우자에 대한 예의를 뇌까렸다. 나는 '바람둥이'란 단어를 읊조리며 웃고 말았다. 차라리 영애가 당신 바람났냐며 눈을 부라리고 따지면 그 대거리를 얼마나 즐겁게 받아주겠는가. 아이를 낳기 전까지의 짧은 결혼생활을 하는 동안 영애와 한 번도 싸우지 못했다. 지난 7년간 가장 아쉬운 게 그것이었다. 추억할 게 너무 적다는 것. '바람이라니! 당신 지금 나를 의심하는 거야?' 소리 지르고 설득하고 전화기까지 던지며 쇼를 벌이는 빤한 수작으로 아내를 안심시키는 서툰 짓이라도 해봤으면 얼마나 아름다운 추억이 되었을지. 말다툼이든 싸움이든 침묵만 아니면 무엇을 못 참을까. 태우가 갓길에 차를 세우고 누군가의 번호를 눌렀다. 지금 간다, 하고 전화를 끊었다. 어딘지 모르지만 밤늦은 시간에 밀고 들어갈 곳이 술집 말고 또 있을까 싶었다. 그렇다 해도 지금 그는 잠옷차림인 걸. 술집으로 가지 않을까, 하는 내 예상을 깨고 태우가 들어간 곳은 실내골프장이었다. 마당에 불이 훤히 켜져 있었다. 주차장에 자동차가 줄줄이 서 있고 연습실에는 늦은 밤에도 골프를 치는 사람들이 있었다. 울프의 트렁크를 열자 골프채가 묵직하게 실려 있었다. 태우의 울프를 유료주차장에 넣으면서도 골프채가 실려 있다는 생각은 못했다. 그가 골프채를 요모조모 살피며 말했다.

"보기보다 꽤 비싼 장난감이야."

퍼터가 24K 금으로 된 반짝이였다.

"떡 본 김에 제사 지낸다고, 한 번만 휘두르고 가자."

차 소리를 듣고 젊은 남자가 나왔다. 골프장 매니저가 잠옷 바람으로 온 태우를 어이없는 눈길로 쳐다보았다. '뭐야, 이 꼴은? 영화 찍어?' 두 사람은 가벼운 포옹으로 인사를 대신하고 안으로 들어갔다.

"광대 승천하는 날이라 참을 수가 없어서 쳐들어왔다."

"좋은 일이 있나 보네."

"새로 태어난 기분이야."

매니저와 태우가 그동안 왜 오지 않았느냐, 외국에 나갔다 온 거냐 하는 등의 안부를 주고받으며 시타석으로 갔다. 태우는 익숙한 자세로 퍼터를 휘둘렀다. 엉겁결에 이루어진 이벤트인데도 전혀 낯설지 않은 그 모습이 나를 어리둥절하게 했다. 태우가 어떻게 살았는지 잠깐 잊고 있었다. 잠옷을 입었는데도 그게 조금도 어색하지 않고 동네 친구끼리 만나서 놀고 있는 데자뷰 현상이 일었다. 태우는 잠옷자락을 펄럭이며 골프채를 휘둘렀다. 생활습관이 품격을 형성하는 거라면, 골프채가 어울린다는 이유만으로 그는 충분히 귀족이었다. 잠시 엇길로 샜다고 본색이 바뀌지 않듯이 금빛 골프채가 어울리는 삶이 따로 있다는 걸 처음 알았다. 하루아침에 골프채만 든다고 품위가 형성되는 게 아니고 그것은 오랜 시간 숙성이 되고 몸에 익으며 체질화된다.

"이리 와봐. 가르쳐줄게."

태우가 한 점 흐트러짐 없는 깨끗한 자세를 보여주고는 내게 골프채를 쥐어주었다. 내가 한 시간 동안 같은 자세로 연습할 동안 태우는 매니저와 얘기를 나누었다. 정확하게 한 시간 후에 골프장을 벗어났다. 매니저에게 늦게 와서 미안하다며 다음에 술 한 번 사겠다 이르고 골프장을 나왔다. 반짝이를 본래 자리에 넣으며 태우가 오랜만에 몸을 풀었다며 흥분을 감추지 못했다. 태우에게 참았던 한마디를 해주었다.

"네게 어울린다. 이런 삶이."

숨길 수 없는 내 진심이었다. 태우가 피식 웃으며 그걸 이제 알

왔느냐고 놀렸다.

"앨리스처럼 이상한 나라를 다녀온 것 같아."

"두 번 경험하지 못할 시간을 산 기분이 어때?"

"척박한 삶의 그늘을 알겠다. 거기 살고 있는 사람들의 마음
도."

"다 잊고 예전처럼 잘난 척 으스대고 살아라."

"조롱하는 거야?"

"자기 놀던 물이 편하다는 얘기지."

태우가 내 어깨에 팔을 걸며 휘파람을 불었다. 그는 제 발로 걸
어찬 세계를 그리워하면서도 한편으로는 귀향을 두려워하는 것
으로 보였다. 밤길을 천천히 달리며 태우가 열에 들뜬 목소리로
말했다.

"선배에게 가서 일을 착실히 배울 거야."

다시 일어설 수만 있으면 선배 밑에서 머슴이라도 살겠다고 했
다. 내가 민의 손아귀에 잡혀서 머슴살이를 했듯이 자기 역시 본
래의 자리로 돌아가기 위해서 무슨 짓이든 하겠다고 했다. 태우
가 나를 돌아보며 물었다.

"누가 가장 나쁠까? 돈을 잃은 놈, 따먹은 놈, 개평 뜯는 놈 중
에서."

"그 나물에 그 밥이지."

"친구니까 바른말 하는데, 남의 돈을 따려고 눈이 시뻘건 놈도 나쁘지만 자릿세 떼고 비싼 선이자 떼는 놈이 더 나빠. 꽁지보다 더 나쁜 인간은 속임수를 쓰는 놈."

"속임수를 쓰는 놈보다 더 나쁜 인간은 속는 놈."

"속는 놈보다 더 나쁜 인간은 착한 놈."

태우의 어깨에 팔을 걸고 키득대며 웃었다.

"그런 곳에 얼쩡거려도 이젠 말려줄 사람 없을 거야."

"걱정마라. 그런 삶은 한 번이면 족하다."

노름이 체질에 맞지도 않더라며 태우는 걱정하지 않아도 된다고 했다. 강변에 차를 멈추었다. 다리 난간으로 저벅저벅 걸어가는 것을 보고 깜짝 놀라서 덜미를 잡았다. 그러자 태우가 자살하려는 거 아니라며 차에서 갖고 내린 지폐다발을 흔들었다. 노름판에서 딴 돈이었다. 돈은 왜, 라는 물음에 대답도 않고 태우는 종이띠를 풀어서 강에 한 장씩 뿌렸다. 지폐가 팔랑거리며 바람에 날렸다. 캄캄해서 먹물 같은 강에 지폐가 낙엽처럼 떨어졌다. 한 장, 두 장 떨어진 지폐가 강을 따라 흘렀다. 산책을 하던 사람들 귀가를 하던 사람들이 깜짝 놀라서 다리 난간을 쳐다보았다.

"됐어. 그만해."

나는 반 남은 태우의 돈을 빼앗았다. 그는 액막이처럼 꼭 해보
고 싶었던 일이라고 했다. 지폐는 강물을 따라 마냥 흘러가고 강
가에 검은 어둠만 자욱했다. 태우를 차 안에 밀어 넣었다.

　"그만 가자."

12

바다에 안개가 자욱했다. 안개는 갯내음을 실어 나르며 바람이
부는 대로 떠밀려 다녔다. 어물시장이 환하게 불을 밝혀 새벽 장
을 열고 있었다. 장을 보려는 사람들이 모여들어 어물시장이 활
기차게 움직였다. 해장국집 문틈으로 새나오는 하얀 김이 새벽
공기 속으로 흩어졌다. 바다가 방파제를 핥으며 철썩였다. 안개
에 덮인 바다 저편이 발갛게 물들고 있었다. 해가 뜨기 전이 가
장 어둡다. 바다는 아직 먹빛인데 오징어잡이 배들이 집어등을
휘황하게 밝히고 들어왔다. 오징어잡이 배가 부두에 닻을 내리
자 기다린 듯 트럭이 다가왔다. 어부들은 흑산도 해역에 오징어
떼가 몰려들어 '물 반 오징어 반'이라고 했다. 집어등을 밝히고

들어오는 배가 모두 흑산도 해역을 다녀오나 보았다.

마 선장이 출두하려면 한나절은 지나야 할 것 같았다. 술이 채 깨기도 전에 막차를 타고 달려와 새벽 동트기 전에 부두에 닿았다. 선장과 약속이 되어 있는 것도 아닌데 당장 오지 않으면 영원히 기회를 잃어버리고 말 것처럼 허겁지겁 날아왔다. 오징어잡이 배와 트럭에 연결된 컨베이어벨트로 오징어 궤짝이 실려 나오고 있었다. 배 밑바닥에 있는 청년이 궤짝을 들어 올리면 갑판에 서 있는 사람이 받아서 컨베이어벨트에 올리고, 다시 그것을 내려서 트럭에 차곡차곡 쌓는 작업이 계속되고 있었다. 팔뚝에 힘줄이 불끈 솟는 청년의 이마에서 땀방울이 굴러 떨어졌다. 오징어 궤짝이 트럭 짐칸을 가득 채웠다.

지남호 갑판에서 한 늙수그레한 사내가 물청소를 하고 있었다. 지남호에 올라가서 사내에게 선장을 만나러 왔다고 했다. 약속이 되어 있느냐고 묻는 선원에게 그렇다고 대답했다. 사내는 배의 고물을 가리키며 기다리라고 했다. 나는 선장이 나올 때까지 눈을 붙일 요량으로 배 고물에 누웠다. 고물은 잠을 자기에 얼마나 적당한 곳인지. 먹을 수 있을 때 먹고, 잘 수 있을 때 자고, 일할 수 있을 때 일하고, 놀 수 있을 때 놀자는 것이 내 인생철학이었다. 눈만 감고 있을 참이었는데 의식이 가물거리며 멀어졌다.

아득해 보이는 어둠 속에 아흔아홉 대의 게임기가 소음을 뱉어내고, 52장의 카드가 펼쳐진 테이블과 자욱하게 덮인 담배연기. 수북이 쌓인 판돈이 환청인 듯 눈앞에 활짝 펼쳐졌다. 정확하게 어딘지 모를 가슴 한곳이 저리고 아팠다. 거기 무엇을 두고 왔기에 마음이 켕기는 것인지. 그 환각에서 깨어나려면 얼마의 시간이 흘러야 할지. 나는 영문 모를 불안이 피어오르는 것을 묵묵히 응시했다.

"이봐, 일어나."

누군가 나를 흔들어 깨우는 통에 눈을 떴다. 선글라스를 낀 사람이 나를 내려다보고 있었다. 나는 벌떡 일어나 그에게 절을 꾸벅했다. 잠시 눈을 붙였는데 열 시간쯤 잔 것처럼 머리가 개운했다. 그대로 두면 이틀이고 사흘이고 내처 잠에 빠져 있을 것 같았다. 맨홀에 처박혀 있는 동안 제대로 자본 적이 없다. 수잠으로 때운 피로가 한꺼번에 풀리는 느낌이었다.

"누군데 여기서 자는 거야."

선글라스를 벗자 블론드 빛의 낯익은 얼굴이 드러났다. 바닷바람과 햇빛에 그은른 얼굴이 검은 윤기로 번들거렸다. 마 선장이 허리에 두 팔을 얹고 서 있었다. 머리칼이 하얗게 센 것을 빼고는 예전 그대로였다. 지나간 시간을 느끼게 하는 건 그의 흰 머리칼뿐이었다. 그는 여전히 매력이 넘치는 마도로스였다. 카지노에서는 수억의 잭팟을 터뜨리는 사람이 가장 멋있어 보이고, 골프장에서는 숏을 잘 날리는 사람이 장땡이고, 노름판에서는 돈을 따는 사람이 최고로 멋있어 보인다. 사람들은 일 욕심 많고 먹성 좋고 사람조차 좋은 그를 '마 선장' 이라고 부른다. 바다 사나이 마 선장은 가슴에 손수건을 달고 다니던 시절부터 아버지를 따라다닌 전형적인 뱃사람이었다. 그는 내 나이에 아버지를 대신해서 지남호의 선장이 되었고, 한강 유람선 정도의 작은 배를 오대양을 누비는 참치잡이 어선으로 키웠다. 그가 나를 골똘히 바라보았다.

"낯이 익은데 우리가 언제 만난 적 있나?"

"대학시절에 지남호를 탔습니다."

"아, 김 교장 제자라던 사람?"

"신문을 보고 돌아오신 걸 알았어요."

나는 호주머니에 넣어둔 화보를 끄집어냈다. 마 선장은 내가 준 화보를 보며 배가 좀 작아 보인다고 투덜거렸다. 배 그림과 나를 의심스러운 눈으로 뜯어보더니 할 줄 아는 게 뭐냐고 물었다. 나는 가장 잘 하는 게 요리지만 청소는 물론이고 배에서 하는 일을 대학시절에 이미 경험했기 때문에 무엇이든지 시키는 일을 다 할 수 있다고 큰소리쳤다. 내친김에 말을 덧붙였다.

"다시 만난 기념으로 제가 밥을 사겠습니다."

"난 공밥을 안 좋아하는데."

"홍어찜 잘하는 집을 알고 있어요."

"별로 생각이 없어. 어이, 김 씨 나 좀 보세."

선장은 청소하던 사내와 조타실로 들어갔다. 따라 들어오라고도 그만 가보라고도 하지 않았기 때문에 나는 갑판에서 그를 기다렸다. 큰소리를 쳤지만 정말 뱃일을 해낼 수 있을지 걱정이 되고 두려웠다. 하선 작업이 끝나고 오징어 궤짝을 실은 트럭이 부두를 떠났다. 오징어잡이 배의 밑바닥에서 궤짝을 올리던 청년이 컨베이어벨트를 걷었다. 청년은 배 밑바닥에 저장해놓은 수백 상자의 오징어를 들어 올리고도 별로 지쳐 보이지 않았다. 일을 마친 선원들이 왁자하게 떠들며 식당으로 몰려가고 부두는 아무 일도 없었던 것처럼 한산해졌다. 갑판에 올라온 선장이 다가오며 물었다.

"여기까지 온 목적이나 말해보게."

"배를 타고 싶습니다."

"바다는 낙오자를 받아주는 곳이 아니라네."

"도망 온 것이 맞긴 하지만 낙오자는 아닙니다."

"왜 굳이 배를 타려 하는가. 하던 일이 편할 텐데."

"고래처럼 넓은 곳으로 나가고 싶어서요."

"그 넓은 곳이 얼마나 외로운 곳인지 안다면 그런 말 못할 걸세."

"일 년이나 배를 탄 경험이 있는데 그걸 모르겠습니까."

예전에 군복무를 마치고 취직을 할까 복학을 할까 망설이다 실습 삼아 참치잡이 어선을 탔다. 먼바다에서 몸길이가 3m나 되는 참다랑어를 처음 보았다. 고등어나 전갱이 같은 미끼를 끼워서 참치가 다니는 길목의 수심에 가라앉혔다가 참치가 물면 걷어 올리는데, 척추 옆으로 기다란 쇠꼬챙이를 집어넣어서 동맥에 남아있는 피를 빼고 참치 몸통에 물을 뿌려서 얼음으로 코팅한 다음 영하 60도로 급랭시키던 과정이 아직도 기억에 생생하다고 했다.

"기운이 빠질 때마다 바다에서 펄떡거리던 참치의 생기를 생각하며 힘을 얻곤 했습니다. 제게 다시 한 번 기회를 주시면 열심히 일하겠습니다."

"난 헤라클래스처럼 힘이 센 사람이 필요하다네. 그 어깨가 뭔가. 날씬해서 여자들은 좋아하겠네만."

"제가 있는 동안에는 맛있는 밥을 책임지겠습니다. 제가 만든

닭가슴살 스테이크를 잊으셨어요? 생선으로 만들 수 있는 모든 메뉴를 맛보게 해드리겠습니다."

"바다로 나가고 싶으면 죽을죄를 짓지 않았는지 반성을 먼저 하는 게 좋을 걸세. 바다는 인정사정없는 재판관이니."

"겁나는 것 없습니다."

"김 교장 떠나고 얼마나 되었지?"

"15주기 지났습니다."

"아, 참으로 무상한 세월이군. 밥을 사겠단 말이지?"

"사게 해주시면요."

"그런다고 취직을 시킨다는 말은 아니네."

"홍어찜을 드시며 천천히 생각하시죠."

"그러지 뭐. 한 달 후에나 나가니까."

"제가 모시겠습니다, 선장님."

"따라오게. 여긴 내가 더 훤할 테니."

마 선장의 뒤를 따라갔다. 그를 아는 체하는 사람들이 많아서 수시로 멈추어야 했다. '마 선장님, 오랜만에 뵙네요. 이번에는 어딜 다녀오셨어요?' 또는 '얼마 만에 오신 겁니까?'라는 물음에 마 선장은 카리브해의 서인도제도에서 다랑어를 잡고 여덟달 만에 돌아왔다며 손가락 여덟 개를 펼쳐 보였다. 같은 인사를 반복하는 것만큼 수고로운 일이 있을까. 아는 사람이 많으면 눈만 마주쳐도 인사를 건네야 하고, 웃고 싶지 않을 때에도 웃는 표정을 짓는 불편을 감수해야 한다. 그러니 양쪽 눈가에 호랑이 콧수염 같은 주름이 뻗치지. 선장은 사람들이 아는척해 주고, 어디 갔다 왔느냐고 물어주는 걸 즐기는 눈치였다. 바다에 오래 떠 있어서 그런가. 일 년쯤 바다에 떠 있으면 물고기와 노는 것도 진력이 난다. 선장은 안면 가득 웃음을 담고 인사를 나누기에 바빴다.

"저기로 가세."

돔같이 생긴 흰색 건물이 해를 받으며 우뚝 서 있었다. 실습생 시절에 선원들과 몰려다니며 밥을 먹고 술을 마시며 떠들던 곳이었다. 집 모양은 그대로인데 도색을 했는지 흰색 건물이 되어 있었다. 입구에 커다란 수족관이 놓여 있었다. 두 개로 나누어져 있는 수족관의 한 곳에는 대게가 유리벽을 긁으며 돌아다니고, 그 옆에는 숭어와 광어, 감성돔이 헤엄을 치고 다닌다. 마 선장이 가게로 들어가려는 나를 멈추게 했다.

마 선장은 돌을 주워 땅바닥에 크고 작은 원을 세 개 그렸다. 원 안에 원을 포개놓은 식이었다. 겹쳐진 원은 화살의 과녁을 닮았고, 점수 역시 양궁과 똑같았다. 10. 9, 8……. 밖으로 튀어 나가면 0, 즉 무효가 되는 것이다. 마 선장은 원에서 다섯 걸음 떨어진 곳에 기다란 금을 그으며 말했다.

"혹시 동전을 가지고 있는가?"

"자판기 커피 열 잔은 뽑을 수 있습니다."

"열 개씩 던져서 지는 사람이 밥값을 내면 어떻겠는가?"

"편한 대로 하세요. 나중에 밥값 빼앗겼다고 억울해하지 마시고."

"내가 하고 싶은 말이네."

귀여운 늙은이. 세상에 존재하는 모든 노름에 통달한 겜블러에게 밥값 내기를 하자니 이렇게 재미있는 일이 어디 있나. 곧 죽어도 공짜 밥은 싫다 이거지. 부자가 더 짜다더니, 남의 밥을 공짜로 먹을 생각이 없다는 것은 행여나 공밥 먹을 생각은 꿈에도 하지 말라는 경고이기도 했다.

'밥을 안 사준다고 못 빼앗아 먹는지 두고 보라지.'

이기고 난 뒤에 인심을 쓸망정 게임은 무조건 이기고 보자는 것이 내 인생철학이었다. 그 유명한 포커 명언을 하나 빌리자면, 겜블의 가장 중요한 목표는 이기는 것이다. 짤짤이부터 시작해서 동전 던지기, 고스톱, 포커, 홀라, 하다못해 닭싸움을 해도 남에게 지고는 못 사는 성미인데 태클을 잘못 걸었다며 나는 소리

내지 않고 속웃음을 쿡쿡댔다. 예나 지금이나 마 선장의 장난기는 여전했다. 바다에서는 더할 수 없이 엄하고 무서운 사람이지만 배에서 내리면 마 선장 역시 여느 아버지와 다를 바 없었다. 마 선장이 먼저 과녁에 동전을 던졌다. 야구로 비교하자면 연습 공이었다. 솜씨라고 할 것도 없었다. 다섯 개 중에서 두 개가 바깥 원을 물거나 선 밖에 떨어졌다.

마 선장에 이어 내가 동전을 던졌다. 첫 번째 동전이 가운데 동그라미의 금을 물었다. 두 번째는 8점, 세 번째는 9점이었다. 마 선장의 이마에 일자 주름이 졌다. 척 보면 아는데, 나는 그가 약발을 잘 받는 타입이라는 것을 금방 알아차렸다. 노름판에 끼면 백발백중 호구다. 슬쩍 잃어주며 당기면 약발을 받아서 기둥뿌리까지 뽑아들고 따라올 타입의 호구. 맨홀에 있는 동안 그런 사람을 수도 없이 보았다. 태우와 찰스, 자재과 관리부장, 그 외 맨홀을 다녀간 수많은 호구들이 그랬다. 알고 보면 노름은 약발에 덜미가 잡혀 끌려다니다 끝나는 게임이다. 마 선장이 네 번째 동전을 던지며 물었다.

"주량이 얼마나 되나?"

"조금만 도와주시면 양주 두 병은 비웁니다."

"게임에서 이기면 술을 추가하겠네. 미리 말하지만 양주는 안

되네."

마 선장이 던진 여덟 개의 동전 중에서 여섯 개가 원 안에 들어가고, 두 개는 원의 바깥에 떨어졌다. 8점, 7점, 5점이 2개, 3점을 합쳐서 도합 25점. 내가 얻은 점수가 27점이었다. 선장의 수준에 맞추느라 애썼기 때문에 3점 차이면 많이 양보한 것이다. 내가 마지막 동전을 던졌다. 원 안에 들어가는 것이 동전에게도 힘이 드는 일인지, 땅에 떨어지자마자 개구리가 폴짝 뛰어오르듯이 원 밖으로 튀어나갔다. 원 밖에 떨어진 동전이 내 모습 같다고 여겼다. 결혼하고 사람답게 사나 했더니 아내가 저렇게 되었고, 장난삼아 맨홀에 놀러오라고 했더니 태우는 아예 노름판에 한 밑천을 털어놓았고, 그나마도 경찰의 습격을 받아 모든 것이 공수표가 되고 말았다. 이왕 빈털터리가 되어버린 바에야, 억지를 써서라도 선 안에 뛰어들 작정을 했다. 그런 각오로 선택한 것이 지남호였다. 나는 마 선장이 내 인생을 바꾸어줄 으뜸패가 되어주기를 기대했다. 아버지가 행운의 카드라고 믿었던 조커. 긍정적인 사고가 긍정적인 삶을 이끌어간다. 나쁜 패를 들었을 때는 '다이'를 외치며 잠시 물러앉는 게 살아남는 길이고, 서른다섯이면 아직 무대를 바꾸어 봐도 괜찮은 나이였다.

내게도 사람답게 살았던 때가 있었다. 아내를 만나서 사랑하며

사는 동안엔 행복했다. 운명은 우리를 평온하게 살도록 내버려
두지 않았고, 내 의지와 상관없이 나를 선 밖에 떨어진 동전으로
만들었다. 운명이 유독 내게만 인색해서 나는 여전히 선 밖을 맴
돌고 있다. 때때로 나는 역주행을 꿈꾼다.

광채를 흘리고 다니는 외제차의 꽁무니를 박아버리고 싶을 때
가 있다. 정각에 울리는 종을 멈추게 해서 세상의 모든 시간을
없애고, 은행 돈이 휴지가 되고, 명품가방의 가치가 뚝 떨어져서
루이비통이나 샤넬을 장바구니로 쓰고, 일 년 내내 죽자고 일하
고도 외국여행 한 번 못 가는 못난이를 장관자리에 앉히고, 한
달 뼈아프게 벌어도 생활비가 빠듯한 개미에게 로또 당첨의 영
광을 안겨주는 인생의 역전을 매순간 상상했다.

2점 차이로 진 게 억울한지 마 선장이 보너스로 한 개만 더 던
져보자고 했다. 나는 마 선장에게 보너스 게임을 양보하기로 했
다. 아버지뻘 아닌가. 그가 8점, 내가 7점이었다. 이겼다는 만족
감이 여유를 가지게 했는지 밥은 내가 사겠네, 라며 호기를 부렸
다. 순진한 기분파의 흥을 깨고 싶지 않아서 기분 좋게 먹겠다고
했다. 아버지도 기분에 따라 표정과 전략이 달라지는 사람이었
다. 아버지가 노름판에서 돈을 못 딴 것도 그 때문이다. 속을 너
무 잘 드러내는 사람은 남의 돈을 잘 거두어오지 못한다. 노름판

에 어울리지 않는 사람이다. 땅바닥에 흩어진 동전을 줍고 있으려니 마 선장이 동전 던지는 기술을 설파했다.

"우습게 봤겠지만 동전 던지기는 나이프를 던지는 것과 같다고 보면 돼."

초등학교 시절에 구슬을 많이 따려고 혼자서 시간만 나면 연습을 했다. 구슬이 튀어서 도망가는 통에 자갈을 주워서 굴리고 지우개를 굴리고 분필을 굴렸다. 그러다 동네의 노는 형이 스로잉 나이프로 목표물을 맞추는 걸 보았다. 그 모습이 너무 멋있어서 사과 깎는 칼로 흉내 내다 아버지에게 들켜 걷지도 못할 만큼 종아리를 세게 맞았다. 생각해보니 잘하는 게 하나도 없어서 부끄러웠고, 무슨 일로든 주목을 받고 싶었던 것 같다. 그날 이후 목표물 맞히는 연습을 관두고 세븐카드를 갖고 놀았다. 아직도 모르겠다. 스로잉 나이프로 멀리 있는 목표물 맞히는 기술과 세븐카드로 노름꾼도 속일 수 있을 만큼 능숙한 손재주 중에서 어느 것이 더 위험하고 나쁜지.

"요령을 가르쳐줄 테니까 잘 봐."

마 선장이 동전 던지는 요령을 가르쳐주겠다고 했다. 나는 순하게 고개를 끄덕였다.

"잘 좀 가르쳐 주십쇼."

"먼저 중지와 엄지로 동전을 잡고 검지로 동전의 테두리를 잡는 거야. 나이프를 잡듯이 손에 착 감기게. 목표를 정확하게 겨냥하면 동전으로 병도 깨뜨릴 수 있어. 가벼운 동전이 힘을 얻으려면 속도가 그만큼 빨라야겠지. 중지와 엄지는 동전의 방향을 잡아주고, 검지는 동전의 회전에 힘을 가한단 말이지. 손목과 어깨, 허리, 다리는 물론이고, 온몸의 근육이 동전의 비행에 관여한다는 걸 알아야 해"

5m 전방에 소주병을 세워놓고 선장이 동전 크기의 돌을 던졌다. 안타깝게도 돌이 병목을 비켜갔다. 두 번, 세 번. 고개를 갸웃거리다 두 걸음 앞으로 나가고서야 겨우 병목을 맞혔다. 내 차례였다. 나는 선장이 서 있던 곳에서 두 걸음 뒤로 물러나서 돌을 던졌다. 첫 돌에 병목이 날아갔다. 선장이 눈을 커다랗게 떴다. 쇠총으로 나무 우듬지를 맞추면 마 선장이 어떤 표정을 지을지 궁금했다.

"어릴 때 동네 구슬을 제가 다 땄어요."

식당으로 마 선장의 등을 밀었다. 입술을 실룩이며 웃는 마 선장이 아버지 같았다. 식당 유리문을 밀고 들어서자마자 선장은 사람들과 인사를 나누기에 바빴다. 상대편에서 아는 척 하는 경우도 있지만 대개 그가 먼저 아는척하며 친근함을 표시하기 때문에 상대방이 태무심하고 있다가 깜짝 놀란 얼굴로 악수를 받는 것이 무척 인상적이었다. 어째서 마 선장은 그렇게 많은 사람들을 알고 지내려 하는지. 행동이 부자유스러워지는 게 싫어서 구색친구도 만들지 않는 나로서는 선장이 매우 독특하게 여겨졌다. 궁금증을 참지 못하고 마 선장에게 물었다.

"귀찮지 않으세요? 일일이 아는 체 하려면."

"허허, 무사히 육지로 돌아왔다는 신고식이라네."

"사람이 그리웠나 봅니다."

"가보면 알겠지만 바다만큼 외로운 데가 없다네. 물 위에 떠 있다 돌아오면 지나가는 강아지하고도 인사를 나누게 되지. 배에서 물고기와 얘기를 나누고 갈매기와 얘기를 나누는 게 무엇 때문이겠는가."

"배에도 사람이 많지 않습니까."

"곁에 사람이 아무리 많아도 사막의 달이 된 느낌이 들 때가 있다네."

혼자 잘 노는 사람일수록 존재의 외로움을 더 사무치게 느낀다. 근원적인 외로움은 어느 누구도 피해갈 수 없다는 걸 아내가 가르쳐주었다. 마 선장이 말하는 그 외로움이란 게 아마도 내가 느낀 절대적인 고독과 통할지도 모른다. 외로움은 주위의 환경이나 사람으로 인한 것이 아니라 제 의식에서 비롯되는 것이고, 바다가 아니라 육지에 살아도 사람은 자신이 보고 싶은 것만 보게 되어 있다.

서빙하는 여자가 가스레인지 위에 전골냄비를 얹었다. 손질된 복어 위에 살아 있는 낙지가 얹혀 있고, 무, 콩나물, 미나리, 쑥갓 등의 나물이 수북하게 쌓여 있었다. 파란 불꽃이 냄비바닥을 핥았다. 냄비 바닥이 뜨거워지는지 낙지가 꿈틀거리며 사방으로 다리를 뻗치며 움직였다. 냄비 밖으로 나왔던 다리가 파란 불꽃에 닿자 낙지가 사지를 뒤틀며 요동쳤다. 선장이 몸통을 치켜들고 일어서는 낙지를 젓가락으로 꾹 눌러서 냄비뚜껑을 닫았다. 콩나물 비린내와 미나리 향기, 매콤한 양념이 어우러지며 찌개가 끓기 시작했다. 나는 마 선장의 잔에 소주를 채웠다. 첫잔을 들이킨 선장이 내 잔을 채워주며 말했다.

"첫 항해가 생각나는군. 마누라가 죽을 때도 난 바다에 있었다네. 돌아와서 마지막 인사를 나누고 싶은데 너무 멀리 나가 있어서 올 수가 없었지. 바다는 그런 곳이라네. 마땅히 돌아와야 할 때도 거기 그대로 머무를 수밖에 없는 곳. 떠나는 것은 마음대로지만 돌아오는 건 생각대로 되지 않는 곳. 어쩌면 유형지로는 더할 수 없는 곳인지도 모르네. 만약 삶에서 한 걸음 비껴서기 위한 거라면, 바다는 가장 적당한 선택이라네."

*

　마지막 상담이 한 시간 후였다. 일 년 동안 이어진 긴 만남이 마침내 종지부를 찍을 날이 다가왔다. 지난 일 년 간 우리가 주고받은 얘기를 파일로 묶으면 책 한 권은 나올 것 같았다. 한 사람의 가슴에 얼마나 큰 세계가 들어 있기에 그 많은 대화를 필요로 했는지. 맨홀에 발을 끊고서야 비로소 편하게 잠들었다. 오랜만에 아내 화실의 커튼과 이불, 요, 베갯잇까지 벗겨서 세탁기에 넣고 묵은 때를 말끔히 벗겨냈다. 세탁기를 세 번이나 돌린 후에야 빨래를 끝내고 거리로 나갔다. 대학시절처럼 휴대폰도 차도 친구도 없이 바지주머니에 손을 찌르고 늦가을 햇빛 속을 아무 생각 없이 돌아다녔다. 그렇게 한가하게 걸어본 게 언제인지.

　거리를 목적 없이 돌아다니다 눈에 익은 글씨체를 발견했다. 커피와 샌드위치, 케이크를 파는 테이크아웃점 유리문에 눈물이 흐르듯 흘려 쓴 글씨체가 눈에 띄었다. 티셔츠의 모양까지 또렷하게 페인팅 된 그 위에 씌어 있는 글씨가 바로 '라 트라비아타'였다. 그것은 춘희의 흰 셔츠 등에 써준 것이었다. 내 글씨가 카페의 창과 간판에 한 송이 장미꽃과 함께 심플하게 그려져 있는 것이 신기해서 창을 들여다보았다. 테이블 다섯 개뿐인 가게에서 춘희가 커피를 내리고 있었다. 고소하게 빵 굽는 냄새가 나고 테이블마다 손님이 앉아 있었다. 창 아래 놓여 있는 베고니아와 데이지, 로즈마리 등의 화분이 나란히 놓여 있었다.

가까운 꽃집에 가서 꽃망울이 열리기 시작한 복륜화에 축, 개업이라는 리본을 달아서 보냈다. 손바닥보다 작은 카드에 '드디어 해냈구나, 장하다!' 하고 적어 보냈다. 언제고 자기 카페를 하는 게 꿈이라던 춘희. 가게가 작긴 하지만 마침내 자신의 것을 이룬 용기가 대단해 보였다. 다들 뿔뿔이 흩어져 어딘가 제자리를 잘도 찾아들었다. 예고된 이별인데도 나는 무인도에 남겨진 것 같은 쓸쓸함에 몸을 떨었다.

엘리베이터를 타고 심리상담소로 올라가자 류 원장이 나를 기다리고 있었다. 그는 책이 펼쳐진 책상 앞에 조용히 눈을 감고 있었다. 조용히 앉아서 기다렸다. 마지막 만남이 될 터여서 그의 명상이 끝나기를 기다리는 시간마저 애틋했다. 지난 시간을 되돌아보니 여기 올 수 있어서 힘든 시간을 견뎠고, 잃어버린 자신을 되찾아가고 있었다. 살아간다는 건 가질 수 없는 욕망을 내려놓는 것이고, 방치하고 외면했던 자아를 찾아가는 것임을 깨달으라고 류 원장이 내게 시간을 주었나, 하는 생각이 들었다.

상담실을 두리번거리며 살폈다. 일 년 동안 드나들면서도 별로 눈여겨보지 않았던 풍경이었다. 상담실 흰 벽이 맨홀과 별다를 바 없는 감옥으로 여겨지는 것이 조금도 이상하지 않았다. 누구나 자기만의 방에 갇혀 살아가는데, 어째서 나만 갇혀 있다고 느꼈을까. 젊은이들이 가장 선망하는 직업에 속하는 의사도 붙박이 인형처럼 온종일 진료실에 갇혀 지내는 것을. 날마다 비슷한 병세를 듣고 비슷한 상담을 하고 비슷한 진단을 하고 사는 것이 권태롭지 않을까, 하는 터무니없는 염려를 하다 나도 모르게 웃고 말았다.

류 원장이 눈을 뜨고 일어나 전기주전자의 코드를 꽂았다. 명상을 한다는 것이 잠이 들었다고 했다. 전혀 잔 것 같지 않은 얼굴이었다. 주전자 코로 찻물이 넘었다. 찻잔에서 하얀 김이 피어올랐다. 류 원장이 찻잔을 들며 물었다.

"차향이 어때요?"

"맛보다 향이 더 좋은 것 같아요, 얼그레이는."

"홍차 향을 못 느끼겠다고 했던 거 생각납니까?"

"코가 막혀 있었나 봅니다."

"지금은 어때요?"

"향이 아름다워요."

"차 맛은?"

일 년 동안 홍차를 마셨는데도 아직 맛을 모르겠다. 류 원장이 따라준 여러 종류의 홍차가 다 비슷했다. 그 여럿 중에서 유독 얼그레이를 기억하는 것은 차의 붉은 빛깔이 매혹적이고 향이 아름답기 때문이다. 류 원장이 흰 사기잔에 차를 따르며 물었다.

"왜 깨우지 않았어요?"

"바쁜 일이 없어서요."

"쓸데없이 자신을 길들이는군요."

"삶이 제 편이 되어주지 않을 때는 그게 편해요."

오감이 돌처럼 굳어버려 냄새도 무덤덤하고 슬픔이나 기쁨도 무덤덤하긴 마찬가지인데 근래에 들어서 냄새 맡는 감각이 깨어났는지 향기가 느껴지기 시작했다. 류 원장은 그게 우울증으로 짓눌려 있던 인식능력이 살아나며 차향이 느껴지는 거라고 했다. 모든 것이 다가온 것 같지 않게 나를 지나쳤고, 시간도 남의 것인 듯 흘러가더니 언젠가부터 냄새가 나고 성욕이 살아나며 배가 자주 고팠다. 그럴 때마다 짐승처럼 마구 먹어댔다. 살 것 같았다. 어느 날은 육회비빔밥을 먹다 영문도 모르게 눈물이 흘러내려 울며 밥을 먹은 적도 있다. 아버지가 육회비빔밥을 아주

좋아했다. 사람을 미워한다는 건 그만큼 많이 사랑한다는 말이기도 하다는 걸 육회비빔밥을 먹으며 알았다. 그날 나는 육회비빔밥을 생전 처음 먹었다.

배부르게 실컷 먹은 날 밤에는 잠도 잘 잤다. 먹어도 맛을 모르고 안 먹어도 배고픈 줄 모르던 날은 잠도 잘 오지 않더라는 말을 들으며, 류 원장은 끓어오르는 감정을 마음에 담아두지 말고 부지런히 표현하라고 했다. 개인의 인지능력이 비로소 정상궤도에 오른 것도 아내의 상태에 지나치게 몰입되어 있었던 영혼을 자유롭게 풀어주었기 때문이라고. 류 원장에게 말은 하지 않았지만 아내를 신혜에게 맡기며 어려운 상황에서 나를 분리시킨 게 도움이 된 것 같았다. 가까이 있을 때 보이지 않던 아내가 멀리 떨어져 있으니 잘 보였다. 멀리서 바라본 아내는 내게로 열심히 걸어오는 중이었고 여전히 밝고 환했다.

"밤에 잠을 잘 잡니까?"

"두 시간마다 깨지는 않습니다."

"불면의 상태는 면했다는 말씀이군요."

아내가 생리를 시작한 터라 임신에 대한 걱정도 사라졌고, 아내에게 친구가 되어줄만한 사람까지 구했는데도 여전히 깊은 잠을 못 잔다니까 류 원장은 해소되지 않은 문제가 무엇인지 잘 들여다보라며 고삐를 슬쩍 당겨주었다. 말을 꺼내는데 시간이 걸렸다. 입 밖에 내는 순간 의미를 띠게 될까봐 두려웠던 말이었다. 목구멍에 걸린 돌을 뱉듯이 그 말을 끄집어내기로 했다. 살고 싶어 하는 나를 위해서.

"자살 충동 같아요. 잠을 방해하는 게."

처음에는 의식에 안개처럼 떠도는 것의 정체를 몰랐다. 자살이란 말을 뱉고 나자 가슴 한가운데 꽂혀 있는 바늘을 뽑아 던진 느낌이었다.

"그 말이 언제 나오나 했네."

"말을 꺼내기가 두려웠어요."

"던져버리니 시원하지 않아요?"

내 심중에 그토록 절실한 것이 숨어 있으리라곤 생각지 못했다. 실제로 자살 사이트를 기웃거리기도 했다. 머릿속으로는 자동차에서 에어컨을 켜둔 채 잠이 든다거나 연탄불을 피우는 상상도 했다. 쓸개에 박힌 돌이 하루아침에 생긴 것이 아니듯 살인의 충동 역시, 우연히 바람에 날아온 홀씨 같은 것이 아녔다. 세포가 늙어가듯이 탈모증상으로 머리카락이 빠지듯이 삶의 의욕이 뭉텅뭉텅 빠져나가는 느낌. 그것이 수시로 나를 툭툭 건드렸다. 그런데도 여태 살아 있는 건 죽음에 대한 욕구만큼 살고 싶기 때문이었을 것이다. 난 아직 제대로 살아본 적이 없으니.

"지금은 어때요?"

"방법을 찾았어요."

"어떻게?"

"더 나쁜 놈이 되려고 해요."

"구체적으로 예를 들면?"

"아내를 두고 바다로 나가려고요."

"간병인에게 맡기고 말이죠?"

"어머니도 계시지만 지금 있는 사람이면 믿고 떠나도 될 것 같아요."

"아내의 친구가 되어주던가요?"

"교감이 이루어진 게 확실해요. 다시 생리를 하고 검은 눈동자가 돌아왔어요. 일 년만 나갔다 오겠다니까 아내가 눈을 똑바로 뜨고 쳐다보았어요."

전기 자극으로 15년의 식물인간 상태에서 의식을 회복한 환자가 있다는 말을 들었다. 전기치료제가 보급이 되면 아내도 깨어나지 않을까 희망을 가져본다. 내가 바다로 나가는 건 그 기다림이 너무 지루해서다. 바다에서 돌아올 때는 아내를 깨울 수 있는 치료법이 보급되었으면 좋겠다.

희망이기도 하고 내 착각이기도 한 아내의 반응이 전과 다르더라고 하니까 류 원장이 반가운 일이라며 기뻐해주었다. 두 번 우려낸 차가 흰 찻잔에서 황금빛을 띠고 있었다. 혀에 닿는 느낌이 초벌 우려낸 맛보다 더 깊고 은근했다. 진심으로 아내에게 묻고 싶었다. '나 떠나도 될까?' 하고 물으면 아내가 뭐라고 할지 알 수 없었다. 아내가 어떤 대답을 하건 미안하지만 지금은 살아야 하는 이유를 찾는 내 감정이 더 절실했다. 하루를 살아도 자유롭게 살고 싶다는 말에 류 원장이 무심히 고개를 끄덕였다.

"바다로 가기 전에 어머니를 고향에 모시려 해요. 친구에게 집을 빌렸어요. 친구의 아버지가 살아계실 때부터 한집에 오래 살았어요. 그 친구는 주인집 아들이고 저는 가정부의 아들이었어요. 어머니는 손녀를 데려가서 그 집에서 사시겠대요."

"나쁜 놈이라더니 큰 효도했네요."

어릴 때는 상처도 많고 회한도 많아서 꿈에도 돌아보고 싶지 않았지만 고향은 그만큼 좋은 추억도 많은 곳이었다. 태우네 머슴이라는 말을 들으며 자랐다. 내 꿈이 돈을 많이 벌어서 태우의 집처럼 마당도 넓고 용마루가 하늘을 찌르는 집을 사는 것이었다. 추억이 담긴 집에서 살게 되었다니까 어머니는 당장 죽어도 여한이 없다고 했다. 어머니 얘기를 듣고 류 원장이 미소를 지으며 말했다.

"문제가 개운하게 해결된 것 같은데, 맞아요?"

"네, 깔끔하게."

"마침내 우리의 만남이 끝났네요."

"지난 해 늦가을이었어요. 처음으로 상담실 문을 두드린 게."

"정확하게 42시간의 만남이죠. 앞으로는 말을 참지 말고 해버리세요. 무엇이든."

무슨 말이든 망설이지 말고 해버리라는 류 원장의 마지막 한마디가 가슴을 뻥 뚫어주었다. 지나고 나니 내가 무엇을 그리 많이 참았는지도 모르겠고 모든 게 그냥 지나갔다는 느낌이다. 해야 할 숙제를 너무 미루지 말라는 말로 상담이 끝났다. 나는 이제야말로 고향에 갈 때가 되었다고 생각했다. 고등학교 때 떠나서 십오 년 동안 발길을 끊은 곳이었다. 생각해보니 해치워야 할 숙제는 바로 그것이었다. 아버지를 찾는 것. 고향이라는 말만으로도 귀에 개구리 울음소리가 와글거리고 손이 닿지 않는 곳 어딘가가 욱신거리는 걸 나는 아버지에 대한 그리움이라고 결론내렸다.

13

"아빠, 저것 봐."

주연이 가리킨 것은 파란 하늘에 다리를 걸치고 있는 무지개였다. 언제 비가 왔냐는 듯 햇살이 환하게 쏟아지는 하늘에 무지개가 떠 있었다. 주연은 무지개를 보며 환호성을 질렀다.

"무지개 처음 봤어."

여기저기 데리고 다니며 좋은 것을 많이 보여줬어야 했는데 그러지 못했다. 혼자만의 감정에 치우쳐서 가족들이 겪었을 외로움을 잊고 있었다. 아이와 어머니에게 무심했던 것이 너무 미안해서 어쩔 줄 모르겠는데 딸은 천진난만하게 웃고만 있다. 어쩌면 웃는 모습이 영애를 저리도 닮았을까. 볼우물이 패는 것까지.

어머니는 늦가을 비가 겨울을 재촉한다며 몸을 오소소 떨었다. 재킷을 벗어서 어머니 어깨에 덮어주었다. 함께 다녀봐야 가족들에게 무엇이 필요한지 알게 된다. 늦가을 나들이를 하지 않았으면 어머니 어깨를 덮어줄 솔이 필요한 걸 영영 모를 뻔했다. 아이가 입을 패딩점퍼도 필요했다. 아이는 한창 자라는 중이어서 철마다 새 옷이 필요했다.

하루에도 대여섯 군데씩 산불이 나고, 강바닥은 바싹 말라서 물기라곤 없고, 땅에서 불이 일 것 같은 가뭄과 여름날의 불볕을 보상해주듯 가을장마가 스무날 넘게 계속되었다. 부산에 200mm의 폭우가 내려 도시가 온통 물에 잠기고, 미국 플로리다는 허리케인을 만나 폐허가 되고, 멕시코에서는 지진이 일어 수백 명의 사상자가 생기는가 하면, 중국에서도 해일이 덮쳐 해변의 6층 건물이 쓰러지고 폭우로 논밭과 가옥이 물에 잠겼다고 했다. 온 지구가 이상기온으로 몸살을 앓고 있었다. 침수지역이 있긴 해도 오랜 가뭄 끝에 내린 비여서 휴게소의 나무들이 싱싱하게 살아나고 빗물을 마신 나무의 맑은 숨소리가 들리는 듯 공기가 청량했다. 산허리를 휘어감은 구름이 풍성하게 부푼 머리 늘어뜨리고 봉우리로 피어올랐다.

고향으로 가는 기쁨 때문인지 어머니와 딸이 입을 다물 줄 몰랐다. 딸은 연신 깔깔대며 웃음을 터뜨리고 어머니는 옛 추억을 떠올리며 농담도 했다. 어머니는 영영 고향에 못 돌아갈 줄 알았다고 했다. 그토록 그리웠으면서도 영애를 병원에 두고 차마 고향으로 가자는 말을 못하고 냉가슴만 앓은 어머니. 이제부터라도 그 어머니에게 살고 싶은 곳에서 살게 해주고 싶었다. 자투리 땅에 채소를 가꾸고, 아궁이에 장작을 밀어 넣어 불을 지피고, 숯불에 고구마와 밤을 구워 먹는 소싯적의 삶이 그리운 어머니. 아직도 소싯적 친구들이 고향에서 살고 있다며 그들을 만날 기쁨에 들떠 있는 어머니. 그 어머니에게 고향을 너무 늦게 돌려줘서 미안했다. 영애를 병원에 두고 가는 것이 미안하다는 어머니에게 신혜를 영애의 하나뿐인 친구라고 소개했다. 영애의 절친한 친구여서 안심하고 맡겨도 된다니까 어머니는 신혜의 손을 잡고 잘 돌봐달라고 몇 번이나 부탁을 했다.

"눈빛이 선한 사람이더구나."

어머니는 더 캐묻지 않았다. 먼 길이어서 자고 올 요량으로 길을 나섰다. 어머니는 주연의 이부자리와 베개는 물론이고, 빗자루와 걸레로 삼을 헌옷, 세제 등을 빠짐없이 챙겼다. 오랫동안 비워둔 집이면 오죽하겠느냐며 대청소를 작정한 듯싶었다.

빗물에 말갛게 씻은 하늘에서 맑은 햇살이 쏟아졌다. 연어가

회귀를 한다는 강줄기를 따라 물소리를 들으며 달렸다. 읍내 인테리어가게에 들러 장판과 벽지를 고르고 도배를 부탁했다. 인테리어가게 주인이 금방 뒤따라오겠다고 했다. 늪을 메우고 지은 흰색 스틸집을 지나 300년 묵은 팽나무가 우뚝 서 있었다. 어머니는 그 나무를 보며 그대로네, 하며 오랜 친구를 만난 듯이 만지고 껴안으며 반가워했다. 한때 그곳에 늪이 있었고 개구리와 두꺼비가 살았고 가시연꽃이 가득 덮여 있었다는 사실을 믿기 어려울 만큼 동네가 많이 변해 있었다. 유일하게 변하지 않은 것이 전나무가 빼곡하게 서 있는 뒷산 정경과 마을 입구를 지키는 팽나무 그늘이었다.

뒤따라온 마을버스가 정류장에 멈추었다. 장바구니를 든 할머니가 버스에서 내렸다. 장바구니를 들어주라는 어머니의 눈짓에 나는 얼른 가서 할머니의 짐을 받았다. 어머니가 먼저 가서 인사를 했다. 그러자 할머니가 어머니를 빤히 쳐다보더니 누군지 알겠다며 두 손을 맞잡았다.

"이 사람, 길안댁이잖아."

"알아보시네요, 용수할매."

"알다마다. 자네가 얼마나 부지런한 사람이었는지 삼동네가 다 아는데."

예순을 넘긴 어머니도 나이 드신 분 앞에서는 젊은이였다. 두 사람은 동네 사람 안부를 주고받으며 말을 그치지 못했다. 이웃 할머니를 대문 앞까지 태워주고 집으로 왔다. 인테리어 가게에서 사람이 오기 전에 방을 비워야 했다. 대문을 열고 들어간 어머니는 낡은 목조 가옥을 그윽한 시선으로 올려보았다. 추억과 회한으로 만감이 교차하는 눈빛이었다. 어머니는 안채의 유리문을 활짝 열었다. 네 짝 유리문이 닫혀 있었는데도 대청마루에 먼지가 하얗게 덮여 있었다.

안방으로 김 교장의 서재로 곳곳마다 발자국이 찍혀 있었다. 태우가 다녀갔나 보다고 짐작했다. 일본으로 가기 전에 한 번쯤 들르지 않을까 짐작했던 터였다. 서재에 빈 맥주캔과 빈 담뱃갑, 일회용 라이터, 구겨진 종이뭉치가 던져져 있었다. 구겨진 종이를 펼쳤다. 여러 가지 숫자가 씌어 있는 메모지 아래 편지 같은 글귀가 씌어 있었다. 선배에게로 갔는지 어쨌는지 통화가 되지 않았다. 메모지에 그렇게나마 글귀를 남긴 건 내가 올 걸 알고 있기 때문이었다. 다녀올게, 라는 어설픈 인사보다 편지 아닌 편지로 흔적을 남긴 것이 태우다웠다. 나는 안채의 벽에 걸린 김 교장 부부의 사진을 보며 인사를 올렸다. '다녀왔습니다.' 머잖아 바다로 나갈 거라며 어머니와 딸 주연을 잘 지켜달라고 했다.

스위치를 올리자 전기가 들어왔다. 아이가 만화영화를 볼 수 있겠다며 환호성을 질렀다.

"전기도 들어오고 수돗물도 나오네."

"태우가 다 연결해놓고 갔나 봐요."

"우리가 올 줄 알고 준비해뒀구나."

어머니는 집 주인의 귀향을 알리듯 아궁이마다 한 아름씩 불을 지폈다. 하얗게 피어오른 연기가 집안 곳곳을 맴돌았다. 예전 어른들도 오래 집을 비워두었다 들 때는 아궁이에 불부터 먼저 지폈다. 아궁이에 불을 지핀다는 것은 뜨거운 불의 기운과 연기로 집안에 낀 해충과 곰팡이를 없애고, 집안에 사람이 돌아왔다는 것을 알려 사람과 함께 살아서 안되는 것들을 스스로 물러나게 하려는 의도가 숨어 있다.

"오래 비워뒀다고 쥐구멍 천지구나."

"연기가 매우면 나가겠죠."

헛간에 던져놓은 지게를 지고 산에 올라가 땔감을 한 짐 해오고 소쿠리 가득 밤을 주워왔다. 알밤은 까서 먹고 밤송이를 쥐구멍에 넣은 다음 황토와 자갈을 개어 구멍을 메워 그 위에 시멘을 발랐다. 어머니는 활기차게 두 팔을 걷어붙이고 청소를 시작했다. 창틀과 문을 빼서 담벼락에 기대어놓고 물을 뿌렸다. 퉁퉁 불은 문종이를 떼어내고 수세미로 문틀을 씻는 일이 우리 삼 형제 몫이었다. 가을마다 그 일이 하기 싫어서 서로 발뺌하다 매를 맞곤 했다.

수도를 틀자 물이 콸콸 쏟아졌다. 담벼락에 붙어놓은 창과 문에 호스로 물을 뿌렸다. 더께더께 눌어붙은 먼지도 물에 퉁퉁 불어야 씻기 좋다. 미리 와서 전기와 수도를 이어놓은 태우가 진심으로 고마웠다. 문을 씻어놓고 빗자루를 들고 다니며 천장의 거미줄을 걷는가 하면 예초기로 집 안팎의 풀을 베었다. 풀만 베어도 사람이 사는 집 같았다.

예전처럼 내가 걸레를 빨아주면 어머니는 구석구석 먼지를 닦았다. 세재로 씻은 창과 문을 그늘에 세워 말리고, 화단의 시든 꽃과 정원수까지 빠뜨리지 않고 물을 준 다음 대청마루의 묵은 때를 벗겼다.

읍내 장식장 주인이 일꾼을 데리고 왔다. 가구들을 이리저리 치워가며 도배지를 발랐다. 그들이 도배를 할 동안 어머니는 행랑채로 가서 가구를 어떻게 놓을지 줄자로 길이를 쟀다. 평생 끌고 다닌 장롱을 버리고 새 장롱과 서랍장, 딸의 책상, 밥상까지 새 물건을 들여놓기로 했다. 태우는 안채를 쓰라지만 어머니가 그러지 못한다. '내 방이 젤로 좋다.' 어머니에게는 우리 가족의 냄새가 밴 행랑채가 세상에 다시없는 안식처였다. 너무 멀어서 한 번도 와보지 못했지만 마음으로 수없이 다녀갔을 집이었다. 너무 슬프고 가슴이 아픈 그런 날, 옛집에 와서 쉬고 싶은 걸 어머니 역시 그리움을 재우듯 꾹꾹 눌러 참았을 것이다.

집 주인은 김 교장이지만 어머니만큼 그 집을 아낀 사람도 없다. 단지 가정부여서 의무적으로 쓸고 닦기보다 진심으로 집을 아꼈다. 어머니에게는 그 집이 김 교장의 분신이나 마찬가지였다. 폭력을 휘두르는 아버지에게 괴로움을 당할 때마다 어머니를 감싸주고 보호해준 사람이 김 교장이어서 어머니는 그분을 친정 오빠 이상으로 존경하고 연모했다. 어머니에게는 태우의 집이 고향이면서 친정이었다.

굴뚝에서 솟아오른 연기가 서까래와 용마루를 쓰다듬고 집 안 팎 감싸고 돌다 슬금슬금 빠져나갔다. 사람 손만큼 정성스러운 기계가 없다. 폐허 같던 집이 반나절 만에 생기로 반짝거렸다. 집도 사람의 훈기를 마셔야 살아난다. 활짝 웃는 어머니의 얼굴에 저녁햇살이 그득하다. 도배가 끝나고 인테리어가게 주인과 일꾼이 돌아갔다. 깨끗한 방을 둘러보는 어머니의 얼굴에 웃음이 걷히지 않았다. 하룻밤 묵을 잠자리도 살던 곳이 편하다며 어머니는 다섯 식구가 지지고 볶던 방에 자리를 깔았다.

물걸레질을 세 번쯤하고 나서야 겨우 마루가 본래의 색을 회복했다. 어머니는 안채의 방을 닦고 나서 김 교장의 서재에 오래 머물렀다. 책장에 덮인 먼지를 샅샅이 훑어내며 책상의 먼지를 닦고 또 닦던 어머니가 찻주전자를 들고 나왔다. 김 교장이 살아 있을 때 서재로 찻잔을 들고 들어가던 생각이 났는지 어머니는 찻주전자에 물을 끓였다. 유리장에 들어 있던 녹차를 우려내어 서재에서 혼자 차를 마셨다. 그것이 어머니가 누리는 단 하나의 호사임을 알기에 모른 체 내버려두었다. 누구에게나 자기만의 성역은 존재하는 것이고, 때로는 그것이 삶의 기쁨이거나 의미일 수 있으니.

　"집안일도 어지간히 끝냈으니 연을 만들어볼까?"

　"아빠 연 만들 줄 알아?"

　"그럼. 어릴 때 연을 얼마나 많이 날렸는데."

　"신난다."

　주연이 해맑은 얼굴로 웃었다. 모처럼 아이를 행복하게 해준 것 같아서 덩달아 즐거웠다. 아이는 오는 길에 문방구에 들러서 사온 재료를 들고 내 턱 밑에 다가앉았다. 한지를 반으로 접어서 마름모형의 도형을 두 개 준비했다. 가오리의 등뼈를 접착테이프로 고정시키고, 잘라둔 분홍색 한지에 가늘게 자른 댓살을 붙여 가오리의 어깨를 만들었다. 잘라둔 한지를 덮어 가장자리에 풀을 발랐다. 가오리연의 귀를 붙이고 꼬리를 길게 잇대는 것은 아이의 몫으로 남겨두었다. 연의 가슴과 배 아래에 구멍을 뚫고 연실을 매고 있을 때 저 혼자 떠들며 놀던 텔레비전에 경비행기 한 대가 날아다녔다. 공중을 휘돌던 경비행기가 카지노호텔을 향해 날아가나 싶더니 쾅, 하는 굉음과 함께 카지노호텔이 불길에 휩싸였다. 검은 연기가 치솟는 카지노 출입구로 사람들이 놀란 얼굴로 뛰어나오고 있었다. 모자를 살짝 들었다 놓는 얼굴이 화면에 비친 순간 나도 모르게 '영달이?' 하고 소리를 질렀다. 그가 내 부름을 알아듣기나 한 듯이 빙긋 웃으며 돌아보았다. 아이가 물었다.

"아빠, 아는 사람이야?"

"친구."

내가 본 사람이 정말 영달일까 아닐까 고개를 갸웃거렸다. 콜로라도를 누비고 다닐 줄 알았는데 설마 저기서 놀고 있으려고. 어머니는 바닐라 웨하스처럼 부서진 그 건물이 아버지의 돈을 삼켰다고 한숨지었다. 아버지가 돈을 갖다 준 곳은 노름방이었지 카지노가 아니라고 일러줘도 어머니는 그게 그거라고 우겼다. 맞는 말이다. 허가 낸 도둑이라고 나을 게 뭔가.

"저런 건 세상에서 깨끗이 없어져야 돼."

"그러면 검은 돈의 일부가 사라지긴 하겠죠."

주연에게 연 날리러 갈까? 하고 물었다. 아이가 얼른 따라나섰다. 가오리연을 들고 집을 나섰다. 넓은 들녘에서 아이와 연을 날렸다. 연을 높이 띄우기 위해 어릴 때 태우와 즐거이 오르내리던 언덕으로 치달았다. 연은 엷은 바람을 타고 가볍게 춤을 추며 날았다. 아이가 환호성을 질러댔다. 높이 날아오른 연을 보며 연실을 끊어버리고 싶은 충동을 느꼈다. 월드컵경기장 주차장에서 연을 날리던 아이들이 떠올랐다. 그날 큰 아이가 얼레를 놓았다. 실이 모두 풀려나가고 빈 얼레만 땅에 떨어졌다. 큰 아이가 왜 얼레를 놓았는지 알 것 같았다. 딸에게 물었다.

"연을 멀리 날려 보낼까?"

"왜?"

"소원을 담아서 날려 보내면 엄마가 돌아올지도 모르잖아."

"정말!"

아이가 연을 띄워 보내도 좋다고 흔쾌히 허락해주었다. 바람이 연을 아내의 영혼이 머무는 곳으로 날아가서 우리의 소망을 들려줄 것이다. 7년 동안 하루도 아내를 잊은 적 없으니 안심하고 돌아오라고 가오리연의 날개에 소망을 실어 보내기로 했다. 사랑하는 사람들은 오래 떨어져 있으면 서로를 잊고 마음까지 멀어져 마침내 돌아오는 길조차 잃고 만다. 길을 잃기 전에 돌아오라고 아내에게 전하고 싶었다.

'영애야, 너무 오래 기다리게 하지 마. 기다리는 사람이 지치잖아.'

나는 연실을 풀어버리는 대신 연을 바싹 당겼다. 연이 최대한 가까워졌을 때 나는 라이터를 당겨 연실에 불을 붙였다. 연실에 불이 붙으며 연이 멀리멀리 날아갔다. 나는 아이를 안고 연이 날아가는 것을 보았다. 아이가 날아가는 연을 향해 큰소리로 소원을 빌었다.

"엄마를 돌려주세요."

연이 아이의 소망을 싣고 멀리 날아갔다. 연을 날리고 돌아와서 김 교장의 서재에 들어갔다. 서재에 태우의 흔적이 남아 있었다. 서재 소파에서 잤나 보다. 어머니가 청소를 해놓은 터라 벽에 걸린 김 교장의 사진은 물론이고, 서재 어느 곳에도 먼지 한 톨 없었다. 예전에 태우와 김 교장의 서재에서 자주 놀았다. 서재에 책이 많았다. 집을 떠난 후 줄곧 생각한 것이 구차했던 과거를 지우는 것이었는데, 십오 년이 지나고 보니 그 구차한 기억 또한 그리움의 일부가 되어 있었다. 마당을 다니며 집을 요모조

모 살폈다. 적송의 기둥뿌리 옹이진 부분도 그대로고, 태우와 낙서를 한 뒷벽의 그을음도 그대로였다. 목수였던 태우의 증조할아버지가 문틀 하나, 기둥 한 줄기까지 일일이 손으로 빚어서 만든 집이었다. 헛간에는 괭이와 외발수레, 고무장화, 망치와 못을 넣어둔 캐비닛이 단정하게 정돈되어 있다. 언젠가 그 캐비닛에서 황조롱이가 알을 낳기도 했다.

아이와 어머니가 아궁이 앞에 앉아서 밤과 고구마를 구웠다. 집이나 사람이나 불기운을 쬐고 살아야 단단해진다며, 어머니는 방바닥이 뜨거운데도 장작을 아낌없이 집어넣었다. 뜨거운 방바닥에 누워 있으니 모든 근심걱정이 죄다 사라지는 느낌이었다.

"이래서 고향이 좋다고 하는지, 누워만 있어도 배짱이 편하네."

그냥 누우면 살 텐다며 어머니가 요를 깔아주었다. 세 식구가 나란히 누워 천장을 보았다. 영애만 있으면 온전한 가족의 그림이 완성되는데 아쉽게도 언제나 미완성이었다. 아버지 산소에 다녀와야 하지 않겠느냐고 물으니 어머니는 이사 오고 나서 제대로 인사를 가자고 했다.

"돌아왔다고 반가워하것네."

"아직도 아버지가 미워요?"

"미운 정 고운 정이 다 삭고 없다."

해가 지고 사위가 어두워지며 어디선가 개구리 울음소리가 높아졌다. 처음에는 한두 마리가 자갈 굴리는 소리를 해대는가 싶더니 밤이 깊어지며 소리가 높아지다 나중에는 악머구리 끓는 소리를 해댔다. 밤이 깊어갈수록 개구리의 울음소리가 더욱 높아졌다. 머리가 하얗게 비어가는 느낌이었다. 늪이 있던 자리에 흰색 스틸집이 들어섰기 때문에 개구리들이 갈 곳이 없었다. 그 많은 개구리들이 산으로 갔는지. 개구리 울음이 들끓는 어둠을 보며 속을 비우고 또 비웠다. 맨홀에 대한 기억도, 하룻밤에 수천만 원이 오가던 노름판도, 민에 대한 기억도, 영애를 향한 그리움도 모두 비웠다.

"불빛을 보고 왔나 봐요. 저희들 하소연 좀 들어달라고."

"그런가보다."

늪이 있을 때는 개구리가 저렇게 아귀차게 울지 않았다. 어머니의 말대로 개구리들이 갈 곳이 없어서 저렇게 목이 아프게 울어대는지. 개구리는 먼 듯 가까운 듯 소리 높여 울어대며 어둠의 바다에 잠겨 있었다. 대체 몇 마리가 모였기에 파도가 자갈을 떠밀고 다니듯 와락와락 들끓는 소리가 날까 궁금해서 전등을 들고 나가려니 어머니가 실컷 울게 내버려두라며 말렸다. 어머니는 마루에 서서 그들을 달래려는 듯 '너희들 맘을 내가 안다.' 며 속이 후련하도록 실컷 울고 가라 했다. 이사 오면 날마다 너희들 얘기를 들어주겠다고. 개구리들은 밤마다 사라진 늪을 찾아다니는지도 모른다. 아니면 흙더미에 묻혀버린 가족을 찾아온 것이었거나. 붕어와 가물치들도 개구리처럼 울 수 있었으면 그 뜰로 찾아와 울었을 거라고 생각하니 사라진 늪이 애틋하게 그리웠다.

새들이 잠을 깨는 첫새벽에 안개가 피어올랐다. 안개가 엷은 모시 치맛자락을 늘어뜨린 듯 늦가을 숲을 자욱하게 메웠다. 안개가 움직이는지 숲이 움직이는지, 가만히 쳐다보고 있으면 멀미가 일듯 어지러웠다. 어머니는 잠을 깨자마자 싸리비를 들고 마당을 쓸었다. 마당 곳곳에 개구리가 죽어 있었다. 그토록 시끄럽게 울어 젖히던 개구리들이 어디로 갔을까. 어머니는 죽은 개구리를 쓸어서 나무 밑에 묻었다. 개구리나 사람, 번개를 맞은 나무 등, 모든 사라지는 것들은 타다 남은 재와 같아서 땅에 묻어주는 게 좋다. 죽은 것이 눈앞에 보이지 않아야 살아있는 자도 지난 시간을 잊고 살아간다. 어머니가 마침내 돌아온 집에 마음 붙일 시간이 필요하듯이, 늪의 추억을 벗지 못한 개구리와 두꺼비도 새로운 환경에 정을 붙이려면 시간이 걸릴 것이다.

"내색은 않았지만 돌아오고 싶었다."

옛집에 살게 해줘서 고맙다는 어머니의 인사를 태우에게 전하고 싶은데 연락이 끊겼다. 태우도 나도 약속이나 한 듯이 휴대폰부터 없앴다. 다른 번호로 개통했는지 모르지만 굳이 알고 싶지도 않았다. 불기운을 깨끗이 없애고 이삿짐을 실으러 도시로 되돌아왔다. 대문을 잠그기 전에 어머니는 빨랫줄에 헌 이불과 옷가지를 걸어두었다. 누가 봐도 사람이 살고 있는 집으로 보일 거라며 바람에 펄럭이는 옷가지를 흐뭇하게 바라보았다. 어머니가 빨랫줄에 옷을 걸어두는 건 다시 돌아온다는 약속이기도 했다. 집을 비워두는 게 마음에 걸리는지 내일 당장 이사를 오겠다는 어머니 말에 그러자고 했다. 바다로 나가기 전에 이사를 해놓으면 나도 안심이 될 것 같았다. 내가 머물 집이 아닌데도 어머니가 고향에 돌아왔다는 사실만으로 마음이 그렇게 든든할 수 없었다.

'왜 진작 돌아올 생각을 못했는지.'

날이 어두워지면 또 개구리 떼가 몰려와 울어댈까. 일 년쯤 바다를 떠돌다 오면 개구리도 어머니도 아이도 새로운 터전에 익숙해질 것이다. 이제 곧 겨울이 오고 개구리가 겨울잠에 빠져들 것이다. 자동차 백미러로 집이 조금씩 멀어졌다. 언덕을 훌쩍 넘어가자 팽나무 우듬지도 보이지 않았다. 늑대도 호랑이도 사자도 죽을 때는 고향으로 머리를 둔다며, 어머니는 집으로 되돌아오는 회로가 당신 생애의 마지막 이사라고 확신했다. 개구리가 밤새 울어대던 그 매립지가 예전 어느 때에 가시연꽃이 자라던 늪이었던 걸 누가 기억할지. 사계절이 지나고, 개구리가 늪지대의 기억을 잊을 때쯤, 영애를 데리고 들어오면 된다. 지난날의 슬펐던 시간을 옛날 얘기처럼 주고받으며 살기 위해서.

돌아오는 길에 비를 만났다. 안개가 흩날리듯 가늘고 여린 비. 비안개는 요기 서린 옷자락을 펄럭이며 산등성이로 바삐 몰려갔다. 라이트의 불빛에 부옇게 흐린 비안개가 바람에 몰려다니는 것이 보였다. 안동호를 천천히 지났다. 호수의 수면에서 하얀 김이 피어올랐다. 호수를 지키는 수문장 같은 나무가 곁을 지나갔다. 어머니와 아이를 집에 내려주고 돌아오자 편지가 와 있었다. 경비행기 앞에서 포즈를 취한 영달의 사진이 들어 있었다. 그것은 그랜드케니언의 상공을 달리는 모습이었다. 콜로라도 강줄기를 따라간 영달은 인디언 마을에서 한 달쯤 머물 것이고, 또 마음 내키면 파리나 스위스로 세상 곳곳을 돌아다닐 거라고 했다. 생각 있으면 언제라도 달려오라는 영달의 권유를 마음에 담아두었다. 언젠가 북태평양 어딘가에서 우연히 마주칠 기회가 있으면 그와 함께 참치회를 먹게 될지도 모른다고 생각했다.

*

　아내의 병실로 올라갔다. 유리병에 노란색 튤립 꽃다발을 꽂아서 영애의 머리맡에 놓았다. 언제 또 그녀를 위해서 꽃을 놓아주게 될지. 일 년 후? 약속할 자신이 없다. 어쩌면 더 오래 있다 돌아오게 될지도. 돌아와서 맑은 눈으로 쳐다보는 영애를 만나고 싶다. 옆 침대의 간병인이, 신혜가 매점에 우유를 사러 갔다고 했다. 영애 곁에 앉아 간병일지를 뒤적거렸다. 거기 반듯하게 접힌 편지가 들어 있었다. 편지를 열었다.

　'골짜기에서 길을 잃은 것이 생각납니다. 폐쇄된 길인 걸 알고 들어갔으니까 길을 잃었다는 표현은 적당하지가 않네요. 그런데도 나는 그날을 떠올리면 길을 잃고 헤매는 막막함에 사로잡히고 맙니다. 아마 깊이를 가늠할 길 없는 어둠의 두께 때문이었을 겁니다. 그 단절된 어둠과 세상의 바닥에 닿은 듯 사뭇 냉엄하기까지 한 적막은 빛이 생기기 이전의 세상일 거라고 막연하게 짐작해봅니다. 사진기에도 담을 수 없는 아름다움이 존재하기 때문에, 세상에 대한 기대를 쉽게 버리지 못한다는 당신의 말씀,

막막한 어둠을 지켜보며 수긍했습니다……'

눈으로 읽기보다 마음으로 읽어야 하는 글이었다. 그날 폐쇄된 길을 찾아간 것은 우연이었다. 회전목마를 찾으러 갔다가 돌아오던 중, 무심코 산비탈을 찾아들었다. 지금은 아무도 기억해주지 않지만 예전에는 자동차가 다니던 길이었다. 시원하게 뚫린 터널 옆으로 초라하게 버려져 있는 소로가 궁금하다고 누가 먼저 말했던가. 뻥 뚫린 터널을 버리고 좁은 길로 접어들 때만 해도 산마루에 해가 걸려 뉘엿대고 있었다. 산동네에는 그늘이 짙어서 도심보다 밤이 찾아오는 속도가 빨랐다. 해가 지는가 싶더니 금방 밤이었다. 신혜도 나도 좋은 길을 두고 굳이 험한 길로 가자고 한 이유를 따지지 않았다. 삶의 마디 한 부분을 넘을 때마다 낯선 곳에서 산짐승처럼 살고 싶었던 적이 많았다. 순한 눈으로 자연에 나를 맡기고, 내가 누구인지 궁금해 할 필요도 없는 온유한 삶이 갈급하게 그리웠다. 잠시 동안이지만 그 산속의 어둠은 우리 두 사람의 갈증을 채워주었다. 그날 밤을 어떻게 표현해야 할까. 물 밖으로 얼굴 내밀고 잠시 숨을 고른 시간? 어째서 손이 닿지 않는 것은 그렇게 애틋하고 아름다운가, 스스로에게 물으며 다음 문장을 읽어 내려갔다.

'길 가장자리로 솔잎이 두둑하게 깔려 있고, 군데군데 낙석이 뒹굴었어요. 봉우리의 가장 높은 지점을 거슬러 올라 차를 세웠어요. 자동차 헤드라이트를 끄고 나니 사방이 온통 검은 어둠이었어요. 어둠을 지켜보고 있자니 어디선가 순하고 고요한 눈을 가진 순록이 뛰어나올 것만 같았어요. 길의 목적을 잃어버린 소로에 어둠만큼 두터운 적막이 깔려 있었어요. 얼음조각처럼 차갑고 앙상해 보이는 그믐달이 산길을 내려다보고 있었어요. 우린 말을 잊고 오래 어둠을 지켜보았어요. 그러다 오줌이 마려워서 차에서 내렸어요. 갑자기 라이트가 번쩍거렸어요. 당신이 사진을 찍은 거예요. 어둠 속에 쪼그리고 앉아 오줌을 누고 있는 내 모습을 말예요. 손으로 얼굴을 가리고 어색하게 웃고 있는 사진이 기억의 메모리에 저장되었습니다. 그날 그 어둠 속에서 우리는 별이나 달이나 나무나 바람 같은 자연의 일부였어요. 그 폐쇄 회로에서의 시간과, 내가 만진 당신의 몸, 당신이 만진 내 몸은 출구 없는 세계 속에서 찾아낸 희망이었어요. 환각과 같은 여행에서 돌아와 립스틱 자국이 붉게 남은 얼굴로 거울을 마주보고 앉았어요. 짙게 바른 립스틱을 지웠어요. 유분이 번들거리는 얼굴에 클렌징 폼을 바르고 오래 문질렀어요. 색조화장이 지워진 얼굴을 온화하게 바라볼 수 있었어요.'

그녀의 편지를 접어서 호주머니에 넣었다. 아내의 이마에 입을 맞추는 것으로 작별인사를 나누었다. 신혜가 오기 전에 병실을 나왔다. 욕망에 충실할 수 있었던 짐승의 시간. 어떠한 미래도 꿈꿀 수 없는 암묵의 시간을 영원히 가슴에 묻기로 했다. 나지막이 혼잣말을 중얼거렸다.

'여기서는 아무것도 할 수 없어서 떠나는 거야.'

삶에 기대를 가지는 것도 두렵고, 기대만큼 실망이 더하는 건 더욱 두려웠다. 돌아와서 두려움을 모르는 얼굴로 세상을 바라보고 싶었다. 그때 아내의 맑은 눈을 볼 수 있기를 진심으로 바랐다.

'돌아오면 반갑게 맞아줘.'

예전 그날처럼.

혹시 엘리베이터 앞에서 마주치지 않을까, 부질없는 기대를 거는 자신이 어처구니없어서 웃었다. 햇볕이 점점 뜨거워지고 있었다. 병원 뜰을 걸어 나가다 돌아보았다. 병동의 창이 햇빛을 받아 희게 빛나고 있었다. 떠나기 전에 인사를 나누어야 할 사람이 몇 명 떠올랐으나 체머리를 흔들어 그들을 기억에서 지웠다. 약속 없이 만나고 기약 없이 헤어지는 인연으로 버틴 지난 시간에 전할 말이 떠오르지 않았다.

안녕이라거나, 잘 있으라거나, 잘 다녀온다는 말이 꼭 필요할

까 생각을 해보니 운 좋게 맞닥뜨린 스트레이트 플러시만큼 부
질없었다.

맨홀이 새로운 멤버로 구성되어 새로운 터를 잡아서 문을 열었
다는 소문을 들었다. 언제나 그랬듯이 터를 옮길 때마다 새로운
손님들이 홀을 가득 채웠을 것이다. 영수는 슈스케 본선 참가자
들과 합숙훈련을 들어갔을 테고, 영달은 카지노에서 잭팟을 터
뜨려 콜로라도 고원으로 날아다니는 중이고, 태우는 제대로 된
로봇을 만들기 위해 선배를 찾아갔다. 민이 나를 잡기 위해 사냥
꾼을 풀었을지 모르지만 우리 사이에 남아 있는 빚이 없기 때문
에 굳이 피할 이유가 없다. 그렇다 해도 귀찮은 일이 생기는 게
싫어서 오징어 배나 멸치잡이 배를 타고 다니며 시간을 보냈다.
지남호가 예정보다 사흘 앞당겨 떠나는 건 신이 내게 베푼 유일
한 호의였다.

바다에 해무가 자욱했다. 나는 먼바다를 바라보았다. 이른 새
벽의 어둠과 안개에 덮인 주변 풍광이 흐릿했다. 안개는 갯내음
을 실어 나르며 구름같이 떠밀려 다녔다. 흐릿한 안개 속으로 이
른 잠을 깬 신문배달부와 우유배달 아줌마의 스쿠터가 바람을
일으키고 지나갔다.

"담배 한 대 빌립시다."

모자를 삐딱하게 쓴 사내의 어깨에 둥글게 말린 밧줄이 걸려 있었다. 어느 선박에 일을 하러 가는 중인지도 모른다. 세 개비 남은 담뱃갑을 사내에게 몽땅 줘버렸다. 그는 세 개비의 담배를 한꺼번에 입에 물고 불을 붙였다. 세 개비의 담배가 연기를 모락모락 피우는 걸 보며 그가 아직 잠을 덜 깬 거라고 여겼다. 그가 세 개비의 담배를 물고 어슬렁거리며 갔다. 어물시장이 환하게 불을 밝혀 새벽 장을 보고 있었다. 고기를 사려는 사람들이 속속 모여들었다. 휘황하게 불을 밝히고 들어온 오징어잡이 배와 고깃배가 부두에 닻을 내리는 중이었다. 지남호를 향해 걸음을 재촉했다. 바다안개가 부두를 잠식했다. 안개 저 너머 선박에 켜놓은 불빛이 희미하게 빛났다.

차 소리가 들렸다. 부연 안개 속에 자동차 헤드라이트가 도깨비 눈알처럼 흐릿하게 빛났다. 안개가 낀 날은 천천히 다니는 게 좋은데, 어쩐 일인지 트럭은 뺨을 맞은 짐승처럼 달려왔다. 트럭이 사람을 피하는 것이 아니라 사람이 트럭을 피해야 할 상황이었다. 차보다 먼저 달리면 되지 않을까. 내가 속력을 내자 트럭도 가속을 붙여 따라왔다. 지남호를 지척에 두고 트럭에 깔려 죽겠구나, 하는 생각과 함께 민의 웃음소리가 들렸다. '내가 널 곱게 놔줄 것 같아?' 깔깔대는 민의 웃음소리에 놀라서 엎어지고 말았다. 트럭이 쌩하고 나를 지나칠 때 옆으로 피한다는 것이 그만 바다에 풍덩 빠졌다.

"사람 살려!"

기름 냄새 나는 바다에 잠기는 순간 민의 조롱 어린 웃음소리가 가까워지다 멀어지기를 거듭했다. 도둑이 제 발 저린다고, 트럭은 쏜살 같이 달려 안개 속으로 사라졌는데 혼자서 무슨 짓을 한 건지. 도깨비에 홀린 듯 난데없이 새벽부터 수영이라니. 이대로 죽고 마는가 한숨을 쉴 때, 시커먼 그림자가 다가왔다. 조금 전에 담배를 달라고 했던 사내였다.

"추울 텐디 뭔 일로 물에 뛰어들고 그런댜?"

"차를 피하려다."

"지은 죄가 많은 갑소이. 바닷물이 찬 게 얼릉 올라오소."

옷가방은 어디로 떠내려갔는지 보이지 않고 바닷물에 안개만 자욱하다. 그가 내려준 밧줄을 잡고 올라왔다. 겨우 살아났나 싶었더니 그가 목숨값은 받아야 하지 않겠느냐며 손을 내밀었다. 뒷주머니의 지갑이 온통 젖었다. 지갑에 있는 지폐 몇 장을 뽑아서 사내에게 주었다. 어차피 배에 타면 돈을 쓸 일도 없었다. 사내가 밧줄을 어깨에 걸고 시장 쪽으로 걸어갔다. 계획된 연출처럼 뭔지 모르게 뒤가 찜찜하고 이상한 해프닝이었다. 나는 빈손으로 달달 떨며 지남호로 갔다. 배가 곧 출발한다며 선장이 빨리 배에 타라고 재촉했다. 흠뻑 젖은 몰골로 배에 오르는 나를 선장이 눈을 치뜨고 아래위로 훑어보았다. 나는 배에 오르면서도 자꾸만 뒤를 돌아보았다. 추위 때문인지 두려움 때문인지 온몸이 떨렸다. 선장이 출발을 외쳤다. 마중 나온 사람들이 잘 다녀오라고 소리를 질렀다. 지남호가 기적을 울리며 부두를 떠날 때 나는 선장실에서 옷을 갈아입었다. 옷가방이 없어서 선장실에 걸려 있는 트레이닝복을 슬쩍해서 입으니 처음부터 내 옷이었던 것처럼 편했다. 어떻게든 살아가게 되어 있는 것인지. 지남호가 부두를 떠날 때, 선장실 벽에 걸린 빨간 고양이 시계의 바늘이 6시를 가리키고 있었다. 시계바늘이 안개 속에 꿋꿋하게 서 있는 나무처럼 과묵한 자세를 취하고 있는 것이 인상적이었다. 부두가 멀어지며 육지의 모든 것이 바다안개에 잠겼다. 지남호가 뿌우, 하고 농무 경적을 울렸다.

발 행 ┃ 2017년 12월 13일

지은이 ┃ 장정옥
펴낸이 ┃ 신중현
펴낸곳 ┃ 도서출판 학이사
　　　　출판등록 : 제25100-2005-28호
　　　　주소 : 대구광역시 달서구 문화회관11안길 22-1(장동)
　　　　전화 : (053) 554~3431, 3432
　　　　팩스 : (053) 554-3433
　　　　홈페이지 : http : // www.학이사.kr
　　　　이메일 : hes3431@naver.com

ISBN _ 979-11-5854-112-5　03810

이 도서의 국립중앙도서관 출판예정도서목록(CIP)은 e-CIP 홈페이지
(http://seoji.nl.go.kr)와 (http://www.nl.go.kr/kolisnet)에서 이용하실 수 있
습니다.(CIP제어번호: CIP2017033395)